追夫心切 1

風文創 424

江邊晨露 著

目錄

序

江邊晨露

我開始寫《追夫心切》其實只源於一個想法——古代小姐出嫁，那些陪嫁丫鬟的命運會怎麼樣呢？陪嫁丫鬟的賣身契捏在小姐手中，她們可以是小姐的左膀右臂，被小姐賦予重任，最終成為家中德高望重的管事姑姑，嫁給同樣忠心可靠的僕人，子孫後代永生效忠主家。她們也可是小姐心中的眼中釘、肉中刺，任打任罵，活在痛苦之中，甚至被主家發賣，風吹雨打任浮萍，她們生死命運全憑小姐一念之間！

然而，我還想到一種情況，有些小姐或為了臉面，或和夫婿的小妾們爭寵，又或不得丈夫寵愛無子，如此情況便會將自己的陪嫁丫鬟送與夫君做通房丫鬟；而只要她們沒有被抬為妾室，她們生下的孩子只有兩種命運，運氣好的被小姐抱走寄在小姐名下撫養，運氣不好的就如她們自己，仍是為奴為婢，不被主家承認。妾通買賣，她們的生活是否就是永遠站在小姐、姑爺身邊伺候，永無出頭之日？

婚姻當父母之命，媒妁之言，甚至無一例外利益糾葛，門當戶對，能娶有陪嫁丫鬟的小姐也必是出身不凡，她們能給予丫鬟們一輩子從未享受過的錦衣玉食、高人一等的生活；只要有志於改變生活的丫鬟都會為這眼前的迷夢蠱惑，她們也許覺得，這就是天堂了。是否有這樣一個丫鬟，她是真正的心比天高，冰清玉潔，不願屈服這可悲的命運，努力抗爭出一條不同的路？

既然有了這樣的想法，我就動手開始構思創作。說實話，我很少寫這樣的古言，因此本文設定了架空，但為了能儘量減少文中古代背景細節出現的漏洞，我查找了很多資料。

本文中，女主人公肖文卿就是個不願伺候姑爺的陪嫁丫鬟。為了擺脫姑爺的糾纏，偶遇了一個面容醜陋的侍衛，憑著大宅子後院婆子、媳婦們對此人隻字片語的評價便不顧羞恥主動搭訕，甚至開口求嫁。男主人公當然不會對一個完全陌生的美麗丫鬟一見鍾情，冷漠地拒絕了女主人公。女主人公死心之下為了擺脫姑爺想盡了種種辦法，終於激怒了姑爺和小姐，被發賣了。她憑著自己的智慧順利擺脫了陪嫁丫鬟的身分，並陰差陽錯地嫁給了男主人公。

故事就這樣結束了？不，當然不是，故事才剛剛開始而已。

而本文的男主人公則有一個非常複雜的身分設定。最初，他是御史大人的侍衛，隨著劇情的一點點展開，他的第一個身分被揭穿。哦，原來他是冒名頂替的，他的真正身分是丞相之子、皇帝寵臣。男主人公被父親言傳身教，是個非常傳統的人，同樣也心思縝密，所以女主人公以丫鬟身分向他求嫁的時候，他並沒有任何瞧不起女主人公的想法，而是立刻想到了門不當、戶不對，這個丫鬟如果嫁給他命運也許將會更加淒慘，深思之後便拒絕了女主人公。只是人算不如天算，姻緣也許天注定，他竟頂著別人的身分和女主人公成親了。在兩人相處的點點滴滴中，他逐漸愛上了女主人公，決定恢復身分光明正大娶她進門，並為女主人公能被自己的家族接納開始進行籌謀。

女主人公憂慮侯門深似海，但因為愛上了男主人公，最終克服了自己心中的恐懼和不安，勇敢地開始為嫁給男主人公做努力。

夫妻同心，其利斷金，男、女主人公深愛彼此，還有什麼困難能難倒他們？小說大結局當然是俗氣的男、女主人公幸福地生活在一起了。

我非常喜歡我筆下的女主人公那富貴不能淫、威武不能屈的珍貴品性，也喜歡男主人公的堅定、忠誠、理解、寬容。同時，我希望讀者們也能喜歡他們，喜歡他們的愛情故事，喜歡這部小說。

楔子

深秋的雨淅瀝瀝地下著，天陰沈沈的，大慶皇朝都察院左副都御史嫡長子鴻臚寺右少卿何俊華的偏院中，妾室肖氏痛苦地呻吟著，雙手死死抓住身下的床褥。她頭髮凌亂，臉色蒼白，密密的汗珠如外面的雨水一樣不住淌下。

兩名中年穩婆都高高挽起袖管，一名站在床邊不斷搓洗熱毛巾，另一名跪在床尾，彎腰觀察她的腿間。丫鬟們一盆盆的熱水端進去，又一盆盆的血水端出來。偏院堂屋裡，一老一少兩名貴氣的婦人端坐著，臉上都有些著急。

外面的雨越下越大，還颳起了風。天越來越陰沈，產房裡很黑了，丫鬟們點上幾盞燈，保持產房光亮。

「肖姨娘，用力，再用力向下推，我都看到孩子的頭了。」跪在床尾接生的穩婆急切地叫道。

「嗯，嗯，啊～～啊——」服用過人參湯、精神振作了不少的肖文卿大聲吸氣，咬著牙猛地向下用力。瞬間，她感覺腿間熱液湧動，一個軟軟的東西從自己體內滑了出來。

藍衣穩婆伸手將嬰兒抱過來，一看，馬上笑道：「肖姨娘，恭喜恭喜，是個男孩！」說著，她開始清理嬰兒口中的羊水。

「哇～～哇～～哇～～」嬰兒哭個不停，藍衣穩婆麻利地給他紮襁褓。

「給我看看……給我看看孩子。」已經筋疲力盡的肖文卿聲音虛弱地說道，另一個穩婆幫她處理產後污物。

「喏，看看，這就是您的兒子。」藍衣穩婆道，抱著襁褓來到肖文卿床邊，讓她看襁褓裡的小嬰兒。

藉著有些昏暗的燭火，肖文卿貪婪地看著自己十月懷胎，辛苦生下來的兒子。他皮膚紅彤彤的，還皺著，臉好小，眼睛閉著，頭髮很黑，眉毛卻淡得看不見。

「肖姨娘，夫人和大少夫人還在外面等著看小公子呢，您先休息，我把小公子抱過去。」藍衣穩婆興沖沖地說道，抱著襁褓轉身向外走。

產房的門「吱呀」打開，一股冷風剛吹進來，門又被嚴密關上了。

幫著肖文卿清理下身污穢的穩婆也下床洗手，道：「肖姨娘，您一切順利，好好坐月子吧。」

「大娘辛苦了。」虛弱的肖文卿打起精神道。

「還好，生孩子是喜事。」接生穩婆回答道，叮囑端水的丫鬟一些注意事項後，便出去領賞了。

肖文卿出血過多非常口渴，吩咐身邊的丫鬟端熱湯給自己喝。那丫鬟出去了很久都沒有回來，倒是少夫人抱著襁褓和她的奶娘薛氏進來了。

「小姐。」躺在床上的肖文卿驚訝道。

「春喜，謝謝妳為我生了個兒子。」知府小姐、鴻臚寺右少卿之妻何大少夫人叫著肖文卿做丫鬟時的名字，語氣聽不出是喜悅還是妒忌。

「小姐，這是奴婢應該做的。」肖文卿咬咬蒼白的唇瓣，無奈地說道。

「春喜，我不能懷孕，所以，妳的兒子將是我的嫡子。」何大少夫人說道，眼中卻充滿怨憤。

「小姐，別這樣說，您這樣好心，將來一定能生孩子的。您不是一直都在吃夏大夫幫您配製的藥嗎？說不定明年就能懷上了。」肖文卿趕緊安慰何大少夫人。

何大少夫人搖搖頭，頭上赤金喜鵲登枝金步搖也隨著晃動。燭光輕輕搖曳，喜鵲嘴裡啣著的三串金珠在她美麗的臉龐上映下了三串珠影。

「春喜，我自初潮便一直月事不順，幾年藥吃下來，雖然症狀有所減輕，但懷孕的機會不大。」她惆悵地說道。

「小姐若是真的無法生育……」肖文卿很艱難地說道：「這個孩子便是小姐生的，奴婢不會有半點怨言；若是小姐吩咐，奴婢誓死也不會說出真相。」

「母子連心呀……」何大少夫人冷冷地說道，冰冷的眼眸中閃過一抹殺氣。

肖文卿頓時產生不祥的預感，小姐要發賣自己，還是……去母留子？

「春喜妳放心，妳的兒子我會視如己出，請鴻儒教導他。他是都察院左副都御史的嫡長孫，還有我這個出身名門的母親，一生官運亨通，榮華富貴少不了。」何大少夫人冷漠道：「奶娘。」

薛奶娘點點頭，轉身走出去，然後端了一盆水進來，走到床邊，她一把將肖文卿身上的棉被扯掉，將那已經涼透了的水盡數倒在肖文卿的身上。

「小姐……」肖文卿努力忍耐住渾身的疼痛和寒冷，眼中迸出憤恨、絕望、遺憾……唯獨沒有吃驚。

何大少夫人被她的表情激怒了。「妳的容貌不遜於我，我心裡一直都是厭惡妳的，妳卻偏偏是祖母送與我的，我又不好過於責罰妳。

「俊華說妳骨子裡有一種文人的傲氣，我卻覺得妳是天生的賤婢！」何大少夫人冷冷道：「奶娘，把窗戶打開。」說完，她抱著襁褓快步離開了。

「春喜，誰叫妳我都是下人呢？死了，到閻王爺那邊可別怪我。」薛奶娘搖著頭說道，迅速將產房兩扇緊閉的窗戶打開，然後捲起沾了血的棉被走出門，把門關上，再從外面反鎖上。

窗戶一下子全打開，外邊寒冷的秋風挾帶著濕氣沖進產房，產房裡的幾盞燭火頓時全熄滅了。

「嘶～～」肖文卿渾身濕透，被寒風吹到頓時渾身打顫。

偏院裡的人彷彿一下子都走光了，沒有半點人聲，肖文卿撐著虛弱的身子艱難地下床，走到窗邊探頭向外張望，然後絕望地將窗戶關上，再努力走到另一扇窗戶前把窗戶關上。產房裡黑漆漆的，她摸索著走到床邊，慢慢躺下，她知道她再無生機，不如死得坦然些。

爹爹……爹爹……您來接我了嗎？

文卿沒用，沒能和母親一起護送您的棺木回家；文卿不孝，不能在母親面前盡孝。

希望……弟弟……繼承家業……重振肖氏門楣……

康慶三十五年九月二十六日，何氏第七代嫡長媳劉氏，生嫡長孫。

何少卿一名小妾半夜突發急病死了，為了不衝撞了小公子，隔天上午便從後門抬出去埋了。

第一章　噩夢

「春喜，春喜，妳怎麼了，作噩夢了？快些醒醒！」

耳邊聽到春麗的叫聲，春喜陡然睜開眼，猛地坐起身來急喘著。

「春喜，妳終於醒了，妳作了什麼噩夢？看妳，臉色蒼白、滿頭大汗的。」春麗驚訝地說道。她和春喜睡在同一間屋子，春喜突來的痛苦呻吟聲驚醒了她。

「我……我……」作了一個奇怪噩夢的春喜咬咬下唇，略遲疑道：「我夢見我爹了。我爹咳嗽咳出了血，我急壞了，偏偏又無能為力。」

「是嗎？我看妳不時皺緊眉頭的。」春麗說完，催促道：「快點，我們要準備伺候小姐和姑爺起床了。」她們是黃林知府千金何大少夫人的陪嫁丫鬟。

春喜趕忙伸手擦擦臉上的汗水，道：「嗯。」說完，她迅速掀開被子起床，穿上青衣丫鬟服，由春麗幫忙著快速將頭髮梳理好。

康慶三十四年，大慶皇朝的京城永安御史府的擷芳院中，天還未大亮，何大少夫人的陪嫁丫鬟春喜和春麗，已捧著盥洗用具站在小姐和姑爺的寢室外等候了。

昨晚負責守夜的老婆子笑道：「兩位姑娘早啊。」

「春喜姊，春麗姊，妳們好早。」也一同守夜的丫鬟雪玲笑著說道，捂住嘴輕輕打了個哈欠，另一名丫鬟雪晴朝她們道早安。

「趙嬤嬤早安，雪晴姊早、雪玲早，妳們昨晚辛苦了。」春麗笑道。春喜在後面附和。趙嬤嬤是姑爺院子裡的老人了，雪晴、雪玲是院子裡的一等丫鬟，她們初來御史府，多虧她們多有提點，才沒有出差錯。

早上伺候的人來了，昨晚守夜的趙嬤嬤便回去了，雪晴、雪玲也回丫鬟房去了。

寢室的門還沒有打開，春喜和春麗便站在房門外的走廊上低聲說話，看著院子裡開得正豔的桃花樹，不一會兒，專門伺候她們姑爺的小廝青書也端著盥洗用具趕過來。

春三月，桃花盛開，彩蝶纏綿，他們三人在外面站了很久，鴻臚寺右少卿何俊華才打開了房門。

「奴婢給姑爺請安。」春喜、春麗朝著開門的年輕儒雅男子躬身施禮。

「公子安好。」青書道。

「都進來吧。」何俊華微微頷首。

丫鬟、僕人魚貫而入，春喜和春麗走入裡間。何大少夫人已經起床了，正逕自坐在梳妝銅鏡前慢慢梳理自己的長髮。

「奴婢給小姐請安。」春麗進來裡屋之後便和往常一樣微微福身，然後趕緊往洗臉盆中倒熱水，調水溫。

春喜看到小姐的側影，心中陡然無來由地湧現一抹絕望和恨意。察覺自己異常，她趕緊控制住自己的思緒，隨著春麗一起朝她請安萬福，然後準備幫小姐梳洗。噩夢居然影響到她白天的正常情緒了，她覺得自己必須馬上忘掉。

「嗯。」何大少夫人淡淡地應了一聲，緩緩走過來。

春麗、春喜連忙把盥洗用具遞給何大少夫人。何大少夫人先拿楊柳枝和中草藥研製成的揩齒粉末刷牙漱口，然後拿起毛巾洗臉，洗完臉便坐回到梳妝檯前。

春麗站在何大少夫人身後，開始幫她梳髮。

「小姐，您今日想梳什麼髻？」春麗詢問道，她擅長梳很多種繁瑣美麗的髮髻。

「隨妳。」何大少夫人優雅地說道。

「是，小姐。」春麗道，開始幫小姐盤如意髻。

春麗在梳髮盤髻時，春喜走到紅木拔步床旁，開始整理床鋪。看到床上一片凌亂，她臉上微微一紅，又平靜下來。仔細檢查被子，她確定被子沒有弄髒才摺疊起來。檢查床褥時，發現床褥一處地方有污漬，便立刻抽掉，走離拔步床打開大衣櫃，從裡面翻出一條乾淨的床單，回到拔步床內鋪上，然後再檢查了一遍，這才放心地拿起那弄髒的床單走出來，暫時擱在一邊，等一下帶出去讓院裡的一個二等丫鬟送到洗衣婦那邊去清洗。

何大少夫人梳妝打扮好後，走出寢室去膳廳用早膳。

何俊華雖然不用上朝，但每天都要去鴻臚寺辦公，所以他提前用早膳走了，而不是等要花很多時間打扮的妻子。

用完早膳，何大少夫人回房補了一下妝，道：「妳們跟我去夫人那兒請安。」

「是。」春喜、春麗立刻道。

御史府規矩很嚴，小姐嫁過來的第三天便開始晨昏定省。夫人的天禧院位於御史府的右邊偏中的位置，而擷芳院就在它的後面，何大少夫人主僕只要沿著抄手遊廊過去，就到那裡了。

天禧院比較安靜，後院還有一座小小的庵堂。當何大少夫人帶著兩個丫鬟進入天禧院堂屋，何夫人——三品淑人已經坐在羅漢椅上和兩個管事婆子聊天了。

「兒媳拜見婆婆，婆婆萬福。」何大少夫人走上前款款施禮，春喜和春麗也隨著她深深行福禮，原本坐在何夫人左右下首的管事婆子趕緊站起來避開。

「玉芝，妳今日稍微來遲了一些。」看到兒媳眼梢帶春、雙頰桃紅，過來人何夫人笑呵呵地說道：「起來吧，坐。」

「謝婆婆。」何大少夫人這才起身。

「給大少夫人請安。」兩位管事婆子等她起身後趕緊朝她道萬福。何御史有五個兒子，嫡長子何俊華成親後半年，庶出的二公子也成親了。

「錢嬤嬤、趙嬤嬤請起。」何大少夫人一臉含笑道，坐在何夫人面前的腰鼓凳上，開始和她寒暄。春喜和春麗便站在她的身後眼觀鼻、口觀心，默默聽著。

婆媳兩人喝茶聊天了一會兒，何夫人和善地問道：「玉芝，妳來我何家已滿一年，過得可還習慣？黃林雖距離永安不遠，但兩地有些生活習慣還是迥然不同的。」

何大少夫人端莊地點點頭。「兒媳還好，謝謝婆婆關心兒媳。」說完，她優美的嘴唇彎起一道精準完美的彎弧。

「這就好。」何夫人點點頭，稍微遲疑了一下，問道：「玉芝，妳和俊華成親已有一年，為何還沒有好消息傳來？」

何大少夫人微微一愣，趕緊低頭躬身道：「婆婆，兒媳可能還未完全習慣京城的水土。」

何夫人望了望身邊的一個管事婆婆，便道：「玉芝，我要和妳說件事情。」

何大少夫人頓時愣住，這說話語氣頗有些商量的意味在其中。

「婆婆請說，兒媳理當為婆婆分憂。」她微微欠身道。

「玉芝，妳也是官宦世家出身，應該知道我等人家，男子十六、七歲的時候，房中便會有通房丫鬟。俊華有兩個通房丫鬟，一個在妳進門之前已經配給城外莊子裡的小廝了，還有一個……」何夫人頓了頓，道：「那一個原本是我身邊的一等丫鬟，目前懷有身孕，所以我打算抬她為俊華的妾。」

何大少夫人在聽到通房丫鬟的時候臉色已經微微變了，等聽到其中一個還懷了孕，婆婆要將之抬為小妾，頓時臉色煞白，雙手死死抓住手中的粉藍色繡帕。她還沒有生出嫡長子，她的夫婿就有庶長子了。

何大少夫人不知道，還有一個人比她更震驚，那就是春喜，因為這是她昨晚噩夢中的一個片段！

春喜的震驚讓站在身邊的春麗察覺，春麗不動聲色地用手肘拱了春喜一下。她們是丫鬟，不管發生什麼事情都要牢牢站在小姐身邊。

「玉芝，妳熟讀《女誡》，通情達理，應該知道如何處理這種事情。」何夫人道。「紫嫣七歲進入府內，一直在我院中伺候著，我頗為中意。她聰明懂事知道分寸，俊華對她也極為滿意，她的孩子不管是男是女，都是我兒的血脈。」

婆婆先是詢問她為何還沒有好消息，然後再說欲抬懷孕的通房作妾一事，分明是用子嗣壓制她！何大少夫人臉色煞白，嫣紅的嘴唇抿成了一條直線。正經人家如果遇到這種事情，絕對會用打胎藥把孽種打掉，因為這是對親家不尊重。難道何家認為她堂堂知府之女遠嫁到京城，娘家對她就鞭長莫及，不能替她作主了嗎？

噩夢的片段在現實中發生了！春喜緊張地握緊了拳頭，微微低頭望著她家小姐。

大慶皇朝律法，平民不得納妾，官員按照品階可納之妾室數量不等。王公一級可納妾八人，郡一級的公侯可納妾六人，一品、二品官員可納妾四人，三品、四品官員可納妾三人，五品、六品官員可納妾兩人，七品、八品、九品官員可納妾一人。大慶皇朝對嫡庶嚴格區分，妻生子是嫡子，是家族的繼承人，妾生子可以少量繼承父親的遺產，而婢生子和姦生子是沒有任何權利的，母親是什麼身分、孩子還是什麼身分。何俊華是從五品官，擁有納兩妾的權利，現在他的母親要給他納妾，不過按照規矩，他的正妻如果不同意的話，他還是不能納妾的。

「婆婆，兒媳才進門一年，夫婿就馬上納妾，兒媳的面子……」何大少夫人很艱難地說道：「婆婆可不可以暫緩半年，等兒媳入門一年半後再讓紫嫣姑娘進來？」進門剛一年夫婿就急不可待地納妾，不知道的人以為她很不得夫婿的心。

「這……六個月？」何夫人頓時猶豫了起來。

半個月！春喜努力控制自己心中的驚駭。昨晚，她作了一個奇怪的噩夢，噩夢中，久久不能懷孕的小姐因為姑爺要抬一個懷孕的通房丫鬟作妾，無奈下將她這個陪嫁丫鬟送給姑爺為妾，既表示小姐是賢慧大度的正妻，也希望她能幫小姐爭寵，幫小姐懷孕生子。如果噩夢是真的，小姐只能拖半個月，半個月後，紫嫣姨娘就會挺著六個月大的肚子進門，之後……

紫嫣畢竟是在府內長大的小丫鬟，何府僕人對她的感情不是新來乍到的大少夫人施些小恩小惠所能比得上的！管事婆婆趙嬤嬤站在不遠處朝著何夫人比劃肚子，示意她別忘記紫嫣的妊娠月分。

何夫人見了，皺了皺眉頭對大兒媳道：「恐怕來不及了。紫嫣那丫頭已經懷孕六個月，等不起。」如果生的是女兒，身分高低、是主是僕就無所謂了；如果是男孩，庶長子，唉，有些麻煩呀……

已經懷孕六個月了！這不是說她新婚夫婿和她鴛鴦交頸的時候，還和那賤婢偷情纏綿？何大少夫人絞著手中的藍色繡帕，微微低頭，片刻之後便強顏歡笑道：「兒媳聽憑婆婆作主。」

「娶妻當娶賢。玉芝，妳的賢孝婆婆都記在心裡呢。」何夫人頷首，轉頭道：「桂香，去我房裡把赤金紅寶扣環手鐲拿來，就在第二個珠寶盒的第三層中。」她的貼身丫鬟桂香連忙應聲「是」，去裡屋拿手鐲。

「半個月後怎麼樣？」何夫人和藹地詢問道，面容一派慈祥，語氣中卻隱藏著不容拒絕。她兒子寵愛紫嫣，在娶妻之後還允許紫嫣生庶子，沒想到媳婦肚子沒消息，紫嫣倒是先懷上了，這能怪誰？怪媳婦肚子不爭氣！

「好。」何大少夫人恭順垂眸，聽了便微微頷首。

想到紫嫣丫鬟懷孕、何夫人向她家小姐提出抬妾的事情和她昨晚的噩夢某個片段完全吻合，微微低頭的春喜鎮定地看著，心中暗道——夫人等一下會不會說，那副手鐲是皇后御賜，她年紀大不適合戴了，小姐年輕正合適？

不一會兒，桂香拿著一塊紅布包出來，小心翼翼地遞給何夫人。何夫人接過紅布包慢慢打來，和悅地說道：「玉芝，這是十七年前當今皇后娘娘賞賜給我的，我年紀大，早就不戴這種式樣的手鐲了，妳年輕，真適合。」

皇后娘娘御賜的？婆婆為了安撫她心中的委屈還是下了點血本。「婆婆，這是當今皇后娘娘賜予您的，兒媳怎麼敢戴？」何大少夫人趕緊道，宮裡的賞賜普通人大多只能供著，用了就是僭越。

「沒有關係，這是皇后娘娘賜給高品階朝廷命婦的，上面只有皇家尚衣局的印記，沒有皇家專用印記。來，妳收著，以後可以當作傳家寶給妳的兒媳。」何夫人慈祥地說道。金子倒也罷了，富貴人家都會有些，這手鐲上那幾顆小指指甲蓋大小的紅寶石倒是上等純淨好貨，更重要的是這手鐲款式精美、做工精湛，出自皇宮工匠之手。

「婆婆如此厚愛兒媳，兒媳就卻之不恭了。」何大少夫人再不敢遲疑，上前躬身領受。

何夫人將兩只赤金紅寶扣環手鐲重新包好交給何大少夫人。

看著時辰差不多，何大少夫人便起身告辭，說要去花園走走。

何夫人知道她此刻心中肯定很不痛快，很理解地說道：「去吧。」每一個成為官夫人的女人都會有過一、兩回這樣的事情。其實也沒有什麼，因為正妻是女主人，妾永遠低她一等，庶子除了會繼承到一些父親的錢財，只要正妻有嫡子，其他的家產都搶占不去。按照本朝律法，若是正妻只生嫡女，正妻的嫁妝也只能由她的嫡女繼承；正妻如無子無女，又沒有指定誰繼承，嫁妝只會被娘家收回，庶子貪不到半點！

花園中，桃花盛開，遠遠望去宛如天空的粉紅、粉白雲彩飄落到地面上。淡淡的桃花香瀰漫在花園中，蝴蝶成雙成對翩翩起舞，全然顯現春天萬物繁盛的神奇。

何大少夫人站在一棵枝繁葉茂的桃花樹下，目光陰冷地望著眼前的桃花。前幾日，她和夫婿逛桃花林，夫婿還說人比花嬌；今日她才知道原來夫婿早就桃花兩、三枝地養在花瓶中了。她出身官宦世家，祖父、伯父、父親他們都納妾，有好幾個通房丫鬟，她知道自己的夫婿肯定有通房丫鬟，遲早也會納妾，只是萬萬沒有想到，自己過門才一年，夫家就急不可待地給她夫婿納妾，一點也不尊重她，而那妾已身懷六甲，她夫婿即將有長子了。夫婿的長子不是由她所生，她臉面何在？

「春麗、春喜，我該怎麼辦？」她失神地問道，罕見地向自己的陪嫁丫鬟尋找安慰。在這個府中，她除了奶娘、兩個貼身丫鬟，就只有四個幫著管理嫁妝的管事媳婦。

「小姐，您是正妻、女主人，妾要伺候您，生下的孩子也還是您的。」春麗安慰道。

「小姐，奴婢不知，謹聽小姐吩咐。」春喜很平靜地說道。

何大少夫人回首望望她們，憤怒道：「妳們兩個蠢貨，一點也不能替主人分憂！」她就知道丫鬟們是沒有主見的，剛才鬼迷心竅了才詢問她們。那紫嫣賤婢估計是和她夫婿一起長大的，他們有青梅竹馬之情，她必須想辦法把夫婿拉回到自己身邊才行。

忽地，她想到照顧自己多年的奶娘。奶娘人老經驗豐富，也一直維護她，必定會替她想法子。一哭二鬧三上吊是民間潑婦所為，她堂堂知府千金豈能用之？想到奶娘的精明，她便朝自己的擷芳院走去。她嫁到何府一年，薛奶娘每天都在後院走動，忙著認識後院的大小婆子和媳婦們，幫她拉攏人心。

春麗見小姐走了便跟上，發現春喜有些心不在焉，趕忙伸手拉了她一下。

春喜此刻面容雖然鎮定，其實心中驚駭，因為目前看到的和她噩夢中發生的小片段幾乎完全一樣。

噩夢如果是個預知夢，那麼在紫嫣姨娘抬進府為妾的前兩天，小姐會告訴她，她決定讓她成為姑爺的第二房妾，在紫嫣姨娘進府的那一天開臉，和姑爺圓房。

她不是自願為婢，她是被拐賣的。她是官宦人家的女兒，雖然家道中落，但父親也曾當過知縣，她怎麼可以做別人的妾，給祖宗丟臉？

夢中的她不願意作妾，跪在小姐面前委婉拒絕。可是小姐說，陪嫁丫鬟本來就是在小姐不方便時代替小姐伺候姑爺的，讓她做姑爺的妾是抬舉她，她別不識好歹；她如果不願作妾就算了，反正她還是要做通房丫鬟，否則就去死。

她還期盼有一天能獲得自由，依循記憶尋找家人，怎麼可以就此死去？

夢中的她被逼無奈，只能懇請當她年老色衰、姑爺不再要她的時候，小姐能放了她，讓她返鄉落葉歸根。

夢中的小姐居然同意了，也許在她考慮將她抬為妾的時候就已經有了去母留子的想法。

夢中的小姐去和姑爺、何夫人說，她要喜上加喜、雙喜臨門，把文靜漂亮的陪嫁丫鬟送給姑爺作妾。

夢中的何夫人有些為難，姑爺卻是默默接受，在她和紫嫣姨娘一同立為妾的當晚就進入她的房中，完全不考慮身懷六甲的紫嫣姨娘心中感受。姑爺性情涼薄，絕非良人！

現在她既然知道了未來的悲慘命運，一定要想辦法逃掉才行。

傍晚，鴻臚寺右少卿何俊華從官署回來，先回自己屋裡換下官服穿上常服，然後來到妻子屋內，一看到自己的美麗嬌妻手托香腮面帶憂愁，便知道她為了什麼如此。

他剛進入屋內，站在一邊的春麗、春喜便朝他躬身道：「姑爺回來了。」

何大少夫人聽到丫鬟的聲音，便趕緊拿起繡帕擦了擦眼角，起身迎接道：「大人。」她朝他微微福身。

「妳我夫妻在房中就不必這般多禮了。」何俊華快步上前將她攙扶起來，看到她濕潤的淚眼，便柔聲道：「玉芝，妳有心事？誰給妳氣受了？」說著，他領著她坐下，夫妻倆開始談話。

春喜朝著春麗微微點了一下頭，然後走了出去。

「大人，今日妾身給婆婆請安，婆婆說要給你納妾。」何大少夫人幽怨地說道，粉嫩小臉泫然欲泣。

憐惜地輕撫她的小臉，何俊華溫柔地詢問道：「妳怎麼回答？」

「妾身還能怎麼回答？妾身只能允許了。」

何大少夫人委屈地說道：「妾身思量著那紫嫣必定是大人的青梅竹馬，大人對她感情想必深厚，打算將她安排在最近的院子裡，大人可以經常過去探望，妾身也好就近照顧著她，畢竟她懷了大人的第一個孩子。」

端著熱茶進來的春喜聽到這裡，暗道——留香院。

她端著茶往何俊華和何大少夫人面前走去，春麗快步上前端茶，恭敬道：「姑爺請喝茶，小姐請喝茶。」她將一杯茶端到何俊華面前，然後將何大少夫人面前的冷茶撤下來換上剛沏好的茶。

何俊華抬眼看看春麗和春喜，等她們退到一邊便詢問何大少夫人道：「妳打算將她安排在哪裡？」

「擷芳院左後邊的小院子裡，那院子雖然小了些，勝在距離書房比較近。」何大少夫人說道。擷芳院旁邊後面的幾個小院子，本來就是安排給嫡長子妾室和孩子們用的。

「妳既然已經決定了，就這樣辦吧。」何俊華抓起何大少夫人保養得如幼兒般嫩滑的小手，深情地說道：「一個妾而已，為夫的心還是在妳身上。」

「大人……」何大少夫人頓時笑靨如花，如窗外開得燦爛的桃花。

是啊，一個妾而已，怎麼樣也不可能動搖到她的地位！

第二章 侍衛

還有十二天。春喜面容平靜，心湖卻激烈震盪著，如果她不在十二天裡脫離小姐掌控，就會被小姐告知作妾的「喜訊」。

她六歲被拐賣，一年半裡經過五、六次轉手，遭遇種種，賣身文書變得合法有效，她不僅無法說清自己的身分，在看到一個面容淨白自稱是某某家小姐的八、九歲女童被一滿身油垢的黑臉屠夫買走後，她什麼都不敢說了。她最後一次是被賣到黃林知府府上做丫鬟，當時人牙子和知府家簽的是死契，賣身價十五兩。

自從她在知府府中正式得用之後，每個月可以得到一些月錢，過年、過節時老爺、夫人都有給賞錢。她吃穿用度都在知府府中，自己很少有花銷，目前已經積攢了十九兩銀子，可以給自己贖身了。死契變活契還是有可能的，只看掌握賣身死契的主人願不願意。

不過在噩夢中，表面賢慧溫雅的小姐心中其實一直很厭惡她，小姐既然能做出去母留子的殘忍決定，肯定從一開始就沒想讓她好過；她要是主動請求贖身，還可能連小姐她那虛假的承諾——當她年老色衰、姑爺不再要她時讓她離開，都得不到。

必須找個有能力的人幫助自己，而且還要快。

事關自己性命，春喜心中發愁，連續兩天都有些走神。她是小姐的陪嫁丫鬟，很少能離開小姐身邊，而小姐平常只在御史府後院走動，她根本無法結識有能力的人；而且就算她結識了，沒有好處別人也不會幫她。

和她相處時間最長的春麗察覺了她的異常，將她拉到一邊說話。

「春喜，妳這兩天神色異常，是為小姐擔憂，還是為妳自己？」她單刀直入道。

「春麗姊，妳想說什麼？」春喜微微驚愕道。

「陪嫁丫鬟自古以來便是隨著小姐一起伺候姑爺的，可是我看妳自從得知姑爺要納妾就有些魂不守舍，妳該不會喜歡上姑爺，想做他的妾了？」春麗苦口婆心道。「小姐待我們不薄，我們不能背叛小姐。在這府上，只有我們是小姐的人，無論如何都要站在小姐這一邊。」

姑爺身分高貴、容貌儒雅俊秀、又頗有些才情，還會說些甜言蜜語，確實很容易迷倒不諳世事的少女，難怪春麗會認為她有這種心思。春喜只好苦笑道：「春麗姊，妳看我像是個會爬姑爺床的丫鬟嗎？」

「不像，可妳這兩天失神好幾次了，讓我很擔心。」春麗道。「小姐這兩天心情很不好，容易找碴發火，妳要當心點。」

「春麗姊，謝謝妳這兩天幫我。」春喜感激地說道。春麗是個心思單純、雖然有些膽小但也有股熱心的人，自己和她相處感覺很舒服。

「春喜，賣斷終身之後，我們就永遠是任人擺布的賤婢，興起不該有的妄想反而會招來大禍。」春麗警告道。

「我知道。」春喜頷首道。

日子一天一天過去，春喜雖然和以往一樣冷靜自持，但面容迅速憔悴下去。自從作了那個噩夢後，她每天遇到的事情、看到的情景，彷彿都曾經歷過。面對小姐，她心中總是會湧現一股怨恨、憤怒、絕望、無奈，還有無法說清楚的情緒，而且隨著時間的推移，那些情緒越來越強烈，彷彿這就是她自己的感情。

有時候，她會不由自主地撫摸平坦的肚子，腦中幻想著紅彤彤、皺巴巴的嬰兒，心中漾起溫柔、愛戀和不捨，彷彿她孕育過一個孩子，她將所有的感情都投注在這個和她血脈相連的孩子身上。她成為姑爺妾室的唯一收穫就是一個孩子。

孩子啊……對不起，既然娘無法保護你，你還是去別處投胎吧，希望你將來能有個可以保護你的娘。

「春喜，妳回房給我拿把扇子來，我要撲蝶。」在花園散步的何大少夫人看到雙雙對對翩翩起舞的蝴蝶，心頭陡然升起一團怒氣。世人常把夫妻比作蝴蝶、鴛鴦，蝴蝶、鴛鴦歷來成雙成對，人何曾這樣？她的夫婿背著她和別的女人成雙成對風流快活，拋下她孤孤單單！

「是，小姐。」春喜淺淺福身，快速往擷芳院走去，尋找小姐以前用的扇子。

桃花林中，蝴蝶翩翩上下翻飛，極力追逐同伴，何大少夫人看得心頭怒火越來越大，舉手使勁折斷一根桃枝，朝著面前的蝴蝶抽去。左邊兩對，右邊一對，前面一對，後面又是三對，全是姦夫淫婦！她眼紅了，一會兒驅趕這邊的蝴蝶，一會兒追著那邊的蝴蝶。她手中桃枝飛舞，有時狠狠打在桃樹枝上，桃樹枝搖晃著，如雨般灑落無數桃花瓣。

看小姐像發瘋一樣驅趕蝴蝶，春麗很是擔心，發現小姐情緒越來越不對勁，她只好鼓起勇氣撲上前抱住她的腰顫聲道：「小姐，小姐，您消消氣。您不能這樣，您是知府千金大家閨秀，絕對不能做這種失儀態、丟顏面的事情。」

幸好何大少夫人對九歲就跟著自己的春麗還是有幾分信任的，聽了便立刻將手中桃枝扔得遠遠的，慌張地撫摸自己的髮髻，急切詢問道：「春麗，我的頭髮沒有亂吧？」

拿出放在袖袋裡的小梳子，春麗小心翼翼地幫小姐將散亂的髮絲梳回去，整理珠翠釵冠，然後道：「小姐，溫婉端莊，完美無瑕。」

愛面子的何大少夫人被她這一哄，情緒緩和了許多，看看四周被自己打蝴蝶時打落的桃花瓣，立刻道：「春麗，我們去姑爺書房看看，他也許現在已經回府了。」鴻臚寺掌朝會、賓客、吉凶儀禮之事，只要不在節日或者沒有人來朝貢，一般都很清閒，官員常提前回府。

春喜拿了小姐的描金扇後又拿了兩把白摺扇，然後才走出擷芳院，去花園回覆小姐。她穿過鵝卵石花間小道，繞過水榭長廊，來到桃花林中，卻發現小姐和春麗已經不在這裡了，地上是一大片散落的桃花瓣。

「小姐，您在哪兒？春麗姊，妳在哪兒？」春喜四處張望。在桃花林中找了一會兒，她只好去小姐最近喜歡去的幾處地方尋找。來到距離御史妾室趙姨娘的院子附近，春喜突然看到了一名侍衛雙手捧著一個盒子走過來。

這人……她認識也不認識。

她是御史府嫡長媳身邊的丫鬟，這名侍衛是御史身邊的一個侍衛，她只在小姐進入御史府和姑爺拜堂成親那天見過他一面。此人面上有疤，別人只要看過他便不會輕易忘記。

但是在預知夢中，她還看過他兩回，從別人那裡聽過一次他的消息。十二月大雪紛飛的某一天，已經是姑爺妾室的她陪小姐去夫人那邊請安，看到不遠處一名掃雪的老僕突然滑倒，路過的他趕忙上前攙扶起老僕，幫老僕拍打身上的雪。被扶起的老僕稱呼他趙侍衛，向他道謝。當時她就在想，這個侍衛人醜心熱。

第二年春二月，何府祭祀祖先，懷孕的她陪著小姐站在祠堂外，聽到何御史叫他趙明堂，指使他做事。隔了幾天，何府後院幾個媳婦、婆子在一起聊天，她經過時聽到她們提起趙明堂，忍不住停下腳步聽她們在說什麼。她們說他臉上刀疤太猙獰，儘管是御史大人的侍衛，侍衛每月的月錢很多，可是快三十了連個媳婦都說不上，估計再過幾年就要去人牙子那裡買個媳婦回來了。

他人醜心熱，他沒有娶妻，她也許可以……

春喜走在九曲長廊上，趙明堂走在一條南北向貫穿長廊的青磚小道上。她朝著他即將穿過的長廊道口走去，腳步卻越來越慢。他行路的步伐好像是用尺量過的，兩步之間的跨度幾乎一樣長。

四目無意間相交，趙明堂迅速望向前方，她臨時萌生的決定卻隨即堅定了下來。

趙明堂腳步快，踏上兩級石階穿過長廊下石階，繼續向前走。春喜小跑兩步，朝著他的背影嘴唇翕動了幾下，然後道：「喂。」她微微顫抖的聲音隱藏不住她此刻的緊張。

趙明堂身體頓了頓，明顯是聽到了，他微微轉頭疑惑地望著她。

春喜看到他黝黑沈默的雙眸，頓時很懷疑自己的想法是否能夠實現。

見她並沒有再說話，趙明堂微微點了一下頭繼續向前走。

過了這個村就沒有這個店，機會稍縱即逝，她必須試一試！春喜緊緊抓住手中的三把扇子，不疾不徐地叫道：「這位大人，請停一停好嗎？」

她叫他一聲大人也沒有錯，因為大慶皇朝允許四品以上的官員合法擁有名額有限制的侍衛保護自身。這些侍衛不是普通的家丁、護院，皇帝也忌憚手下乘機蓄養私兵，於是由官員支付月錢的侍衛必須在當地官府登記，算作沒有品級的編外官員。都察院左副都御史是正三品官員，可以招攬六名侍衛保護自身安全，從五品的鴻臚寺右少卿何俊華如果有事外出，還要向父親借兩個侍衛當保鑣。

趙明堂確定這個好似見過一面的漂亮丫鬟有事相求，望望四周便回轉身來，禮貌地問道：「姑娘有事？」他聲音低沈沙啞。

「這位大人，小女子冒昧地問一下，您現在是否有家小？」春喜微微仰著臉詢問道。兩人相距三步，他比她高很多的健碩身形讓她很有壓迫感。

您現在是否有家小？趙明堂頓時愣住了，這種話應該是上了年紀的大媽、大嬸詢問年輕男子的話吧？她一未出閣的丫頭怎麼可以當面詢問陌生男子？

見他不說話，春喜深吸一口氣，不亢不卑地說道：「小女子對大人早有仰慕之心，自願和大人結兩家之好，大人可否願意？」

趙明堂頓時目光如炬，將她整個人都仔細端詳了一遍，才道：「姑娘是大少夫人的兩個陪嫁丫鬟之一吧？姑娘可有難言之隱，婚姻大事非同兒戲！」誰都知道他左額角有一塊銅錢大小的不規則暗紫紅色胎記，右臉頰有一條一指長的猙獰肉色刀疤，他容貌醜陋，她怎麼可能看得上他？這明擺著是戲弄他！

他的聲音很冷，如北風颳過，冷得讓春喜感覺衣裳下的肌膚都起了雞皮疙瘩。「大人莫要多心，小女子只是今年已過二八年華，想找個可靠的男子依靠終身。就如大人所知，小女子是陪嫁丫鬟，大人應該知道陪嫁丫鬟的苦惱，小女子不想如其他陪嫁丫鬟那般，所以想自己謀個夫婿。」她大著膽子凝望著他的眼眸道：「小女子自知身分卑微如蒲柳，不敢奢望太多，只求個知冷知熱的夫婿。小女子覺得大人會是小女子想要的良人，便厚顏自薦。」

趙明堂頓時完全瞭解她的想法了，便道：「鄙人容貌醜陋，並非姑娘所想之人，姑娘厚愛，鄙人無福消受。姑娘容姿上佳，必然可以覓得佳婿。」說完，他微微頷首，轉身離去。

「等等。」春喜早就防備著他要離開，眼疾手快地拽住他的上衣下襬。「小女子對大人一見鍾情，今日偶然撞見大人，自覺不主動，大人便永遠不知道有人心中仰慕大人，夜夜難眠。

「大人莫非懷疑小女子早就沒了清白？小女子還是清白之身，只是以後……」春喜苦澀地勾了勾嘴角，隨即語氣堅決道：「如若大人願意接受小女子的情意，小女子可以向天發誓，此生身心絕不背叛大人！」

趙明堂頓時動容了，只是他實在想不出自己哪裡讓她仰慕了。他一醜八怪，女人第一次見到他就恐懼。「姑娘請放手，拉拉扯扯不成體統。」他語氣已經不再那麼冷硬了。

春喜也知道大庭廣眾之下男女拉拉扯扯不雅，聽他語氣稍有鬆動便連忙放了手。

趙明堂轉過身來，望著眼前這位面容雖然憔悴但也異常秀美的少女，嘆氣道：「姑娘勇敢熱情，難能可貴，只是鄙人粗俗，也自覺和姑娘無緣，所以，請恕鄙人不敢接受姑娘情意。」說著，他急步向前，迅速離開。

望著他恍如逃跑的背影，春喜的心宛如沈到水底，感覺又冷又黑。她不顧尊嚴地求嫁，自以為挑選一個外在條件非常差的男子一定能求嫁成功，沒想到她還是失敗了。

距春喜和趙明堂交談位置的遠處高樓上，一名穿著鵝黃色牡丹繡襦裙的美豔少婦看到一些，捂嘴輕笑道：「妳們都看到了？大嫂的陪嫁丫鬟思春，開始勾引男人了。」雖然距離有些遠，但她還是看出那丫鬟是伺候大少夫人的丫鬟春喜。

站在她身後的兩個丫鬟面面相覷噤若寒蟬，站在美豔少婦身邊的中年婦女尖酸刻薄地說道：「呀呀呀，大少夫人出身名門，父親還是個知府，怎麼身邊的丫鬟如此寡廉鮮恥？嘖嘖嘖，知府的家風呀！」

「我要不要去告訴大嫂，讓她好好管教自己的丫鬟呢？」美豔少婦笑道。她是何家庶出二公子的妻子，京城一崔姓官員之嫡幼女。父親看中何家二公子的才華，將她低嫁過來。她原本是不樂意的，婚後發現夫婿容貌、才華一等一的好，做事精明，還被太子殿下賞識，心中便滿意了；只是公婆太偏袒嫡長子，四處打通關係為嫡長子謀了一個官缺，而她那比大公子優秀許多的夫婿還在翰林院中當一個七品編修。

「奶娘，妳看清楚那男人是誰了嗎？」何二少夫人崔氏問道，眼中閃爍著詭異的光芒。

崔氏的奶娘賈氏自從來到御史府後院，便和御史府中有些資歷的管事媳婦、管事婆子攀談，認識了很多人，對御史府的瞭解比她知道的還要多，只是剛才由於角度的關係，她看清楚了春喜卻看不出那男人是誰。

「小姐，那男人穿著青衣勁裝，腰間好像挎著一把刀，御史府會有這樣裝扮的只有御史大人的侍衛。」賈奶娘說道。護院、家丁什麼的，他們只能揮舞木棍、鐵棍，不能使用開鋒的武器。只是真奇怪，春喜是大少夫人的貼身丫鬟，什麼時候能認識只在前院走動的侍衛了？大戶人家規矩嚴，後院的女眷、女僕大多不會去前院。

「侍衛？」何二少夫人微微一愣。「春喜眼界還真高，居然看中了一個侍衛。哼，她也太不自量力了，自古良賤不通婚，她是賤婢，人家侍衛豈能看上她？」皇家御用侍衛都是王公貴族子弟，朝廷允許配備的高官侍衛則屬於良民。

「呵呵，小姐，說到侍衛，奶娘我想到了一個人。」賈奶娘突然格格笑了起來，臉上的橫肉也微微抖動，何二少夫人的兩個貼身丫鬟頓時感覺吹進高樓的和煦春風變成了凌厲寒風。

「御史大人身邊有六名侍衛，其中有一位非常有名。」賈奶娘說道，圓胖的臉上露出邪惡的笑容。

何二少夫人頓時被她勾起了興致，問道：「如何出名法？」

「小姐，此人姓趙，臉上天生就長著一塊凹凸不平的紫紅色胎記，後來為了保護大人，臉上又被劃傷了。」賈奶娘道。「我聽說府中最小的兩位公子都害怕他，有時候御史大人便吩咐他監督淘氣的小公子們讀書。」御史大人有三名妾室，除了正妻生的嫡長子外，還有三名小姐、四個公子。

「臉上長著凹凸不平的紫紅色胎記，還破了相？那不是醜上加醜嗎？」何二少夫人奚落道。她沈吟了一會兒，道：「春喜不可能挑中這個男人的，不過……」她冷冷一笑道：「奶娘，妳……」她低聲吩咐起賈奶娘來。

賈奶娘聽了微微一怔，道：「小姐，這事如果被您婆婆知道……」她口中提到的婆婆是御史正妻何夫人，而非姑爺的生母。

「妳小心行事，別露出破綻。」何二少夫人淡定地說道。大少夫人自恃夫婿是嫡長子，處處表現得高她一等。哼，不過是個外省的知府之女罷了，敢鄙視她？夫榮妻貴，將來誰的身分更高貴些還要看夫婿的能耐！伸手輕輕撫摸一下自己的腹部，何二少夫人臉上露出微笑。她的月信遲了二十多天，懂得一點醫術的奶娘確定她是有了，她也許應該在適當的時候找大夫把個脈，宣佈一下。

不會再遇到一個自由身的年輕男子了，因為這裡是後院，外男不得隨意進入的地方。

春喜的心一片灰色，看周圍的景色也彷彿沒有了色彩，她彷彿走進寒冷冬季。她一直擔心被小姐送給姑爺當通房，有了那個噩夢般的預知夢後更加恐懼了。

遙遙看到小姐坐在花亭當中，春喜迅速收起自己雜七雜八的情緒，恭謹地將手中的扇子遞上。「小姐，這是您要的扇子。」

「春喜，太晚了，我已經不想撲蝶了。」何大少夫人冷冷地說道，眼角瞥一眼春喜手中的扇子。

春喜拿了三把扇子，一把是她夏天常用的描金彩畫扇子，兩把白紙摺扇。她真是聰明剔透、善解人意呀，猜到她撲蝶是為了拆散蝴蝶，猜到她可能要叫丫鬟幫忙；這個賤婢難道不知道，主人被下人冷靜地旁觀，經常被下人猜中心思，心中有多惱火？

「小姐，請恕奴婢來遲了。」春喜躬身道。

「我已經累了。」何大少夫人不接春喜手中的描金扇子，也不看她，逕自起身從她身邊走過去。

春喜知道這些天小姐喜怒無常，便收起描金扇子追上春麗，和她肩並肩跟在小姐身後。

這一天就這樣過去了，春喜依然沒有想出改變未來的方法。

夜晚，她和一個婆子、一個丫鬟坐在小姐、姑爺的寢室外守夜，雙眼凝望著腳前的地面。

其實，改變未來也並非只能在這幾天，因為成為姑爺的妾之後，她只要一直不懷孕，便不會出現被去母留子的未來。她一直覺得自己的容貌只能算是小家碧玉，不過能讓明豔動人的小姐都心生不喜，也許自己是真有幾分姿色，可是她怎麼就不能讓娶不到妻子的趙明堂動心呢？趙明堂，他是見色不亂，還是因為良賤不通婚，又不想惹麻煩幫助簽下賣斷死契的她贖身，所以堅定拒絕了她？其實她只要贖了身，和親人相認，便是良家女子。

輕不可聞地嘆口氣，她仰望掛在暗藍天空的橙色殘月，幾朵烏雲飄過，將殘月遮擋得忽明忽暗，彷彿預示著她的未來也是這般，即使她想扭轉命運，命運也是這般忽明忽暗。

春日的餘暉落在御史府的青磚綠瓦上，給御史府增添了幾分紅光。擷芳院中，何大少夫人坐在餐桌邊一臉憂鬱地等待著，身邊是也一樣焦急等待的眾丫鬟。傍晚時分這個院子的男主人就該回來了，可是他到現在還沒回來，連個消息也不通知一聲。

「小姐，興許姑爺今日官署事務繁多，需要晚些時候才能回來。您餓了，還是先吃吧，派人去廚房通知一下，讓廚房給姑爺另外留些晚膳。」奶娘看到何大少夫人不肯開飯，心裡有些擔心她餓壞了。

春麗也道：「小姐，您先吃吧，只要通知一下廚房，廚房會給姑爺留飯的。」近身伺候主人的奴婢們都要等到主人用過飯之後才能用飯，她的肚子現在已經餓得咕嚕叫了。

站在一邊垂手而立的春喜平靜地旁觀著。今夜是姑爺成親後第一次和同僚去青樓尋歡，很晚才會帶著醉意和一身脂粉氣回來。小姐本來就惱怒他這麼快就要抬通房丫鬟為妾，現在居然還帶著酒氣、脂粉氣味回家，心頭怒火高漲，便趁著他有些醉意套他口風。小姐一向表現得溫婉嫻淑，姑爺以為自己的妻子和其他官夫人一樣大方，為了賢慧名聲可以容忍一切，便說自己和同僚一起喝花酒了。小姐和她也是在那時候才知道姑爺是秦樓楚館的常客。現在想想，再對照預知夢，她更加不能接受小姐即做下的決定。

等得饑腸轆轆的何大少夫人看到暮色降臨，便嘆了口氣道：「擺膳吧。春喜，妳叫人去廚房，讓廚房裡給大公子留一份晚膳。」

聽到她叫擺膳，站在一邊的幾個二等丫鬟立刻將提著的保溫食盒拿過來，一樣一樣將重新燒的菜端上桌。傳菜丫鬟們盛飯布菜，春喜朝著何大少夫人一福身，退出堂屋四處看看，看到一等丫鬟雪玲站在迴廊上給鳥餵夜食，便朝她招招手。

如果按照預知夢的發展，在她成為妾之後，一等丫鬟雪玲會變成她的貼身丫鬟。雪玲是個性情跳躍又膽小的丫鬟，只是夢中的她並不知道雪玲對自己是否忠心，又或有幾分忠心。在她懷孕期間，雪玲一直伺候著她，可是在她最後的時刻，雪玲一去不復返。雪玲也許被正房夫人（何大少夫人）控制住了，也許直接聽從正房夫人的吩咐不管她了。

「春喜姊，妳有什麼吩咐？」雪玲聽到春喜的叫喚，便將手中的盆子一放，快步走過來。

「雪玲，妳去後院廚房一趟，告訴大廚姑爺還沒有回來，讓他留一些晚餐。」春喜道，心中則有另一個說法，雪玲會說，後院廚房每晚都會有人留守，專門伺候晚歸的老爺、公子們。

「春喜姊，後院廚房每晚都會有人留守，專門伺候晚歸的老爺、公子們。」雪玲毫不在意地說道。

「哦，我知道了。」春喜微微頷首，轉身走進去回稟道：「小姐，廚房晚上有專人守著。」

何大少夫人才剛開始吃兩口飯，聞言略一思索，臉色頓時變了。她出生官宦世家，自然知道這話的意思。公公御史大人在外面應酬喝酒、甚至喝花酒晚歸那是婆婆的事情，她的夫婿怎麼可以經常很晚回家呢！

「小姐別動氣，有幾個錢的男人都是這樣，您這樣只會氣壞身子。」薛奶娘趕緊安慰何大少夫人。「只要他不把外面的野女人往家裡帶，您就睜一隻眼、閉一隻眼吧。」這是男人的通病呀！知府夫人那樣厲害，也只能忍，為了博賢慧之名，明面上還要對那些庶子、庶女好。

「何家是官宦人家，家規嚴謹，他自然是不敢將外面不三不四的女人帶回家；我擔心的是，他會把身子玩壞了，甚至會染上一些髒病回來禍害我。」何大少夫人一臉薄怒地說道。

她父親和兄長偶然也會狎妓，她雖然養在深閨，但也不是什麼都不知道。

「所以我上次才勸您，別為那紫嫣賤婢抬妾一事耿耿於懷，與其讓姑爺在外面玩髒女人，不如弄幾個年輕漂亮的乾淨女孩，讓他安心待在府中。」薛奶娘乘機勸說道。

春喜的心頓時被刺痛了，就是薛奶娘的這個建議，五天後小姐會通知她，決定將她送給姑爺當妾室。

噩夢般的未來越來越接近了，她該怎麼辦？

第三章 流言

御史府下人紛紛傳言，說大少夫人的陪嫁丫鬟春喜對侍衛趙明堂情有獨鍾，曾經拉著趙侍衛表達情意。

不到兩天，這個傳言便傳到了趙侍衛趙明堂的耳中，他冷漠地反問特意將這個傳言說給他聽的同僚。「你相信？」他陰沈著臉，周身散發颼颼寒氣。

「覺得不可信。」這個被反問的侍衛摸摸頭，想了想道：「趙哥，要是真這樣其實也不錯，你可以想法子幫她贖身，然後娶她，這樣你趙家好歹也會有後。」

練武場上另一名也聽到這個流言的侍衛道：「我聽花園掃地的劉二娘說，大少夫人的那個陪嫁丫鬟容貌挺不錯，你不如真娶她吧，說不定能生個像她一樣漂亮，像你一樣武藝高強的兒子。」

「荒唐！」趙明堂沈聲道，坐到一邊拿起一塊布，抽出他的制式佩刀，開始擦拭刀身，保養刀刃的鋒利。

「荒唐嗎？」練功場上的另一名侍衛好奇道：「因為你覺得她是奴籍婢女嗎？我認為你託人出三倍贖身價，她就算簽了賣身死契，大少夫人也會鬆口放她回歸原良籍的。」

「因為我不想。」趙明堂頭也不抬地說道。

擷芳院中，大少夫人寢室隔壁的琴房中傳來單調而緩慢的古琴聲，在院中伺候的奴僕們便知道大少夫人在練習古琴。

捧著小姐昨夜指名要的鮮嫩月季花，春喜走進琴房角落的花瓶，將花瓶裡不再新鮮的粉紅桃花取下來，將幾朵含苞欲放的紅色月季花插入花瓶，退後幾步看妥不妥，然後上前細心調整了月季花的角度和高低。

何大少夫人坐在琴臺邊，左手拿著一本琴譜，右手按照琴譜錚錚地撥動琴弦。後院女人的生活安逸而單調，她不是京城人，在京城沒有認識的貴婦人，她是五品宜人，每月初一、十五可以進宮覲見皇后；可是即使那樣，如果婆婆不帶她多參加貴婦們的各種聚會，她便無法進入京城貴婦圈子。她有些急，只是婆婆不動聲色，她也只有耐心等待，多看一些書培養自己的氣質，多學一些樂曲增加自己的才藝，等到正式進入貴婦圈中，好不讓人小瞧。

等她停了下來，一副不想繼續彈的時候，春麗上前道：「小姐，您練了快半個時辰，快歇一歇。」春喜趕緊去倒茶。

何大少夫人微微頷首，春麗便拿來事先準備好的熱毛巾輕柔地幫她搓揉手指和手腕。

春喜端著托盤上前，一隻手托著托盤、一隻手將精緻的白釉茶杯放在何大少夫人的面前。「小姐，請喝茶。您要的月季花已經插進花瓶了。」小姐很少讓她接觸她的肢體，她也知道春麗比她會伺候小姐，就是沒有想到小姐心中厭惡她。

「嗯。」何大少夫人端起茶杯喝了一口上好的毛尖春茶，然後冷冷地問道：「妳去外面聽到什麼了沒有？那些丫鬟、媳婦、婆子們有沒有議論紫嫣賤婢？她可是她們的熟人。」作為一名寬宏大度賢良淑德的正妻，她不得不派人整理留香院，派人準備酒宴，好等四天後把紫嫣賤婢抬進來做夫婿的小妾；不僅如此，她將來還要容忍賤婢的孽種稱呼自己母親。

「小姐，奴婢沒有聽到。」春喜低著頭道。

「哦，妳怎麼什麼都沒有聽到？」何大少夫人淡淡地說道。她唯一喜歡春喜的地方就是春喜只低頭做分內的事情，不管閒事，不搬弄是非。

午膳時間，何俊華沒有回來用餐，只派了一個小廝回來，說同僚相約上酒樓，他不會來用午膳了，請夫人自用。

上酒樓，應該有歌女、娼妓陪伴吧？何大少夫人心中一沈。這是第二次了。自從那一夜他晚歸，身上有著酒氣和脂粉氣，她就明白自己的夫婿不是潔身自好的人，對他微微失望了；今日這一回，她希望自己猜錯，他只是逢場作戲，畢竟官場人際交往很重要。

「小姐，現在是白天，姑爺只是和其他官員一起上酒樓而已，您別想太多了。您身子要緊，讓奴婢們伺候您用膳好不好？」春麗小心謹慎地問道。

何大少夫人心中一嘆氣，春麗自幼就在自己身邊伺候，知道的事情很少，她根本不知道只要男人有心，白天也百無禁忌。「擺膳吧。」她說道。這種事情有一有二就有三，她應該放寬心些，別氣壞了自己。

看著傳菜丫鬟端菜捧飯，何大少夫人突然道：「奶娘說得也許沒錯。」她應該索性積極給夫婿納妾、收通房，把夫婿盡可能地拖在家中。外面的女人不乾不淨，說不定還有髒病，而她一手安排的女人會很乾淨，而且她身為正妻完全能掌控她們的命運。

奶娘……春喜心中一沈，小姐對自己的奶娘很信任和依賴，很多時候都聽奶娘的，也許就是奶娘出主意讓她作妾，甚至出了去母留子的主意。

說起奶娘，薛奶娘就到了，她一臉怒氣地道：「小姐，您知道外面都傳些什麼了嗎？」

何大少夫人頓時驚愕道：「奶娘，外面出了什麼事情？」

薛奶娘狠狠地瞪一眼微微低頭的春喜，道：「春喜賤婢勾引御史大人的一名侍衛。人家侍衛可是良民，豈是她能高攀的？那趙侍衛當眾說他不想娶一個賤婢。春喜，妳真是丟盡了小姐的臉！」她這兩天有些頭疼，沒有出去轉，結果今日上午出去找後院的婆子、媳婦們說話，她們一個個對她有些冷嘲熱諷，暗指她家小姐家風不好。

何大少夫人聞言大怒，將面前的碗筷猛地扔到地上。啪！精緻的瓷碗瞬間四分五裂，雪白的米飯灑了一地。

「春喜，可有此事？」何大少夫人怒視著春喜。「說！」她娘家劉氏歷來享有清譽，絕不能讓一個丫鬟壞了名聲。

春喜心中微微一驚，隨即上前跪倒道：「幾日前，就是小姐一開始決定撲蝶，遣奴婢回擷芳院取扇子的那一天，奴婢取了扇子在花園四處尋找小姐，因為心中焦急，又四處張望，無意間和一個侍衛撞上了，腰間的絡子被對方的刀柄鈎住，不得不拖住他解開絡子。奴婢不認識他，和他只說些道歉的話便分開了。」她記得當時四下無人，就算有人從遠處看到她和趙侍衛拉拉扯扯，也不會知道他們說什麼，所以，除非趙侍衛自己說，否則他們的談話只有天知地知、你知我知。

何大少夫人望了望春喜腰間精美的絡子，丫鬟們沒有幾樣飾物，她們便打各種各樣的絡子裝飾在身上。

「呸，妳走路不長眼嗎？」薛奶娘厲聲道，其實不管真相如何、那侍衛是誰不重要，春喜的名聲壞了，可能會連累到小姐。

春喜無奈地低頭不吭聲。

見她不吭聲，何大少夫人警告道：「春喜，別做出有辱我名聲的事情來，否則……」

春喜立刻仰著臉道：「小姐放心，奴婢絕不做對不起小姐的事情。」

很痛快地看著春喜卑微地跪在自己面前，何大少夫人微微一笑，道：「起來吧，妳是我的貼身丫鬟，又隨我嫁入何御史府，我不會太責罰妳，只要妳對我忠心，我也不會太虧待妳。」

春喜立刻道：「謝謝小姐寬恕。」她在賭，賭沈默寡言的趙侍衛什麼都沒有說，只是有人湊巧看到她和趙侍衛說話，然後添油加醋地亂說話。

何大少夫人覺得春喜是自己帶過來的丫鬟，用起來總比夫家的丫鬟省事，而且春喜也解釋說那只是一場誤會，便讓薛奶娘把春喜的話傳了出去。

第二天，同一事件有了兩種截然不同的說法，於是後院吃閒飯悶得慌的僕人們更是激烈議論，於是……

「趙哥，後院說那春喜丫頭只是走路沒注意撞上你，其實根本沒有私相授受，這是不是真的？」往日和趙明堂很熟的一名侍衛勾著趙明堂的肩膀問道，他的妻子就在後院的廚房幫工，所以後院的消息他比較靈通。

趙明堂冷峻地說道：「嗯。」他伸手摸了摸臉上的疤痕。

「好可惜呀，內宅那群三綹梳頭、兩截穿衣的娘兒們天天閒著沒事亂嚼舌頭壞人家小姑娘清白。」那侍衛有些嘆氣道：「我婆娘說春喜丫頭長得比大少夫人還要漂亮，氣質高雅文靜，要是她真看中你，你其實可以考慮替她贖身，娶回來做婆娘。你也老大不小了，你不要女人你老娘總要個媳婦伺候吧？不孝有三，無後為大，你怎麼也得給你趙家留個一男半女呀！」

趙明堂一臉沈默，誰也猜不到他心中想什麼。

大慶律：吏五日得一休沐。何大少夫人的夫婿何俊華今日休假，午後便在後花園遊玩，至於他為什麼沒有邀請妻子何大少夫人同遊，他對妻子說很久沒有和兄弟們促膝長談了，他要和他們聚一聚。其實，他是打算去探望兩天後就要成為自己妾室的紫嫣。紫嫣不僅是他的發小，還是他第一個女人，現在又懷了他第一個孩子，所以雖然她身分地位低，但在感情上卻有著正妻沒有的地位。

看著花園中五顏六色的百花，何俊華俊臉含笑，春風得意——嬌妻美妾，左擁右抱，人生大樂。

穿過遊廊時，何俊華隱隱聽到一牆之隔有人在議論自己的妻子，不由得走到遊廊牆壁上的八邊形鏤空花窗邊，側耳傾聽。跟在他身後的小廝青書、青硯微微驚訝，不敢多聽。

「有人說大少夫人家風不太嚴，所以陪嫁丫鬟都敢引誘男人。」

「春喜丫頭長得秀美水靈，看起來文文靜靜，怎麼可能看中御史大人身邊破了相的侍衛呢，我聽說那是誤會。那一天，春喜丫頭不是拿著扇子到處找尋大少夫人嗎？我可是親眼看到的，肯定是她找大少夫人心急，不小心和趙侍衛撞上了。」

「是大少夫人的奶娘說的吧？她自從跟著大少夫人來到我們御史府，就在後院老姊姊、老妹妹地聯絡感情，套取消息，一看就是個精明的人，她的話只能相信一半。」

「不過我認為，春喜那丫頭如果真的看上趙侍衛，那就像一朵鮮花插在牛糞上。」

「哎呀哎呀，那侍衛破相歸破相，也還是個良民，看不上做丫鬟的。」

聽到這裡，何俊華怒氣沖沖地轉身往擷芳院急步而行，小廝青書和青硯面面相覷，跟在他身後面露擔憂。

回到擷芳院，何俊華厲聲問道：「春喜在哪裡？」

坐在院子角落裡繡花、做女紅的丫鬟、婆子們立刻放下手中活計，匆匆起身道：「大公子，春喜和春麗在大少夫人房中。」雖然大公子已經成家還是朝廷命官，但他沒有另立門戶，所以御史府的下人們還是稱呼他大公子。

何俊華快步走進堂屋進入東邊寢室，就看到妻子側身躺在美人榻上，身邊的兩個貼身丫鬟一個坐在桌邊畫繡花圖樣、一個繡荷包，很是安靜。

「春喜，賤婢，還不跪下！」何俊華朝著正在畫繡花圖樣的春喜厲聲喝道，眼睛怒視著她。

「啊！」春麗被突然的喝聲嚇得將繡花針戳到手指上。

春喜一驚，扭頭望去，就看到姑爺一臉怒容地望著自己，立刻放下筆，提起裙子跪下，道：「姑爺，奴婢犯了何事，讓您這樣動怒？」

熟睡的何大少夫人被何俊華的聲音驚醒，匆匆起身，問道：「大人，你回來了，出了什麼事？」用過午膳後，她本想請何俊華一起小睡一會兒，沒想到何俊華說很久沒有去兄弟們那兒，要去看看他們的功課。

何俊華怒道：「黃林知府家的丫鬟就是如此的不知廉恥，隨意勾搭男人？」

何大少夫人立刻知道流言傳到夫婿耳中了，馬上解釋道：「大人，那只是一場誤會，春喜是個文靜穩重的丫鬟，不會做那種事情。」

何俊華怒斥道：「妳派人查了？妳讓妳奶娘到處給春喜說好話是不是？空穴來風，未必無因！春喜賤婢肯定做了不檢點的事情，才會有人傳這樣的流言。」他警告道：「我何家門楣高貴，又有姑娘在宮中當妃嬪，最不能容忍這種事情發生。春喜既然進入我何家，就要遵守我何家的規矩。」

他冷冷地往跪在地上一言不發、面露平靜的春喜大聲道：「無恥賤婢！趙嬤嬤、杜嬤嬤，妳們立刻把這賤婢給我關進柴房，等候發落。」和妻子成親後不久，他發現春喜丫頭識字，能寫會畫，對妻子旁敲側擊，得知春喜原來是妻子祖母身邊的小丫鬟，有些得祖母的心，可能受到過祖母的教導，認識一些字、讀過幾本書。紅袖添香最是男人的風流雅事，他打算等妻子懷孕身子不便的時候把春喜要過來，可是妻子遲遲不懷孕，他沒有藉口，只能耐心等待。

「是，大公子。」擷芳院的婆子趙嬤嬤和杜嬤嬤聽到叫喚趕緊跑進裡屋，先朝著何俊華和何大少夫人福身，然後就去拉春喜的手臂。春喜姑娘平日裡規規矩矩、文文靜靜的，她們也不想如狼似虎地把她拽起來。

「……」春喜垂著眸抿著唇，就著趙嬤嬤和杜嬤嬤的手勁起身，由她們拉著出去。

春麗忍不住上前求情道：「姑爺，小姐，春喜不是那種人。」

「哼！」何俊華道：「玉芝，妳連自己的小院子都管理不了，以後我怎麼敢讓妳管理我何府的中饋？」說完，他拂袖而走。

何大少夫人被夫婿這樣一說，頓時恨起春喜來，婆婆年紀一年大過一年，她遲早要把中饋交給嫡長媳管理，何俊華這樣說她，分明是潑她冷水。

「小姐，這事關春喜的閨譽，請小姐派人查清楚。」春麗鼓起勇氣哀求何大少夫人道。

「這事情我自會查清楚。」何大少夫人沈著臉道。

薛奶娘也聽到了何俊華的聲音，等他走後立刻進來，擔憂道：「小姐，春喜怎麼說也是您的陪嫁丫鬟，她名聲壞了，少不得讓別人以為您管理不嚴。」小姐進入何府一年尚未懷孕，何夫人因此不滿才要把懷孕的紫嫣賤婢抬妾，以證明她兒子身體健康，現在小姐手下的人出了這種不名譽的事情，何夫人肯定會更不滿。

何大少夫人冷笑道：「龍生九子尚且子子不同，她一個下賤丫鬟能連累到我什麼？賤婢，天生下賤！」

竹清院中，何二少夫人悠閒地喝著午後茶，欣賞面前的一叢粉紅色薔薇，白皙美豔的臉上帶著淡淡的笑容。

站在她身邊的賈奶娘笑著向她彙報道：「昨天，我看到大少夫人的奶娘薛氏在府中後院四處走動。」她和那薛奶娘性格倒是相似，可惜各為其主。

何二少夫人輕笑道：「不知道我婆婆那兒有沒有人傳話。」

賈奶娘搖頭道：「不知道，夫人的院中都是些嚴謹的婆子、媳婦，知道夫人規矩嚴，不敢亂傳話。」所以流言還暫時只在丫鬟、婆子之間傳播。

「這件事情，我就算知道了也不能說。」何二少夫人優雅端莊地說道，媳婦搬弄是非只會讓公婆和夫婿厭惡。

「我知道。」賈奶娘低聲道：「趙姨娘院子裡的幾個婆子已經知道了，就是不知道這事什麼時候能傳到趙姨娘的耳中。」趙姨娘是何御史的第三房妾室，現年二十五、六歲，生有五公子和三小姐，平日最得御史大人的寵，有些恃寵而驕，連何夫人有時候也奈何不了她。

「我等只須耐心地看熱鬧就好。」何二少夫人笑吟吟道。

賈奶娘會心低笑了，大少夫人也就是個外省知府之女，居然敢在語言上怠慢四品大理寺右少卿崔大人的嫡女，少不得要吃一些虧才長記性。

堆滿柴火的柴房中，春喜雙手抱膝地坐在一堆柴火上，垂眸凝視。「咕嚕，咕嚕～～」此時也是深夜，她又餓又渴，肚子發出清脆的叫聲。

在她古怪的預知夢中，侍衛趙明堂是個沈默寡言的男人，難道他表裡不一，而她則被古怪噩夢誤導？抑或是那天，在她沒有注意的地方，有人看到了她向趙明堂侍衛表白了，偷偷宣揚出去，要壞她的名聲？

她一個陪嫁丫鬟值得人這樣做嗎？除非有人知道小姐要把她送給姑爺作妾，占下姑爺目前最後一個妾室的名額。難道是春麗？只有春麗最有可能提前知道小姐的決定。不過，那一天春麗是和小姐在一起的，春麗如果看到她向趙侍衛表白，小姐也一定看到了，小姐豈會一字不提？還有一種可能，有人看到她向趙侍衛表白，借這事攻擊她的主子何大少夫人。

想到這裡，春喜心中暗嘆，內宅之事呀！她不由得想起她的父母了，她父母青梅竹馬，情深意重。在她記憶中父親不僅沒有妾室也沒有通房丫鬟，即使是她母親生病了，父親也沒有離開過她母親的屋子；倒是在劉知府府上，她看到知府裡妻妾明爭暗鬥，兒女相互傾軋。

她不要作妾！若能憑著一點預知夢，避開將來被去母留子的命運，她想要一個舉案齊眉的夫婿，即使粗茶淡飯也無不可。

今晚，在噩夢般的預知夢中，小姐會把她單獨留下，告訴她決定把她送給姑爺，並和紫嫣賤婢一同做個抬妾儀式。現在她名聲壞了，小姐還會做這樣的決定嗎？

春喜感慨，塞翁失馬焉知非福？古人誠不我欺也。

「春喜，春喜。」柴房外傳來很低很低的叫聲。

聽出是春麗的叫聲，春喜趕緊起身走到門後，從門縫裡往外看，應聲道：「春麗姊。」

春麗努力將一個紙包和一個扁形茶壺從破舊木門和門框的縫隙裡塞進來，低聲道：「妳餓了吧？先吃一點。」

春喜伸手接過來，感激道：「春麗姊，謝謝妳。」

春麗催促道：「妳快點吃吧，小姐已經讓薛奶娘去查流言的源頭了。」

春喜嘴對著茶壺嘴喝了幾口涼水，道：「春麗姊，薛奶娘之前肯定查了，這事過了三天，她未必能查得到；相反，這些流言蜚語可能會傳到夫人耳中。」她想了想，道：「春麗姊，妳可以暗示小姐，有人可能借著我的流言對付她。」

春麗立刻緊張起來。「誰要對付小姐？我們小姐是御史大人的嫡長媳呢！」

春喜吃了一口冷的菜包子，淡定地說道：「內宅無所事事的婦人太多。」

春麗聽了，安慰道：「妳慢慢吃，我明早再想法子送些吃的過來。姑爺正在火頭上，小姐也不敢替妳說情，妳先委屈在柴房待兩天，過兩天，姑爺納妾，心裡高興，也許就放妳出來了。」

姑爺要納妾心裡高興，小姐心裡窩火呀！春喜皺皺眉頭，道：「春麗姊，妳別替我求情了，小心小姐遷怒妳，她現在心裡難受。」

「我知道，我會注意的。」春麗道。

兩人一個在柴房外，一個在柴房內，等春喜吃了兩個菜包子，喝完一壺水，春麗從門縫中接過那扁形的茶壺，道：「春喜，妳多多忍耐些，我明天再偷偷過來看妳。」姑爺怒氣沖沖地走了，去前院書房不回來，小姐遷怒春喜不許人送飯，擷芳院的人不敢送，她只好半夜偷偷來。

「春麗姊，妳要小心些。」春喜關切道，雙眸流露真情。

「嗯。」春麗匆匆道，快速離開。

看著她消失在黑夜中的身影，春喜為她的命運擔憂，因為她剛才突然想到，她的名聲壞了，小姐也許不再考慮將她送給姑爺作妾。小姐從娘家帶來了兩個陪嫁丫鬟，去掉她就只剩下春麗了。春麗九歲就伺候同齡的小姐，主僕之間頗有些感情，如果春麗懷孕生子，小姐未必會去母留子；如果姑爺不願意抬春麗為妾室，只讓她做個通房丫鬟，不能生育的小姐也許還會收養春麗的兒子，保住她在夫家的地位。正妻名下沒有嫡子，其他庶子和庶子的生母就會蠢蠢欲動，小姐與其被夫家強行安排一個兒子，還不如主動收一個放在身邊培養母子情。

如此想著，春喜心中升起的愧疚逐漸消失了。不同人有不同的命運，在噩夢中，小姐一直看她不順眼，所以容不得她；而在這個現實中，小姐應該會努力把春麗抬為妾室，一起拉攏姑爺的心，壓制紫嫣姨娘，以及未來可能增加的妾室。

距離收紫嫣姑娘為妾的日子還有一天，被關在柴房的春喜度日如年，等待春麗給她傳遞消息。

午後，春麗伺候何大少夫人午睡後匆匆過來，將預先藏著的包子和水從門縫中塞給春喜，急切道：「春喜，早上姑爺向小姐提出，要收妳做通房，以此證明妳的清白，小姐說要考慮。」

春喜臉色陡變，雖然和她有關的事情發生了一些小變化，可她還是無法逃脫噩夢中的命運嗎？

「春喜，小姐晚些時候可能會把妳放出來，妳要抓住這個機會呀。」春麗認真叮囑道。

自古以來，陪嫁丫鬟只要是漂亮點的，無不成為姑爺的通房，運氣最好的可以成為姑爺的妾，運氣差點的也可以一直伺候小姐，最後成為小姐身邊的管事大丫鬟，運氣再差的，姑爺不要了便轉配給小廝或者發賣掉。

「春麗，我……」春喜面露苦澀。

「別想太多，妳我都是丫鬟的命，如果妳能得姑爺和小姐的歡心，將來說不定能成為妾，成為府中的半個主子，衣食無憂地過完下半輩子。」春麗苦口婆心道，這也是她對未來的期待。

唉……春喜默然低頭，慢慢吃著已經涼透的包子，喝完扁形茶壺裡的水，她將茶壺還給春麗，咬咬唇道：「春麗姊，謝謝妳一直照顧我。」

「哪裡的話，妳我侍奉小姐兩年多，從來沒有紅臉過，姊妹情深。」春麗笑嘻嘻道，接過春喜遞過來的茶壺。

「妳以後若是做了姑爺的妾，我還要稱呼妳姨娘呢！」春麗促狹道。她貼身伺候小姐，小姐的身子和月事她最清楚不過了。在知府府中的時候她聽調理小姐身子的夏大夫說，小姐宮寒，月事不順，受孕可能艱難，所以萬一小姐一直都無法受孕替姑爺傳宗接代，開枝散葉的任務就必須由妾室們替她完成。

春麗有些羨慕春喜了。婦人七出中，無子可以被夫家休掉，小姐如無子必定要收養庶子。紫嫣姑娘雖然懷孕了，但生男、生女還是個未知數，小姐現在心中厭惡死了紫嫣姑娘，紫嫣姑娘就算生出庶長子，小姐也不會要。春喜是小姐的人，春喜將來若是能生出兒子，小姐也許會收在自己名下充當嫡子，所以，春喜是走運了。

姨娘？春喜苦笑道：「春麗姊，妳想多了。」她如真做了姨娘，也就一年多姨娘的命，然後被丟進亂葬崗。如果她能憑著預知夢改變命運……姑爺絕不是良人！

看得出比自己聰明的春喜並不想做姑爺的妾，春麗很是疑惑。她想不明白，姑爺除了風流多情外哪一點不好？這世間，哪個大戶人家的公子、少爺沒個通房丫鬟？說實話，春喜的容貌氣質不遜於小姐，只要耍些手段，說不定能哄得小姐請姑爺收她為妾室，和即將過來的紫嫣姨娘平起平坐。

春喜望見春麗眼中的疑惑，嘴角勾起一抹無奈。

第四章　計謀

春麗走後，春喜雙手抱膝坐在堆在牆角的木頭上，苦思冥想，如果小姐如噩夢中那樣下定決心等她產子後滅掉她，她現在該如何改變小姐將她送給姑爺的決定？因為前幾天的事態發展變得和噩夢中不一樣，現在變成姑爺主動向小姐索要她。原來姑爺早就覬覦她了，真真無恥！

如何拒絕才不觸怒小姐？春喜垂眸，在噩夢中，她也曾向小姐懇求，別把她送給姑爺，可是小姐說，要麼作妾、要麼做通房丫鬟，總之她一定要去伺候姑爺，所以夢中的她才會無奈懇求，等她年華逝去姑爺對她沒了興趣，放她返回家鄉。現實中，她面臨這個問題，該如何拒絕？難道真要在成為姑爺的女人後，偷偷吃小姐派人下在紫嫣姨娘食物中的那種絕子藥，永不生子？

「唉……」春喜深深嘆口氣，起身在堆著樹枝木柴的柴房中走來走去。什麼樣的女人才能讓男人沒有興趣？容貌醜陋的女人！

容貌醜陋？春喜陡然想起了侍衛趙明堂的臉。他的臉型方正，粗眉大眼、唇紅齒白，卻因為額頭有胎記，臉上有疤痕，被歸為醜陋的人，變得沈默寡言外冷內熱。望著堆了大半屋子的高高柴堆，她心中萌生一個想法，便開始在柴火堆中尋找，奮力搬運柴火。

春喜抓著一根自己精心挑選的樹枝，站在柴門後的縫隙觀看外面，耐心地等待著。差不多到申時，擷芳院的趙嬤嬤和一個中年女僕說著話朝柴房走過來。

春喜立刻轉身，深吸一口氣，奮力將柴火堆裡的一根粗木棍抽掉。

嘩啦嘩啦！堆得高高的樹枝木柴立刻往下倒，站在柴火堆邊的春喜馬上舉起手中一尺長的樹枝，將其中尖銳的一端對準自己的右臉頰狠狠劃了下去，隨即扔掉那樹枝抱著頭摔倒尖叫。「啊——」她咬牙倒在地上，任由高處的樹枝木柴砸向自己，將自己大半個身子掩埋住。

奉何大少夫人之命前來提春喜的趙嬤嬤，聽到柴房突然發出柴火堆倒塌的聲音，然後聽到裡面的春喜發出慘叫，馬上叫道：「劉二娘，快把門打開！」

管理柴房鑰匙的劉二娘馬上取出鑰匙把柴門打開，頓時嚇了一大跳。堆得高高的樹枝木柴倒了，將大少夫人身邊的丫鬟春喜壓在下面。

「春喜姑娘，妳沒事吧？」劉二娘急忙忙道，衝進去搬動樹枝木柴。趙嬤嬤不敢遲疑，馬上開始幫著從裡往外搬運。

春喜發出痛苦的呻吟，道：「我沒事。」她努力弓起身，試圖從樹枝木柴堆裡爬出來。劉二娘和趙嬤嬤一起把春喜從樹枝木柴堆裡拉出來。

春喜捂住右臉頰顫聲道：「好痛。」她將手放開伸到面前看，立刻看到了鮮血。

「哎呀，我的姑娘，妳的臉受傷了。」劉二娘一看，立刻嚇壞了，春喜姑娘半張臉都是鮮血，看樣子受傷很重。

「快快快，春喜，妳先和我去擷芳院，我找人幫妳去藥房要些金瘡藥去。」趙嬤嬤很是為春喜著急，好好一個姑娘要是破了相，這一輩子就完了。只是春喜是丫鬟，不知道小姐願不願意特地為她請大夫過來看傷。

春喜撈起衣袖使勁按住傷口，驚白著一張臉道：「姑爺、小姐關我在柴房裡，我不能離開。」臉上火辣辣地痛，她能感覺到熱血正往外流。

趙嬤嬤趕緊道：「我就是奉大少夫人之命前來領妳回去的，只是沒想到……別說了，妳快點去見大少夫人，求她開恩幫妳請個大夫上藥包紮。」

「嗯。」春喜也不遲疑，立刻跟著趙嬤嬤走出柴房。

劉二娘看著凌亂的柴房，有一些摸不著頭腦，柴房中堆得好好的樹枝木柴怎麼會突然間倒塌了呢？希望春喜不要告狀，別讓上面的管事媳婦說她這邊管理不善傷了人。

「趙嬤嬤，啊！春喜姊姊，妳怎麼臉上全是血，妳頭破了？」擷芳院的小丫鬟看到趙嬤嬤領著春喜進來，紛紛打招呼，見到春喜半張臉全是血都嚇壞了。

「雪玲、雪雁，妳們馬上給我打熱水，拿乾淨的白布來。田老二家的，妳馬上去藥房老甘那兒要點金瘡藥和止痛藥來，春喜姑娘的臉受傷了。」擷芳院的老人趙嬤嬤吩咐道，被她叫到的人立刻按照她的吩咐去做。

進入堂屋，趙嬤嬤對坐在羅漢椅上的何大少夫人躬身道：「大少夫人，我把春喜帶來了。」

春喜上前跪下，低著頭道：「春喜拜見小姐。」

何大少夫人已經聽到趙嬤嬤在外面說的話了，打量春喜道：「怎麼回事？」她看到春喜右手捂住臉，青色的衣袖上沾染了不少血。

趙嬤嬤趕緊道：「大少夫人，柴房的柴火堆突然倒了，把春喜姑娘壓在下面，尖銳的樹枝還傷了她的臉。您看，要不要請個大夫給她看看？姑娘家破相可就不好了。」

「破相？」何大少夫人驚愕起來。她是高貴的小姐和夫人，從不去柴房那種地方，更不知道柴火堆倒了會把一個人的臉毀了。

「小姐，您還是讓人出去請個大夫進來好不好？」春麗驚顫道，瞧春喜壓著臉的衣袖上滿是血，她臉上的傷口肯定很深。

「春喜，妳放開手讓我瞧瞧。」何大少夫人半信半疑道。

「是，小姐。」春喜艱難地放下手，她放下使勁壓住傷口的手，傷口馬上就又開始流血。

「嘶～～」何大少夫人輕不可聞地抽了一口氣。春喜右邊臉頰從顴骨處向下到酒窩處有一道傷口，還在流血，這傷口看起來不淺，可能真會毀了她容。

叫不叫大夫？何大少夫人天人交戰了一會兒，道：「趙嬤嬤，妳馬上叫個丫鬟通知前院的下人去請大夫；妳去夫人那兒說一聲，就說我的丫鬟不小心受了重傷，急需治療。」官宦人家規矩最多，後宅外男莫入，出現找大夫這種事情一定要告知管家的何夫人。

「是，老奴這就去。」趙嬤嬤說著，朝何大少夫人一福身，快步走了出去。

看到春喜直挺挺地跪著等候自己發落，看著她還在流血的臉頰，何大少夫人心頭突然升起莫名的快感，道：「看妳這副狼狽樣，簡直是丟我劉知府家的臉！春麗，妳帶她下去洗漱一下，等大夫過來幫她看傷。」

春麗趕緊道：「是，小姐。」說著，她快步走到春喜面前伸手扶她。

春喜深深叩頭道：「謝謝小姐。」說完，她才由春麗扶著，右手壓住流血的臉頰退出去。

天禧院何夫人的堂屋內，御史大人的愛妾趙姨娘過來請安。她畫著淡妝，頭戴紅寶珊瑚簪，身穿錦繡雙蝶鈿花衫和翡翠煙羅綺雲裙，青春洋溢，硬是把梳著墮馬髻、戴著翡翠頭飾，穿青緞掐花對襟外裳和馬面裙的何夫人襯得十分老氣。何夫人很不待見她，可人家是規規矩矩地過來請安，她又不能冷落人家，顯得自己氣量小，只能不冷不熱地應付著。

擷芳院的趙嬤嬤求見，何夫人便馬上讓她進來，詢問何事。趙嬤嬤就把大少夫人的話說了一遍。

「知道了。」何夫人聽後點點頭。

趙姨娘笑吟吟道：「等一下，趙嬤嬤，大少夫人哪個丫鬟受傷了？」

趙嬤嬤立刻道：「是春喜姑娘。」

「原來是春喜呀，我聽說她勾搭侍衛，被大少夫人關進柴房好幾天了。」趙姨娘捂嘴道：「莫非……」她頓了頓。「被人打成重傷了？」

何夫人聞言，臉色微變，厲聲道：「趙姨娘，飯可以亂吃，話不可以亂說！」她對趙嬤嬤道：「妳還不快去做事。」雖然主人可以打罵僕人，但不能弄出人命。主人對僕人過於苛刻，名聲會非常不好，甚至還會影響家中男子的前程。

等趙嬤嬤退出去，何夫人威嚴地環視周圍的媳婦、婆子們，然後厲聲地詢問趙姨娘。

「妳知道些什麼？春喜勾搭侍衛？這裡是後院，她哪有什麼機會勾搭侍衛。」大媳婦身邊的春喜是簽了賣身死契的丫鬟，大媳婦可以打罵、發賣，可要是弄死她，少不得揹負上一條人命，她那在朝為官的兒子可能要被言官、御史彈劾說他治家不嚴。

「呵呵呵。」趙姨娘捂嘴輕笑道：「夫人，我估計春喜丫頭受傷這件事情，會這樣猜想的不止我一個。」

「嗯？」何夫人沈著臉，威嚴地望著趙姨娘，道：「難道我已經老了，後院很多事情都不知道了嗎？妳說，春喜丫頭受傷是怎麼回事。」

「夫人。」趙姨娘笑道：「春喜丫頭和一個侍衛糾纏不清這件事情現在整個後院都知曉了，大家都在議論紛紛呢。我聽說大公子動怒，讓大少夫人把春喜丫頭關進柴房。她突然受重傷，大家會怎麼想？」

「這個後院都知道了，偏偏我不知道？」何夫人那保養得很好的皮膚雖然光滑，但額頭、眼角還是有細小皺紋的臉頓時烏雲密布。別人怎麼想？別人只會想，大少夫人為正家風，對自己的丫鬟動私刑，然後為了避免丫鬟重傷死掉，找大夫給丫鬟治傷。

「夫人，您別生氣。」何夫人的貼身丫鬟桂香趕緊道：「有人說那只是謠言，春喜那一天急著找大少夫人，走路不小心撞上了正好進後院找老爺的趙侍衛。趙侍衛跟著老爺進出過後院好幾回，您也看過他，奴婢不認為春喜會和他糾纏不清。」

何夫人聽著，臉色頓時緩和了不少。趙侍衛是何人？他是一個毀容的粗漢子，膽小的女孩們看到他都會站到遠處去，所以老爺有時候才會允許他進入後院幫他傳話送信或者送取東西。

「看來春喜這丫頭做事有些毛毛躁躁的。」何夫人慈祥地說道，她心中有些感嘆，知府家就教導出這樣考慮事情不周全的小姐來？丫鬟作風不好，小懲一下發賣掉不就得了，打傷丫鬟、虐待下人，平白污了自己名聲！

何夫人轉頭對管事嬤嬤錢嬤嬤道：「荷香，妳過去看看春喜丫頭的傷情，然後告訴大少夫人，丫鬟不好可以罵、可以小打、可以發賣，不能把人家打成重傷。」

「是，夫人。」管事嬤嬤錢嬤嬤立刻躬身行禮，然後退出去。

「我累了，要躺一躺。」何夫人冷冷地下逐客令。

趙姨娘立刻道：「夫人，再過兩個月是老爺五十大壽，老爺喜歡看武戲，您要記得呢。」

何夫人的臉頓時陰沈起來。「老爺的事情我自然會放在心上，輪不到妳操心。」一個妾室姨娘而已，竟敢在她面前炫耀老爺對她的寵愛。

趙姨娘躬身道：「夫人，我想提前支取這個月的月錢，您看行不行？天就快熱起來了，我和五公子、三小姐都需要裁製新衣裳。」

何夫人冷冷道：「府中主僕一年四季的衣裳都是有定數的，不需要妳操心，下去。」

「是，夫人。」趙姨娘看何夫人動怒，只好福身退下。呸，就靠夫人分配給姨娘們的胭脂水粉錢和米糧布料，姨娘們能光鮮得起來？

擷芳院左邊丫鬟房中，春喜坐在窗邊，一名五十來歲的老大夫站在她面前仔細檢查她臉上的傷口。在大夫來之前，春麗已經用趙嬤嬤的辦法幫春喜止血了，血止住後，她們用乾淨的白布和熱水幫她把臉上的血擦去，就等大夫過來看傷、開藥方。

聽春喜說完臉受傷的過程，老大夫仔細檢查傷口上是否有殘餘的木刺或者木屑，然後從隨身攜帶的藥箱裡取出一個木盒子，道：「姑娘傷口還算乾淨，就用我春福堂自己熬製的刀傷膏藥好了。」說著，他把木盒子遞給站在春喜旁邊的丫鬟。

春麗趕緊接過來，打開，立刻聞到了一股難聞的氣味。這黑色油膩的膏藥氣味再難聞也要抹呀！她用手指勾出一點，小心地抹在春喜右臉的傷口上。

春喜突然眉頭微蹙，春麗馬上道：「我是不是手勢太重弄疼妳了？我輕一點，輕一點。」說著，她給春喜塗抹藥膏的手更輕、更溫柔了。

老大夫坐下來，示意春喜先把左手放上來讓他把脈，把完左手，他又讓春喜伸出右手。兩邊的脈都把過之後，他說道：「姑娘血氣平和，沒有大礙。只是姑娘最近是不是有心事？從脈象上看，姑娘憂思過度，有些心力憔悴。」

春喜知道老大夫醫術高明，便道：「最近幾日我特別思念已經過世的父親，思念家鄉的母親和弟弟。」

「哦。」老大夫憐憫地點點頭。

春麗急切地問道：「大夫，春喜的臉塗了您的藥膏之後能不能完全恢復？」

「姑娘，普通的刀傷藥只是止血，促進傷口癒合。」老大夫嘆氣道。「春喜姑娘的傷口很長，而且還不淺，留下疤痕是肯定的。」

春喜垂眸不語，彷彿很是難過。

春麗急切道：「大夫，您有沒有消除疤痕的靈藥？」

趙嬤嬤也焦急道：「大夫，姑娘家臉上留下這麼長的傷疤以後可怎麼說人家呀？您想想辦法，看能不能讓她臉上的疤變淡，讓人第一眼看不出來。」

老大夫搖頭道：「春喜姑娘臉上的傷疤太長，一般大夫根本沒辦法幫她把傷疤弄淡。我聽說宮裡的御藥房有去除老皮長新皮的藥膏，塗抹一段時間就能把傷疤去掉，可那是宮裡娘娘們使用的，平常人不可能得到。」

「春麗姊，趙嬤嬤，妳們不用替我著急了，破相也許是我的命吧，我一個丫鬟，臉沒那麼重要。」春喜安慰春麗和趙嬤嬤道。

趙嬤嬤立刻嘆氣道：「傻丫頭……」沒有一張好臉蛋，這個簽了賣身死契的姑娘連翻身做姨娘的好事都撈不到，以後也只能配一些年老的或者喪妻的家僕，兒孫也都是奴才命。

「春喜，太可惜了，妳為什麼偏偏傷到臉？」春麗嘆氣道，真心為春喜惋惜。

「塞翁失馬焉知非福，春麗姊，趙嬤嬤，妳們別為我擔心。」春喜平靜地說道。

老大夫很驚訝地望了望春喜，他給大戶人家女眷看病，很少遇到這樣冷靜樂觀的。

老大夫起身，叮囑道：「春喜姑娘，妳就是受了一些外傷，不需要另外開藥方，這盒的油狀刀傷藥膏妳每天早中晚塗抹，塗完了找人出府去春福堂藥鋪再購買一盒來用。這幾天妳少說話，吃點稀的東西，吃的時候也最好用左邊牙齒，少牽動右臉的肌肉和皮膚，讓它們快點長好。」

春喜聽著，起身，微微福身道：「謝謝大夫了。」

老大夫對這個冷靜禮貌的丫鬟點點頭，然後由趙嬤嬤送出後宅。

春喜和春麗將老大夫送出擷芳院，然後回頭。春麗道：「春喜，妳就回房休息吧，小姐那邊有我伺候著，等一下我托人去廚房關照一下，給妳熬些稀粥喝。」

春喜低聲道：「我去見見小姐。」

春麗微微一愣，隨即道：「妳現在這副模樣要是被小姐看到，怕是不好。」

春喜搖搖頭，往堂屋走去。春麗見狀，只好跟上。

何大少夫人在堂屋西側的屋子裡看書，身邊站著雪玲。雪玲看到春喜、春麗進來，趕緊低聲道：「春麗姊，春喜姊。」

何大少夫人抬頭仔細打量春喜，問道：「大夫怎麼說？這藥膏的氣味好難聞。」春喜臉上的血都擦掉了，臉頰傷口上塗抹著厚厚一層黑色膏藥。

春喜福身，剛要開口，春麗便搶著道：「小姐，大夫要她別多說話，讓臉上的肌肉皮膚盡快長好。小姐，大夫說春喜的傷口太長、太深，雖然能癒合，但肯定要留下傷疤了。」

「破相了？」何大少夫人驚訝道，眼中閃過一絲幸災樂禍。

春喜低頭不語。

何大少夫人想了想，道：「這膏藥氣味太難聞了，妳沒事就下去休息，傍晚妳再過來伺候我和姑爺用膳。」

心中頓時有數的春喜恭順地福身行禮，退了出去。

傍晚，何俊華回來後，何大少夫人立刻告訴他春喜破相這個「不幸」的消息。

何俊華驚愕了一下，道：「這麼巧？」

聽得出夫婿話中的疑惑，何大少夫人涼涼道：「春喜是我帶過來的陪嫁丫鬟，對我有用處，你認為我不想把她給你，特地劃傷她的臉？要不，你自己派小廝去柴房那邊問問好了。」

何俊華立刻笑了起來，溫柔地說道：「我的愛妻，妳想太多了，我怎麼可能懷疑是妳下的手呢？」

「春喜的臉我已經請大夫看過了。」何大少夫人道，一臉賢慧模樣。

「大夫怎麼說？」何俊華關心道。

何大少夫人惋惜道：「她臉上的傷疤肯定會留下，而且會很明顯。大夫還說，宮裡御藥房可能有去死皮、長新皮的靈藥。」笑了笑，她促狹道：「要不，你請夫人進宮求容嬪娘娘，求她賜一盒給你中意的通房丫鬟用。」容嬪是何御史的嫡妹，是何俊華的姑母。

何俊華啞然失笑。「求娘娘賜藥給一個丫鬟？妳真會說笑。」

春麗低頭聽著，為春喜失去這個機會而難過，也為姑爺的涼薄心寒。

「大人，今天早上我們說的事……」何大少夫人問道。

「再緩一緩。」何俊華道。

「還是由大人作主。」何大少夫人紅潤的嘴角微微勾起一抹笑意。

「玉芝，紫嫣抬妾之事是由妳操持的。」何俊華道。「這是妳在我何家經手的第一件內事，我希望妳別出錯。」

「大人放心。」何大少夫人溫良恭順地說道：「留香院已經全部準備妥當。一個大丫鬟，兩個二等丫鬟，四個有過生養經驗的媳婦、婆子都已經住進院子了，就等紫嫣姑娘進門。」

夫妻倆在房中說了一會兒話，外面的一等丫鬟雪晴悄悄走進來對春麗通報了一聲。春麗立刻道：「小姐，姑爺，晚膳已經領來，可以用膳了。」

何俊華微微頷首，率先走出房門來到外面的膳廳。何大少夫人伸手攏了攏髮髻，撫了撫髻上的金玉釵環，由春麗陪著走出房門。

「姑爺，小姐。」站在外面等候的春喜等他們出來，立刻福身。

何俊華特地掃她一眼，發現她和往常一樣，微微低頭。由於他個高、她個矮，她只要微微低頭，他便無法看到她整個面容。

「大公子，大少夫人。」外面的丫鬟、婆子看到大公子和大少夫人出來，立刻行禮，然後各就各位開始擺膳。

春喜等兩個二等丫鬟端來熱水和毛巾，馬上上前幫忙。

何俊華是大家公子、朝廷命官，自然不能在眾目睽睽下打量春喜的臉，不過非常巧，春喜半轉身，正好把受傷的右臉正面對他。

何俊華飛快而仔細地端詳春喜的臉，發現她的臉頰有一道一指多長的傷口，傷口上塗著一層黑色油膏，還隱隱可以看到裂開的傷口。這麼大的傷口他只在一些武夫臉上和手上看過，看來，春喜傷口癒合後，會留下一道很明顯的疤痕。

她漂亮白嫩的臉只能看半邊，紅袖添香……何俊華心中有些嘆氣。

何大少夫人從剛出房門就關注著何俊華的神色，立刻看出他暫時對春喜沒有興趣了。

春喜雖然低頭伺候著小姐、姑爺，但眼角餘光也在關注小姐的表情，看到小姐表情出些微緊張變得如釋重負，知道姑爺暫時打消了收她做通房丫鬟的念頭，她噩夢中的命運暫時改變了。

「春喜，妳臉上的藥膏氣味混到飯菜香氣裡了。」何大少夫人不悅地說道。

春喜立刻一福身，道：「小姐見諒。」說著，她快速退出廳房，站到外面去。

春麗心中有些難受，但不敢多遲疑，立刻開始伺候小姐和姑爺用膳。

之後，春喜端茶送水都在門外，由春麗和雪玲接過去伺候小姐、姑爺。

用過晚膳之後，何俊華喝著茶，道：「春喜，妳的事情夫人那邊已經知曉了。夫人身邊的人替妳說好話，這件事情就算過去了，妳以後要嚴守規矩，不得和外男有半點牽扯。」

站在門邊的春喜立刻躬身道：「是。」

第五章 懲罰

「喂喂喂，你們知道嗎？」御史府前院專門供侍衛休息的耳房中，那個婆娘在後院廚房幫工的許侍衛從外面快步走進來，向周圍的同伴招手叫道。

「知道什麼了？」

「你又聽到什麼新鮮事情了？說出來讓大夥解解悶。」

「快說，快說。」

侍衛們喝茶的、擦刀的、蹺著二郎腿嗑瓜子的，還有正在比腕力較勁的兩個侍衛，紛紛轉頭望向他，等待他說話。

許侍衛搖著頭道：「後院傳消息，那個春喜丫鬟先是被關進柴房挨餓，然後毀容了，後院好多娘兒們都為她可惜。」

「春喜丫鬟？不就是前幾天和趙哥鬧出流言的丫鬟嗎？她怎麼毀容了？」手中拿著茶杯的侍衛驚訝道。

比腕力的兩個侍衛相互望望，其中一個道：「這還用說，被毀容了。」春喜是大少夫人的陪嫁丫鬟，敢毀她容的只能是大少夫人。這婆娘們狠毒起來，大老爺們也要甘拜下風。

「嘖嘖嘖！我有一次陪著御史大夫，隔著老遠看到過大少夫人身邊的兩個丫鬟，她們都很年輕，毀容的話這輩子徹底完了。」喝茶的侍衛搖著頭道。毀容的丫鬟這輩子別想配人了，估計會在大少夫人的院子中做個二、三等下人，然後熬成管家姑姑或者粗使老婆子。

擦刀的趙明堂面上表情不變，雙眸流露幾絲愕然。

那有勇有謀的丫鬟在向他表白的時候是否考慮過後果？他第一次聽到流言覺得自己被算計，心中生氣，一時忘了考慮流言未必能逼他生米煮成熟飯，反而使她的閨譽沒了。

她的臉真的是大少夫人下的手？不對，官家夫人個個要名聲，不敢在丫鬟還在風頭浪尖的時候對那丫鬟下狠手；估計，還是那丫鬟不想成為姑爺的通房，被逼急了，自行毀容。做事果斷！

趙明堂敬佩起春喜來，可惜是個丫鬟，命比紙薄，雖然一開始想到的辦法可行性很高，可惜遇上的是他。

唉，他多失考慮，害慘了一位姑娘……

趙明堂心中升起微微歉意。

第二日，風和日麗，喜鵲在枝頭喳喳叫喚。上午，何御史府後院南側響起炮竹聲，一座桃紅色的花轎從何夫人天禧院後面的小院中抬出，抬進何大少夫人擷芳院左後方的留香院。

留香院堂屋廳房裡，一對榆木紅漆喜鵲登枝雕花椅上端坐著何大公子和何大少夫人，新進門的小妾在紅衣媒婆的指引下，挺著快七個月的肚子跪在何大少夫人面前，高高托起托盤，謙卑地說道：「夫人，請喝茶。」

穿著牡丹刺繡大紅華服的何大少夫人充分表現了大家閨秀的氣度，沒有為難新妾，端起白釉茶碗喝了一口茶，溫和地說教了她幾句，便從春麗托著的木盤中取出自己預先準備的一對金鑲玉如意手鐲放到新妾的托盤裡。她貼身的丫鬟春麗今天套著一對赤金纏絲蔓藤紋手鐲，雖然細了些，但看價值卻還在那金鑲玉手鐲之上。

「謝謝夫人寬容。」紫嫣姨娘感激地說完，才由夫人賜予，自己帶過來的丫鬟青梅扶起身來。

今天突然被小姐賞賜金手鐲並命令她戴上的春麗默默地望著，眼中透著一絲羨慕。官員納妾大多是納良家女子，很少會直接把通房丫鬟抬上來作妾的，做了妾，還有了身孕，這個紫嫣姨娘好福氣。

春喜今天也站在何大少夫人身後，她很冷靜地望著，看到紫薇姨娘有時候右手撫著腰，忍不住有些同情，紫嫣姨娘腹中的男胎注定要流掉呀……

大公子納妾是喜事，何家三個成年的公子在外面占了一桌席面，何大少夫人和何二少夫人便在裡面對坐著吃喜酒。何二少夫人挾了一筷子魚剛要放進嘴裡，突然立刻放下筷子捂嘴「嘔～～嘔～～」地乾嘔起來。

「小姐，您怎麼了？」站在她身後的貼身丫鬟急切地問道，立刻命別的丫鬟快去替二少夫人端杯水來。

「我沒事。」何二少夫人擺擺手道，又乾嘔了兩下。

「小姐，您該不會是有了吧？」她的另一個貼身丫鬟驚喜道：「在崔府，大公子成親三個月後，大少夫人就這樣反胃想吐，然後大夫把脈就發現喜脈了。」

「真的嗎？二弟妹，要真是這樣，愚嫂就要恭喜妳和二弟了。」何大少夫人迅速說道，臉上充滿驚喜，心中烏雲密布。

春喜嘴角微抿。二少夫人身體很好，懷孕大約一個月，這個時候突然做出害喜反應，就是為了氣氣提前半年嫁進府的大少夫人。

如果她的預知夢沒有錯，二少夫人這一胎是龍鳳胎。這對龍鳳胎出生那一天，恰逢二公子升官，又逢宮中太子妃生下第三位嫡皇孫。得知太子屬臣的妻子和自己同日同時生，還生了一對龍鳳胎，渴望有女兒的太子妃便把預定給小郡主的名字賜給龍鳳胎中幸運的小女孩。初為祖父的御史大人立刻把自己第一個孫女視為祥瑞，命何夫人按照嫡孫女的規格給小小姐撥丫鬟、奶娘和婆子。

由於庶出的二公子官場得意，又一次兒女雙全，女兒還得到太子妃的賜名和賞賜，何夫人立刻急了，催促大少夫人快些生子，生出嫡孫。是因為被催著生嫡孫，她伺候的何大少夫人才會對她去母留子。

「大嫂，我想……我應該是懷孕了，因為我那個遲了好些天了。」何二少夫人捂著嘴含羞道，眉眼間流露出十分歡喜。

這邊的好消息立刻傳到外面的酒席上，大公子何俊華和三公子何清華立刻向二公子何彥華恭喜。何彥華初聽好消息非常興奮，連喝了好幾杯。稍晚一些時候，何彥華的生母——何御史貴妾，派丫鬟送來一幅自己畫的「娃娃抱鯉魚圖」。

二媳婦懷孕，等到大夫進府把脈確定，何夫人馬上派人將一堆補品和幾疋布料送到二媳婦院中，叮囑二媳婦要好好養胎。隨即，何夫人把自己院中的一個管事姑姑派到大兒子新妾紫嫣院中，說紫嫣太年輕，怕壓不住院中的丫鬟、婆子，讓那個管事姑姑暫時幫著懷孕的她管理院子。

何夫人為什麼突然派管事姑姑過來幫助紫嫣姨娘，何大少夫人清楚，春喜即使沒有預知夢也看得明白。

何大公子納妾風波過去，擷芳院像似恢復了平靜。妾室紫嫣姨娘每日都要過來給正室何大少夫人請安，給正室夫人端茶送水。

何大少夫人口裡說著「妳正懷著大人的孩子，要多休息」，行為上卻完全把她當丫鬟用，讓紫嫣姨娘給她端茶送水、布菜捧飯，晚上還要紫嫣姨娘蹲下幫她洗腳，有時候還說花瓶裡的花不新鮮了，要紫嫣姨娘親手採摘某某鮮花。這個，就是妻對妾所謂的立規矩。

紫嫣姨娘的到來讓春麗和春喜一時間成了大小姐，大部分時間都閒閒地坐在一邊繡花、縫製新衣。春喜和春麗都過意不去，只是在小姐的積威下，她們也不敢多幫紫嫣姨娘。

紫嫣姨娘胎兒坐得很牢，在母體身心受到折磨的時候愣是茁壯成長；紫嫣姨娘也在熬，只要她能生出兒子而正房生不出，她便可母憑子貴。

春喜看得都替紫嫣姨娘心酸，作妾真是被人作踐。

春麗雖然知道作妾的都要伺候正房夫人，在知府府中也看到過這種場景，但第一次近距離觀看，心中害怕不已。有一次在丫鬟房中，她忍不住向春喜吐露心願，希望小姐別把她送給姑爺做通房，最好能給她配個忠厚老實的小廝。

那要看小姐的意思了。

春喜苦笑。在她那如噩夢一般的預知夢中，在她死前春麗還沒有被姑爺收房，也許那是姑爺看不上春麗的容貌，也許小姐捨不得春麗這個單純膽小又忠心的丫鬟成為自己的敵人，不願把她送給姑爺。

對了，在那個預知夢中，小姐去母留子這個陰謀春麗知不知道？還是小姐覺得春麗心太軟，所以只和薛奶娘商量，根本不在春麗面前提起？

春喜望向春麗逐漸消失稚嫩，慢慢產生憂思的臉龐，覺得沒有必要去想那些，因為春麗一直都是個善良膽小的丫鬟。

四月，紫嫣姨娘懷孕七個半月，肚子越發的大了起來，何俊華見她每天一大早過來給他和大少夫人請安，便道：「一切要以何家的子孫為重，以後不要過來請安了，回去多休息。」

他這小家的一家之主都開口了，何大少夫人便不再要求紫嫣姨娘天天過來立規矩。

春麗和春喜坐在堂屋角落邊繡荷包，何大少夫人懶懶地躺在美人榻上看書，薛奶娘走了進來。薛奶娘也不避開春喜、春麗，對何大少夫人道：「小姐，夫人放在紫嫣姨娘院中的劉姑姑非常精明，紫嫣姨娘的吃食她都親自去廚房領取。那青梅丫頭也很機靈，伺候紫嫣姨娘從不假別人之手。」

手中拿著書的何大少夫人陰沈著臉，道：「難道我就非要接受那個孽種不成？」

「小姐，產婦難產的事情經常發生，孩子養不活的更是稀鬆平常。」薛奶娘暗示道。

春麗臉色蒼白，緊張地望望春喜。

春喜聽了，渾身猛地一哆嗦。難道因為她沒有成為姑爺的妾，小姐和薛奶娘把去母留子的主意打到紫嫣姨娘身上了？紫嫣姨娘懷的確實是男胎。

「一屍兩命的事情也不是沒有發生過！」何大少夫人陰狠地說道，眼中閃爍詭異光芒。

「小姐，夫人明擺著想要一個孫子壓壓二房的氣焰。」薛奶娘道。劉姑姑是何夫人在得知二媳婦懷孕後暫時撥到紫嫣姨娘那邊聽差的，為的就是鎮住小姐，保住孫子。

「唉……」何大少夫人當然也知道，所以她以正房的威嚴命令紫嫣姨娘過來伺候自己，苛刻對她，希望的是紫嫣姨娘胎坐不牢，自己掉了，沒敢明目張膽地動手。

「小姐，耐心等到紫嫣姨娘生產吧。」薛奶娘勸說道。

何大少夫人狠狠地擰著手中的絹帕，一臉寒霜。

坐在角落裡的春麗緊張地望著她伺候了七、八年的小姐，心中發悚。小姐自從嫁人後，變好多，變得很可怕。

春喜心中天人交戰。預知夢中的她生子之後，在寒冷、黑暗和絕望中死去，因為她的刻意改變，這樣的命運要落到紫嫣姨娘身上了。她屬於小姐陣營，預知夢中並沒有和紫嫣姨娘有什麼交往，平日見了面，也就姊姊、妹妹地稱呼一下；她懷孕後馬上就以身子不便，不希望姑爺到她的院子來，所以幾乎沒有和紫嫣姨娘結怨過。

她能提醒紫嫣姨娘小心被去母留子嗎？她提醒後紫嫣姨娘有能力避開嗎？何夫人允許兒子出現庶長子，其實已經得罪了大媳婦和大媳婦的娘家，她會不會默許大媳婦去母留子緩和一下和大媳婦之間的關係？

春喜心中暗嘆，雖然何夫人對紫嫣姨娘有主僕之情，但面對和大媳婦的矛盾，她未必會出手保護紫嫣姨娘；姑爺看起來對青梅竹馬的紫嫣姨娘很是維護，可是他風流好色，對紫嫣姨娘未必長情，也許現在只是看在紫嫣姨娘懷有身孕的分上，才維護她的，等孩子生下來……希望姑爺好色歸好色，還能有一點男人的擔當。

一個月的時間，春喜臉上的傷口完全癒合，留下一道一指長的疤痕，遠看看不出來，近看就很讓人遺憾。春喜對著鏡子看，感覺還不錯，春麗則為春喜嘆息。

「春喜，姑爺看來是對妳沒有興致了，我只怕妳以後連小廝都嫌棄妳。」春麗道，拿著淡粉紅色的胭脂，試圖把春喜臉上的疤痕掩蓋掉。

姑爺未必真的死心了，這個月被姑爺何俊華暗中打量好幾回的春喜搖頭道：「不用抹胭脂了，我覺得看久了也滿順眼的。」

「唉……」春麗深深嘆氣，春喜多麼漂亮的一張臉，就這樣毀掉了。

某個夜晚，紫嫣姨娘院子清掃的婆子發現有人從院牆外扔進一個包裹石塊泥土的巴掌大舊藍粗布包。婆子撿起打開之後發現裡面有一張紙，紙上寫著字，覺得很奇怪，便把這些交給早起出來散步養胎的紫嫣姨娘。

紫嫣姨娘在何夫人身邊伺候時由何夫人教導過，粗略認識幾個字，看出那幾個歪歪扭扭如同塗鴉的字是──「小心被去母留子」。她頓時臉色大變，連早膳都吃不下去。

扔紙條的春喜默默關注著留香院，她不知道紫嫣姨娘是否會找何夫人和何大公子求助，只知道三天後，紫嫣姨娘獲得何夫人允許，把她的母親接到留香院暫住，就近照顧她。

還是有親人在身邊安全些呀！春喜羨慕紫嫣姨娘。

為了表示尊重主母，紫嫣姨娘帶著自己的母親過來拜見正房何大少夫人。何大少夫人看著紫嫣之母頓時眉頭微蹙，因為她覺得此婦人面相很橫，是個會撒潑罵街的主兒。

兩個中年婦人，紫嫣之母和薛奶娘寒暄，唇槍舌劍、唾沫橫飛，連鄉間俚語都出口了，看得從未見過此番情景的何大少夫人和根本沒有出門的幾個丫鬟目瞪口呆。

五月中旬一個休沐日，何俊華來到擷芳院，讓何大少夫人幫他準備沐浴。何大少夫人笑道：「知道大人今日要沐浴，我早就讓廚房燒好了熱水。」說完，她開始分派院中的丫鬟、婆子們佈置浴房，抬熱水。

寢室外間，何俊華的小廝青書剛要上前替他拔掉髮簪取下髮冠，何俊華擺手道：「你去青硯那邊看看浴桶乾不乾淨，水溫合不合適。」

青書微微一愣，立刻躬身道：「是，大公子。」

何大少夫人笑吟吟道：「大人，還是為妻幫你梳髮吧。」

何俊華溫和道：「玉芝，這些事情怎麼能讓妳動手呢。春喜，過來替我梳髮。」

他這話一出口，在房中的何大少夫人主僕頓時都變了臉色。何俊華的日常有青書、青硯兩個小廝伺候，春喜和春麗主要伺候何大少夫人，在他們的寢室中鋪床疊被整理房間，頂多給他端茶送水，有時候聽他吩咐跑個腿、傳個話，並不接觸他的身子。

何大少夫人明白何俊華這樣說的意思了，苦澀地說道：「春喜，妳還不快過來給姑爺梳髮？」

春喜臉色蒼白，貝齒輕咬唇瓣，無奈道：「是，小姐。」她走到何俊華的身後，微微顫抖著手拔掉何俊華髮簪，取下他戴著的白玉髮冠，解掉髮繩，拿過梳妝檯上的黃楊雕花木梳，慢慢梳理他披到背部的長髮。

何俊華面如冠玉，目若朗星，鼻直口方，是個俊美的男子，只是春喜看透他了，對他心生厭惡。

「春喜，等一下妳伺候我入浴。」何俊華似不經意地說道。

春喜手一顫，艱難道：「姑爺，男女有別，請莫要為難奴婢。」

「玉芝，等一下讓妳的丫鬟伺候我如何？」何俊華面對鏡子說道。

何大少夫人立刻強笑道：「春喜，既然是姑爺看得起妳，讓妳伺候，妳就伺候吧。」她嘴角微微抽了幾下，交握的雙手指尖捏得緊白。

春喜用力抓著梳子，彷彿要把梳子握斷掉，不一會兒，她毅然退後三步，向何大少夫人和何俊華跪下，堅定道：「小姐、姑爺，請恕春喜不從。」

陪嫁丫鬟居然拒絕小姐和姑爺的命令。

春麗頓時驚呆了，環視眾人，畏縮著不敢出聲。

見她公然違抗自己的命令，何大少夫人頓時勃然大怒。「賤婢，姑爺看得起妳，才讓妳伺候他，妳別不識好歹！」

「小姐，請恕奴婢抗命。」春喜說著，深深叩頭，將額頭壓在地面上。

何俊華陡然起身，冷冷地對何大少夫人道：「這就是妳的陪嫁丫鬟！」說完，他拂袖而出，叫外面的青書、青硯伺候他沐浴。

等何俊華走出房門，心中窩火的何大少夫人猛地上前對著春喜的肩膀就是一腳。

春喜蜷曲著身子跪地，被她這一腳踢得頓時翻倒在地，她迅速爬起來，繼續跪著。

「賤婢，妳是賣斷終身的丫鬟，主子叫妳做什麼妳就必須做什麼！」姣好的面容微微扭曲著，何大少夫人惱怒道：「等一下，妳捧著姑爺的衣物進去伺候姑爺更衣！」
春喜低著頭，堅決道：「小姐，請恕奴婢不從。」
見她再次違抗自己的命令，何大少夫人立刻道：「春麗，把縫衣針拿來。」
春麗驚魂未定，聞言立刻哀求道：「小姐，別這樣，春喜只是一時糊塗，她很快會想明白的。」
「拿來！」何大少夫人怒叱道，凶狠地瞪了春麗一眼。
春麗頓時驚懼起來，不得不去針線籮中取來一根乾淨的縫衣針。
何大少夫人拿起縫衣針直直地扎進春喜的肩膀，然後迅速拔出再扎。
「啊！嗯……」春喜蜷曲著身子忍耐針刺之痛。
「賤婢，賤婢！」見春喜不求饒、不哀叫，何大少夫人更加憤怒了，對著春喜的手臂、大腿、臀部這些肉多的地方一針又一針地猛扎。
鮮血迅速從針眼冒出來，在春喜青色的丫鬟服上暈開。
「小姐，小姐，不要再扎了，春喜會死的。」春麗看著不忍，終於衝過來抓住何大少夫人的手跪下哭求。
「放手！」何大少夫人怒道。
春麗哭道：「小姐，春喜已經渾身是血了，您就饒過她這回吧。」春喜已經痛得渾身哆嗦了，只是她性子倔強，死不肯開口求饒。

何大少夫人厲聲道：「她當她是千金小姐嗎？一個賤婢而已，居然敢違抗我的命令。」

春麗哭著求情道：「小姐，春喜除了伺候姑爺這事情，她哪一次違背您的命令了？小姐，您饒了她吧。」

何大少夫人被自己信賴忠心的丫鬟哭著勸說，又看到春喜匍匐在地上滿頭大汗，手臂上和肩膀上不斷有血污出現，便恨恨道：「看在春麗幫妳說情的分上，我饒妳這一回，下一次妳再拒絕姑爺，我就把妳賣進青樓，讓妳伺候成千上萬個臭男人！」

她把滿是鮮血的縫衣針往地上一扔，命令道：「到院子裡跪著去。」

春喜手臂、大腿和臀部都在疼，疼得渾身直冒冷汗。聞言，她掙扎著起身，顫聲道：「謝謝小姐開恩。春麗姊，謝謝。」說完，她佝僂著身子慢慢走出寢室，來到院子裡，跪在青磚地面上。

寢室裡春麗的求饒哭訴外面的丫鬟、婆子都聽到了，看到春喜蹣跚走出來，手臂、肩膀和臀部的衣裳處暈開一朵朵紅色的血花，知道她被大少夫人體罰了，個個噤若寒蟬。餓飯、關柴房、掌嘴、針刺、打板子，這些是內宅婦人最常見的懲罰手段。

何俊華沐浴完從耳房中出來，望見春喜跪在院中，便對站在周圍角落裡圍觀的丫鬟、婆子們道：「告訴大少夫人，我去紫嫣姨娘那兒了。我何家向來以賢孝仁慈傳家，春喜再跪半個時辰就可以了。」

「是，大公子。」圍觀的丫鬟、婆子們立刻道，很快有人去屋裡給何大少夫人報信。

何大少夫人得知何俊華去紫嫣姨娘那邊，對春喜越加憎惡起來。

半個時辰後，春麗急匆匆跑出來，招呼一名婆子和她一起把搖搖欲墜的春喜扶了起來。

「春喜，小姐不想見妳，我扶妳回房把身上的傷處理一下。」春麗說著，讓那婆子和她一起扶著春喜蹣跚走進她和春喜的房中。

那婆子出去打熱水，房中，春麗幫著春喜一點點把衣服脫去。

「嘶……」因為血乾了黏在皮膚上，拉下來是有些牽動深深的針眼，春喜忍不住低聲抽氣。

「春喜，妳是何必呢？妳和我都是小姐的陪嫁丫鬟，小姐讓我們怎麼做我們就要怎麼做呀。」春麗含著眼淚道。春喜雪白的肩膀和手臂上全是紅腫流血的針眼，膝蓋一片青紫色血瘀。

「春喜姑娘，妳是不是心中有人了？」打水的婆子進來，聽到春麗這樣問，便忍不住詢問道。擷芳院裡的人現在都知道，姑爺想收春喜做通房丫鬟，春喜不願意，當著姑爺的面拒絕，讓她的小姐大發雷霆。只有心中有人的丫鬟才會不想成為年輕英俊主子的通房丫鬟，所以她和其他婆子、媳婦竊竊私語時都說春喜可能心中有男人了。

「春喜，是不是這樣？妳我日夜相處，我都不知道妳心中有喜歡的男子了。」春麗不敢置信地說道。

「春麗姊，杜嬤嬤，我不管是在黃林知府府上還是在京城何御史府上，都一直在後宅走動，很少單獨行動，哪有機會認識男子？」春喜虛弱地解釋道。

「妳說得對。」春麗道，接過杜嬤嬤絞得半乾的毛巾替春喜一點點擦拭血跡，然後塗抹春喜臉受傷時用剩下來的刀傷藥。

春麗不明白，春喜既然沒有喜歡的男子，這般拒絕是何苦呢？姑爺又不是醜得讓人噁心，順從小姐和姑爺，混得好說不定還能母憑子貴，一生衣食無憂。

第六章 悸動

世上沒有不透風的牆，而且春喜遭到何大少夫人針刺懲戒後還在院中跪了半個多時辰，這事很快就在後院傳開了。後院傳開後，沒多久前院也知道了。

後院中，何夫人皺著眉頭對身邊的丫鬟、婆子們說道：「怎麼又是那個春喜？玉芝是怎麼管治丫鬟的？關於春喜這人的事情我不想再聽到了。」

當何大少夫人帶著春麗和雪玲過來給何夫人請安，何夫人很直接地說道：「既然那丫鬟不知好歹，妳不如早點把她發賣或者配給小廝算了，省得她把俊華的後院鬧得不得安寧。」

何大少夫人聽了心中暗自高興，趕緊道：「婆婆說的是。」她回去會告訴何俊華，夫人生氣了，他最好斷了收春喜做通房的念頭；至於春喜是發賣還是配小廝，她要想想，畢竟春喜是她從娘家帶過來的。

何夫人屏退左右，很和藹地說道：「玉芝，我打算過幾日進宮的時候，請御醫過來給妳把把脈，開些藥給妳吃。作為正房，妳必須早些生嫡子才行。」

「婆婆，媳婦的身子還行，不用勞駕御醫的。」何大少夫人心中一怔，遲疑道。

「身子還行？妳的奶娘每個月從後院偏門出去，到濟民堂做什麼？」何夫人嘆氣道：「諱疾忌醫可不好。」劉家主僕把御史府的人當瞎子嗎？她只要派人去濟民堂問問，自然就知道薛奶娘配的是什麼藥丸，何人所需。

何大少夫人臉色微微一變，立刻起身朝何夫人跪下，道：「婆婆，媳婦身子微恙受孕艱難，還請婆婆寬恕。」斷夫家子嗣是人妻大罪，夫家完全可以用這個理由把媳婦休回娘家。

何夫人伸手，慈祥道：「妳且起來。」等何大少夫人起身，她委婉地道：「我兒俊華已經年過二十五，和他年紀相仿的同僚大多有兩、三個孩子了。」

何大少夫人立刻明白何夫人話語中的警告，低著頭弱弱道：「媳婦知道了。」

「喂，趙哥，你確定那個春喜丫鬟不是對你一見鍾情，要為你守身？」和趙明堂關係很好，婆娘在後院廚房幫工的侍衛許淺拉住白日沒事就愛擦刀的趙明堂詢問道。

趙明堂抬頭望向他，黝黑的眼中帶著一絲疑惑。

「後院傳聞，大公子要收春喜做通房丫鬟，春喜跪地拒絕，大少夫人大發雷霆，拿著縫衣針將春喜扎得遍體鱗傷，還威脅下一次再拒絕，就把她發賣到妓院去。」許淺囉嗦道：「你也老大不小了，要不就找個媒婆去和大少夫人說說，給那春喜丫鬟贖身，娶過來當婆娘算了。你不想要老婆，你娘想要兒媳婦呀！」

「許兄弟，這是不可能的事情。」趙明堂悶聲道。

「為什麼不可能？」許淺驚訝道。他婆娘都替他打聽清楚了，春喜是大少夫人娘家從普通人牙子手中買過來的，不是朝廷的官奴，可以被贖身。

趙明堂低頭不語，一心一意地擦他的佩刀，彷彿這刀才是他一生摯愛。

在耳房中休息的其他兩個侍衛聽著搖頭，趙哥只是臉受傷，下面沒有受傷，為什麼對女人就沒有興趣呢？郎心似鐵，辜負了人家姑娘一片情。

何大少夫人現在見到春喜就滿肚子氣，不想春喜在夫婿面前出現，她把雪玲調到身邊和春麗一起伺候自己，讓春喜去做雪玲的事情——餵鳥遛鳥，清掃屋子，清洗主人貼身衣物。

春喜也樂得不在姑爺面前出現，開心地接受這個安排了。只是這樣，她就能擺脫姑爺的覬覦之心嗎？看到姑爺偶爾從自己面前經過，目光在自己身上流連，春喜就知道，姑爺現在對她是抱持著越是得不到就越想得到的心理，很可能玩她幾次就拋棄她，連通房這個卑微低賤的名分都沒有。

她還有什麼辦法能打消姑爺的色心呢？

春喜越來越清瘦，宛如一陣風便能吹倒。在別人眼中，她如扶風弱柳，更添幾分我見猶憐。

夜晚，春喜煩躁得睡不著，偷偷起身，將擷芳院的門打開一條縫側身鑽出去，到夜晚的花園散心。

初夏的風輕輕吹著，小湖邊的垂柳隨風搖曳，宛如夜晚嫵媚的妖精。春喜沿著花間小道走到湖邊，便在那白石雕欄邊站立，仰望天空如鈎新月，光芒閃爍的星子。

爹，您在天有靈，請保佑女兒早日脫離苦海返回家鄉。

娘，女兒好想您，您還好嗎？弟弟怎麼樣了，進學堂讀書沒？

肖家子嗣單薄，從曾祖父開始便代代單傳，弟弟是肖家唯一的希望了；弟弟，你可要好好讀書呀，肖家能不能延續就全看你了。

原名肖文卿的春喜思念親人心中悲傷，晶瑩的淚水從眼角滑落。

「嗚嗚嗚嗚……」回憶父母在世時自己的幸福，想起自己的悲涼處境，極少哭泣的她終於低聲抽泣起來。

淚眼矇矓，她低頭望向湖面。湖面倒映著星月，風乍起，湖面蕩漾，星月也隨之閃爍。曾經，她和爹娘在自家的小花園中欣賞月色，她趴在圍欄上尋找湖中的小魚，嚇得爹雙手緊緊抱住她。她雙手扶著白石雕欄微微向湖面傾身……

「姑娘，不可！」陡然間，一隻手抓住她的手臂迅速向後拉。

沈浸在過去溫馨記憶中的春喜「啊」的一聲，一個踉蹌往後面倒去，然後被一隻鐵臂摟住了腰。

這雙手很是規矩，等把春喜拉得離開湖邊便迅速放開。

春喜站穩，一抬頭就看到一個黑衣人站在自己面前。

他是誰！春喜忍住尖叫，迅速後退幾步警惕地打量黑衣人。此人蒙頭遮臉，一身黑衣，只有兩隻眼睛露在外面。他行裝簡單利索，身上揹著一把漆黑長劍。

「你……」春喜心中戰慄，努力讓自己的語氣平靜。「你是誰？」

黑衣蒙面人放開春喜的手臂，勸說道：「車到山前必有路，姑娘切不可尋短。」朦朧的月光下，他看到她右臉頰上一指長的疤痕。

她只是站在湖邊而已，他怎麼認定她要尋短？車到山前必有路？難道他知道她是誰，還認定她要尋短？春喜一雙晶瑩妙目認真打量黑衣蒙面人，漸漸對他產生一種似曾相識的感覺。身高，肩寬，身形、站姿……她陡然覺得他像某個人，或許說很可能就是某個人。

「我生不如死。」春喜立刻憂鬱地說道：「也許死了，我就不會再這樣痛苦了。」說著，她兩行淚水又湧出眼眶。

「父母賜妳生命，妳豈能隨意拋棄？」黑衣蒙面人再次出聲勸說道，深邃的目光落在她嬌小的身上。

「你不是我，豈知我的痛苦？」春喜低聲痛苦道：「我是一個陪嫁丫鬟，可是我不想成為姑爺的玩物。」黑衣蒙面人沈默了。

「我本是良家女，父親早亡，我隨母扶棺返鄉，不料途中遇到流寇，和母親、弟弟失散，被人牙子連續拐賣，最後不得不成為奴婢。我想母親、弟弟，我想回家，我攢了銀兩，我想贖身，可是，沒有人給我機會。」春喜有些絕望地望著黑衣蒙面男子。「姑爺不可託付終身，我想逃，可是我逃不了。」此人若是願意施以援手，她一生感恩戴德。

黑衣蒙面男子沈默著，眼中流露一絲憐惜。

「好色姑爺日日緊逼，手握我賣身契的小姐冷冷威脅，我生死兩難。」春喜淒涼道：「小小陪嫁丫鬟有自己的想法，可惜無一人願意伸出援手。」所有的人都認為，陪嫁丫鬟成為姑爺的人是天經地義的事情，通房丫鬟被抬為妾應該對主人感激涕零。

面前的纖弱少女容貌秀美，嬌顏帶淚如梨花帶雨；她頭腦明晰，沈穩細緻，不同於普通丫鬟……

黑衣蒙面人望向春喜，眼神不禁流露幾分欣賞。

「姑娘還是想開些，命是妳自己的，沒了，除了妳親人誰也不心疼。妳如果想回家見母親和弟弟，還是要活著才行。」黑衣蒙面人想到自己的事情，頓了頓，道：「姑娘，好自為之，還請莫告訴別人妳遇過我。」說完，他飛一般走了，頎長健碩的身影迅速融入黑暗中。

春喜望著黑衣蒙面人消失的背影，眼中充滿疑惑。雖然聲音不同，但她有一個強烈的感覺，此人就是趙明堂趙侍衛。他為什麼蒙臉且身著黑衣，深夜在御史府後宅花園走動？小時候她爹說故事給她聽，裡面就有黑衣蒙面人故事。這類人可能是小偷，可能是刺客，可能是上位者的暗衛，總之都是見不得光的。

難道趙明堂除了是御史大人雇用的侍衛，還另有身分？春喜猜測，隨即在心中搖頭，不管趙明堂還有什麼身分，他不願和她糾纏是真的。不是同一類人呀，當初她容貌完好，他都拒絕她，何況如今她還破了相……唉……她暗嘆了許久，然後返回擷芳院了。

擷芳院東屋寢室內，何俊華正和妻子說話，身邊伺候的人都打發到外面了。

「大人，婆婆再三叮囑我，春喜是個紅顏禍水，希望我快些處置她。」何大少夫人道，表示處理春喜的決定主要還是何夫人的意思。

何俊華一挑眉，問道：「夫人真這樣說？她應該不會管妳院子裡的事情。」

何大少夫人趕緊道：「婆婆就是這個意思，所以我想把她發賣掉。」

何俊華猶豫了一下，道：「等過一陣子再發賣。」

何大少夫人明白夫婿還不死心，便委婉道：「再過幾日，我身子可能不方便，紫嫣又懷有身孕，所以，我讓春喜伺候你，可好？」

聽到妻子終於親口答應讓春喜伺候自己，何俊華伸手握住她白嫩的小手，深情地說道：「玉芝，妳真是我的賢妻。」

何大少夫人溫婉地笑道：「大人，你可滿意？」她美麗的笑容中帶著一絲苦澀。

「滿意。」何俊華柔聲道，起身摟住她的身子，擁著她走進那貼金雕花梨花拔步床內。

一夜，被翻紅浪，郎狂妹嬌……

七分圓的皓月懸掛在如天鵝絨般的暗藍夜空中，大地籠罩著一層淡淡銀霜。擷芳院屋簷下掛著幾盞燈火朦朧的燈籠，重新被調到小姐身邊伺候的春喜和春麗在東屋寢室內，一個幫小姐卸妝梳頭，一個打水過來給她盥洗，然後走進拔步床內鋪床。

「春喜，姑爺今晚在西屋書房歇息，我不放心，妳過去問問，他那邊是不是缺少什麼。」何大少夫人吩咐道。

春喜愣了一下，趕緊道：「小姐，姑爺那邊有青書、青硯伺候著，有什麼缺的他們自會和房外的婆子們說。」

面對梳妝檯坐著的何大少夫人緩緩轉過身來，語氣冰冷地說道：「我要妳過去問問。」她美豔的臉龐帶著薄怒和無奈。

春喜的臉頓時「刷」得一下變白了，立刻「撲通」跪下，道：「小姐，請放過奴婢。」

何大少夫人望著睿智機警的陪嫁丫鬟，冷漠道：「妳對姑爺有什麼不滿意嗎？」

「奴婢身分卑微，不配伺候姑爺。」春喜趕緊說著，深深給何大少夫人叩頭，希望小姐能放過她。

「妳配不配伺候姑爺不由妳說得算。」何大少夫人厲色地威嚇道：「妳不去，明日我讓人把妳發賣到青樓去。」

春喜猛地一哆嗦，半晌，虛弱地說道：「奴婢遵命。」

春喜艱難地起身，在春麗的擔憂目光中慢慢退了出去，走出寢室、走出堂屋，來到西邊的屋前。入夜，青書和青硯伺候好主人就會離開，明早清晨再過來。

猶豫了良久，春喜輕輕推開虛掩的房門，腳步沈重地走進去，反手輕輕把門關上，她對坐在房內紅漆小圓桌邊看書的何大公子道：「姑爺，小姐命奴婢前來問問，您需要什麼。」

姑爺穿著雪白的中衣長褲，明亮的燭光下倒是透著幾分儒雅飄逸。

見春喜主動走進房間，還反手把門關上，何俊華知道春喜屈服了，便笑道：「過來伺候我寬衣。」說著，他放下手起身走到懸掛青綢帷帳的四柱床邊。

「是，姑爺。」春喜低聲道，慢慢走到何俊華身邊，顫抖著手去解他中衣上的繫帶。在噩夢般的預知夢中，她不止一次替他寬衣解帶過，可是在現實中，她還是第一次如此接近一個男子。

何俊華低頭看著垂眸顫手替自己脫衣的春喜，她白嫩臉龐清瘦秀美，一雙柳眉漆黑細長，眼睫毛纖長濃密宛如小扇，在眼下留下兩道陰影，鼻子挺翹……一股淡雅的，說不出是什麼味道的體香逐漸在他鼻端縈繞，他頓時呼吸急促，身子躁熱起來。

「春喜，妳當丫鬟太可惜了，跟了我，我保證妳穿金戴銀。」何俊華說著，一把將動作慢得還沒有將自己中衣脫下的春喜猛地摟進懷中，熱唇在她白嫩的臉上吻來吻去。

「不，不要！」春喜被何俊華摟住，立刻本能地躲閃掙扎起來。

「春喜，好春喜，讓姑爺疼妳。」何俊華使勁摟住她，雙唇不斷捕捉她的唇，呼出來的熾熱氣息盡數噴在她臉上。

「不要，姑爺，不要……」春喜絕望地喊著，拚命躲避，雙手用盡吃奶的力氣將何俊華推了出去，跪下哭道：「姑爺，求您放過奴婢，求您放過奴婢。」

「春喜！」何俊華被一個陪嫁丫鬟三番兩次拒絕，頓時感覺顏面盡失，怒叱道：「妳家小姐怎麼教妳的？妳眼中可有主人？」

「姑爺，求您放過奴婢。」春喜不住叩頭。

何俊華一向被丫鬟們傾慕著，只要勾勾小指，那些丫鬟便迫不及待地爬上他的床，他從來沒有對一個丫鬟費心過，見春喜死活不願意，便憤怒道：「滾出去！」此女身上隱隱有著讀書人的清傲，頭腦睿智冷靜，很可能原本出身不差，他曾打算在確定何大少夫人真不能生育後，讓她生個冰雪聰明的兒子放到何大少夫人名下好好養；可惜，此女榆木疙瘩，辜負他的心。

聽他鬆口，春喜立刻道：「奴婢叩謝姑爺。」說著，她迅速起身逃了出去，站在外面的走廊上。

姑爺暫時放過她，小姐會放過她嗎？如果明天……

春喜臉色蒼白如紙，她原本決定伺候姑爺的，可是被他拉進懷中又碰又親的讓她又本能地排斥，無法接受他的觸碰。現在被姑爺趕出來，她還有其他路可以走嗎？

夜晚靜悄悄的，何俊華一聲怒叱頓時讓半個擷芳院都聽到了。東屋寢室還沒有睡的何大少夫人帶著春麗匆匆過來，就看到春喜站在西屋下的走廊上徘徊。

「賤婢，妳連累我了！」何大少夫人氣急敗壞道：「跪下！」

春喜立刻跪下，淒涼道：「小姐，奴婢是要伺候姑爺的，可是，可是……」

何大少夫人根本不聽，而是快速推開門走進去，要安撫何俊華。

屋裡，何俊華冷冷道：「妳過來做什麼？」他心裡窩著一團火，可惜他是斯文書生、大家公子，不能像武夫那樣把人捆綁起來揮鞭洩憤。

「大人，一個小小丫鬟而已，你犯不著為她氣壞了身子。」何大少夫人柔聲道，伸出手撫摸他的肩膀。

「為妻之道便是要伺候好夫婿。」何俊華大馬金刀地坐到床邊，嘲笑道：「可憐我一妻一妾，妾懷孕、妻不便，夜晚只能孤單入眠。」

何大少夫人立刻道：「春麗，妳來伺候姑爺。」

站在他身後的春麗頓時臉色陡變。

何俊華正在火頭上，聞言打量了一下春麗，道：「春麗，妳過來伺候我。」

「小姐……」春麗緊張地望向何大少夫人，語氣中隱隱帶著畏懼和哭意。

何大少夫人急著安撫夫婿，急道：「春麗，妳也像春喜一樣不聽話了？還不快過來伺候姑爺，伺候好姑爺，我不會虧待妳。」說著，她朝何俊華微微一欠身，主動退出去，並把房門關好。

跪在外面的春喜看到何大少夫人一個人出來，立刻急切道：「小姐，春麗姊……」

「賤婢！」姣好的面容猙獰著，何大少夫人憤怒地對跪在門前的春喜道：「要不是妳，我如何會陷入如此困境？春麗也不用在這種時候伺候姑爺。」

「小姐，讓奴婢進去伺候姑爺，您快些讓春麗姊出來。」春喜立刻起身要往屋內衝，她不能連累春麗的。

何大少夫人豈能讓春喜壞了夫婿大人的興致，眼疾手快地抓住春喜的手臂，叫道：「來人，來人。」

「大少夫人，大少夫人。」今晚負責守夜的兩個婆子和一個丫鬟立刻跑過來幫助何大少夫人拖住春喜。

何大少夫人怒道：「把這賤婢給我押到院子裡跪下！」兩個婆子立刻把春喜拖走，拖到院子後把她強押著跪下。

「小姐，小姐，奴婢願意伺候姑爺，請您讓春麗姊出來好不好？」春喜掙扎著哭求道，兩個婆子壓住她的雙臂，她根本無法起身去救春麗。

何大少夫人冷冷地望了春喜一眼，轉身就走。

「啊——」西屋房內突然傳出春麗一聲慘叫，然後慘叫聲馬上被什麼東西捂住了。還在院子裡的兩個婆子和一個丫鬟以及何大少夫人頓時怔住了。大公子（大人）拿春麗撒氣了嗎？

春喜渾身一僵，頓時淚如雨下，低泣道：「春麗姊，對不起，對不起……」

天濛濛亮，西屋的房門開了，春麗頭髮凌亂衣衫不整地出來，腳步蹣跚地往她居住的丫鬟房走去。

「春麗姊，春麗姊。」在院中跪了一夜的春喜急切地叫道，語中充滿悔恨。

春麗望了春喜一眼，一言不發地走了。她這一眼，裡面飽含怨恨、無奈和痛苦。

「春麗姊，對不起，對不起，都是我的錯。」春喜嗚咽道，奮力挪動已經麻木到沒有知覺的雙腿，朝春麗的方向連續叩頭。

「妳們就是陪嫁丫鬟啊！」守夜的婆子之一嘆氣道：「早知如此，妳何必自命清高拒絕大公子？妳害慘了春麗。」

跪著的春喜額頭貼在冰冷的青磚地面上低聲抽泣。她錯了，她害慘春麗姊了。

第七章　轉運

大清晨，擷芳院伺候的丫鬟、婆子們陸續過來，看到春喜跪在院中很是驚訝。

春麗沒有過來伺候何大少夫人，雪玲帶著雪晴端熱水進入東屋大少夫人的寢室，青書和青硯帶著盥洗用品進來伺候大公子。早膳後，何俊華神清氣爽地去鴻臚寺，經過春喜身旁時他看也不看春喜，彷彿眼前根本沒有這個人。

薛奶娘過來拜見何大少夫人，然後匆匆離開。

上午，一直跪著的春喜又餓又痛，神智恍惚地癱倒在地。由於何大少夫人的命令，沒有一個人過來理睬她，就由著她癱在院子裡。

薛奶娘回來了，帶來了兩個穿皂色衣服的中年婦人。她們一起進屋拜見何家大少夫人，在屋裡說話，其中一個中年婦女還特地出來蹲下身檢查春喜臉上的疤痕。

春喜心中有數，這兩個就是人牙子，是薛奶娘叫進來的，因為小姐決定轉賣她了，她會被轉賣到……

「春喜，妳的賣身死契已經轉到這兩個牙婆手中，妳從此不再是我家小姐的丫鬟了。」薛奶娘走出來冷冷地說道：「以後妳好自為之吧。」說著，她對兩個牙婆道：「妳們將她帶走，記住小姐的話。」

「是。」兩個牙婆應聲道，一人一邊扶起癱軟無力的春喜就往外走。

「等等，請妳們讓我和春麗姊道個別好不好？」春喜急切地說道，她已經顧不上考慮小姐是否叮囑牙婆將她賣進青樓了。

薛奶娘冷笑著挖苦道：「春喜，妳認為春麗還想見到妳嗎？」

春喜絕望地垂下頭，彷彿失了魂、落了魄，任由那兩個牙婆拖著她走。她每走一步，僵硬腫脹的膝蓋和腿就像被無數鋼針戳刺一樣疼痛。

「等一下。」院中突然響起女子沙啞的聲音，眾人立刻望向聲音的方向。

春喜立刻抬頭叫道：「春麗姊。」

春麗已經梳妝整齊，換上乾淨的衣物了，一臉蒼白的她雙手捧著一個青布包裹慢慢走到春喜面前，沙啞著嗓音道：「我們姊妹一場，我把妳的換洗衣物打了個包，妳帶上吧，穿在外面的丫鬟服是不適合帶走的。」

「春麗姊，對不起，都是我害了妳。」春喜失聲哭道。

「我們只是丫鬟，命不由己。」眼睛紅腫、眼角還有淚痕的春麗道：「春喜，拿著吧，以後希望妳別這樣倔強了。」

春喜淚眼婆娑地望著春麗，道：「春麗姊，對不起，來生，我結草啣環向妳賠罪。」

春麗虛弱地笑笑，什麼也不說，只把包裹遞到春喜面前。

春喜努力站穩身子，雙手接過包裹，接過包裹的瞬間，她察覺到了包裹的分量，頓時面容一呆。春麗姊她……她們住在同一間屋子，彼此間還真沒有多少秘密。

「妳和我不同，我希望妳能如願。」春麗說完，轉身慢慢走回屋子。她行走遲緩艱難，知情人可以想像得到她現在某個部位有多痛。

「走吧。」左邊的牙婆拉著春喜的手臂道。

春喜立刻將包裹揹在身上，挪動腳步跟牙婆走，只是她走得很慢、很艱難，兩個牙婆看著不耐煩，依然一左一右地拖著她走。

牙婆這種三姑六婆當然是不可能從御史府大門進來的，她們走的是廚房人員專門進出的偏門。

「呦，這不是大少夫人的丫鬟春喜嗎？原來今天她要被發賣呀。」

「春喜被發賣了？不知道她的賣身價是多少？」

「大少夫人為什麼要發賣她？她是陪嫁丫鬟，配給小廝繼續放在院子裡用就好了。」

「她已經破相了，轉賣價應該不高。」

一路走來，御史府裡看到的僕人議論紛紛。有人認識這兩個長年做人口買賣的牙婆，便詢問春喜的賣身價。

一個牙婆道：「這個丫鬟十六歲，處女身，簽的又是死契，按行價出售要四十兩銀，不過她破了相，所以只值三十幾兩銀子。」

三十幾兩。

春喜眼神頓時黯淡了，春麗姊給她的包裹很沈，裡面肯定藏了銀兩，可是絕對沒有二十幾兩。

被兩個婆子拖著踏出廚房附近的偏門，春喜忍不住回首望了一眼，淚眼矇矓。一年前，她隨著小姐進入御史府便再也沒有踏出御史府半步，現在出來了，居然是被轉賣，而且賣身價比她七歲時被賣進黃林知府時高出了十多兩銀子。

定定神，春喜有禮地問道：「兩位大嬸好，請問我家小姐在轉賣我的時候是不是另外有吩咐了？」

春喜右手邊的牙婆淡淡道：「妳沒有必要知道，妳的死契在我們手中，任由我們買賣。」說著，她和另一個牙婆拖著春喜走，不想在這裡耽擱時間。

春喜絕望地試探道：「我家小姐是不是吩咐妳們將我賣進青樓？我已經破相了，青樓老鴇是不會買我的。」她不介意再找個東西在臉上劃一道口子。

「青樓常有達官貴人、風流才子進出，裡面的姑娘從小培養，個個美麗溫柔，會吟詩作畫，精通琴棋，擅長伺候男人，妳不僅年紀大、沒有才藝還破了相，豈有資格被賣去那兒？我們會把妳轉賣到偏遠地區的低級窯子裡去伺候最下等的屠夫、腳夫。」春喜左手邊的牙婆道：「快點走，我們還要趕路。」

官夫人還是要名聲的，怎麼可能允許出現將自己丫鬟發賣進青樓的傳聞？只是這位官夫人只想著懲罰這丫鬟，忘記封住這丫鬟的嘴了。既然這位官夫人自己忘了，她們也不會提醒，因為一個有殘疾的丫鬟怎麼也比不上一個健康完整的丫鬟好脫手。

最下等的窯子？小姐該有多痛恨她？走到車水馬龍、熙熙攘攘的街上，絕望的春喜用盡吃奶的力氣拖住兩個牙婆乞求道：「兩位大嬸，上天有好生之德，妳們可不可以可憐我，將我賣到別處去？賣給人家做丫鬟、賣給老鰥夫續弦都行。」

春喜右手邊的牙婆道：「賣妳的人是官家夫人，她吩咐我們這樣做，我們也不好違背她的意思。」

春喜立刻道：「官家夫人怎麼知道妳們有沒有把我賣進窯子呢？求求妳們，大發慈悲，別將我賣去那種地方。」

春喜右手邊的牙婆搖頭嘆氣道：「我們吃的就是這行飯，哪能違背主顧的意思。姑娘，妳死心吧。」

春喜破釜沈舟地賭博道：「兩位大嬸，如果除了妳們之前開口的三十幾兩銀錢，我另外給妳們一些，妳們願不願意將我賣到別處去？」

兩位牙婆很是意外，問道：「妳有錢？」簽了賣身死契的丫鬟是沒有月錢的，她們唯一的體己錢就是主人過年過節給的一些賞錢。

「妳們願不願意？願意，等妳們把我賣給普通人，我另外送妳們錢。」春喜急切道，眼睛觀察四周。

兩個牙婆放開手仔細打量春喜，然後道：「妳的錢在哪兒？」

春喜道：「妳們把我賣給普通人，我就告訴妳們錢在哪兒。」

兩個牙婆四目相望，一使眼色，其中一個立刻伸手道：「把妳的包裹遞過來給我看看。」

春喜的臉色微變，強自鎮定道：「錢我放在別處了。」

「撒謊，妳是個後院的丫鬟，妳一年半載也出不了御史府，如果放在妳那丫鬟房中就不可能再拿出來了。」那牙婆道，立刻動手搶春喜身上的包袱。

這是春麗給春喜的最後一點心意，也是春喜目前唯一的財產，春喜哪裡肯放手，立刻大叫道：「不要搶我的東西！」她拚命保護自己的包袱。

另一個牙婆見狀立刻上前幫忙搶，她們比平日裡只做端茶送水、鋪床疊被事情的春喜力氣大很多，而且春喜膝蓋和腿還腫痛著，根本搶不過她們。「嘩啦」，她的包袱被扯散，裡面幾件抹胸褻褲、一些散碎銀兩和一只纏枝紋銀手鐲掉了出來。

「搶錢啦，搶錢啦～～」春喜見搶不過兩個牙婆，立刻大聲喊叫。

「閉嘴，賤人。」第一個動手的牙婆舉起蒲扇大的巴掌狠狠打去，「啪」的一聲響後，春喜被打得踉蹌兩步摔倒在地，白皙的左臉頰立刻紅腫起來。

見到她們這邊情景，立刻有人圍了上來。他們親眼看到牙婆搶少女包袱，立刻叫起來。「強盜呀，兩個老媽子搶人家小姑娘的錢。」地上散了幾件顏色比較青嫩的抹胸，一件嫩黃色抹胸裡還裹著兩角碎銀子，任誰看都知道這些都是那少女的。

「看什麼看！這個丫頭是簽了賣身死契的，她哪有資格擁有錢財？」第二個牙婆氣勢洶洶道，第一個動手的牙婆忙不迭地彎腰撿銀子。

周圍的群眾善意加上她的錢也無法改變她被賣進窯子的命運！倒地的春喜咬著牙，一臉的絕望。

「咦，妳不是春喜丫頭嗎？大少夫人把妳發賣了？」突然，一個熟悉的聲音響起。

春喜猛地抬頭，就看到一個見過兩、三回面的年輕婦人和一個有點印象的男子快步走過來。

「許大嫂，求妳救救我，她們要把我轉賣到外地妓院去。」春喜立刻拚命向那年輕婦人哀求，努力著要從地上爬起來，但昨天晚膳之後她就滴水未進，從晚上一直跪到今日上午，雙腿腫痛，膝蓋刺痛，一時間爬不起來。

「春喜！」被她稱為許大嫂的二十來歲婦人趕緊把手中的籃子放下，上前把春喜扶了起來。

「許大嫂，這些錢都是我攢的，我現在的賣身價是三十幾兩，我求求妳，再添點錢將我買下做丫鬟好不好？我會好好伺候妳的！」臉色蒼白如紙，半邊臉高高腫起的春喜一把抓住許大嫂的手臂求道，宛如溺水者抓到了一根漂在水面的稻草。

「春喜，妳別急，有話慢慢說。」許大嫂道。她在御史府後院廚房做幫工，春喜到過廚房兩、三回，每次對廚房上下的人都客客氣氣，所以她對春喜一直印象不錯。

「這不行，她原來的主人轉賣她時特地關照，要將她賣到外地的私窯去。」打春喜巴掌的牙婆道。

將地上碎銀子和纏枝紋銀手鐲全部撿起來的牙婆也點著頭，表示春喜前任主人是有特別要求的。

「把一個清清白白的丫鬟賣進妓院？春喜，妳到底怎麼得罪大少夫人了？」許大嫂驚愕道。這不是把人往火坑裡推嗎？大少夫人的心腸好歹毒！

「我不願伺候姑爺，小姐覺得丟臉。」春喜貼著許大嫂的耳朵低聲道。

「哦。」許大嫂為難地望向隨同自己一起過來的男子。「淺哥，我們能不能幫助春喜丫頭？」今日她小姑要帶著姑爺回娘家探親，她和夫婿便請假回家幫忙婆婆做事。

春喜立刻把希望寄託到還站在人群中的二十七、八歲的男子身上。她隱約記得此人是御史大人的六名侍衛之一，就是不知道他和廚房幫工的許大嫂有什麼關係。

御史侍衛許淺走過來，一拍腰間的佩刀，朗聲道：「牙婆，我們去前面茶水鋪子坐下談談如何？」何大少夫人是後院婦人，前院的御史侍衛不怕得罪她，更何況將清白姑娘賣入妓院是缺德事，那大少夫人自己也不敢聲張。

兩個牙婆見到穿著一身黑衣侍衛勁裝的許淺立刻一臉諂笑。「大人，別為難我們好不好？這個丫鬟的前主人是御史府何大少夫人，她特地叮囑我們，要把這個觸怒主人的賤婢賣入外地窯子。」

從古到今，不是什麼人都可以使用開過鋒的武器的。大慶皇朝，除了軍士、官員貴族，只有保護高官的侍衛才有資格佩戴刀劍。為了防止官員借招收侍衛之名蓄養私兵，朝廷統一從軍隊中招收侍衛，並規定每一級官員的侍衛名額，侍衛在官府和軍部都有備案，拿著官員的月錢平日裡保護官員，特殊時刻接受官府調令，算是朝廷的預備武將。

許淺再上前一步，沈聲道：「兩位，跟我去那邊喝茶怎麼樣？還有，把春喜姑娘的錢物還給春喜姑娘。」他人高馬大，站到兩個牙婆面前宛如一棵大樹。

兩個牙婆只好乖乖地把撿起來的一堆碎銀子和銀手鐲還給春喜。

許大嫂彎腰撿起地上用來包衣服的藍布和春喜的貼身衣物，然後道：「春喜，妳拿好了。」

春喜沒接衣物，而是將雙手捧著的碎銀子和那纏枝紋銀手鐲遞到許淺面前，哀求道：「大人，求您救救我。」說著，她不顧腿疼地跪倒在許淺的面前。這些銀子比她原本積攢的十五兩銀子還要多，一定是春麗姊把她自己積攢下來的銀子也給她了；纏枝紋銀手鐲是春麗姊以前有機會出門時在銀樓購買的，前一陣子有了小姐贈與的一對金手鐲便不戴了。春麗姊在發生昨晚那事後還願意幫她，心腸真是太善良了。

許淺接過春喜的碎銀子和銀手鐲，道：「雖然有些麻煩，但我可以試試。」他估量春喜手中的碎銀子大約有二十一、二兩的樣子，銀手鐲很細，也就一兩多點。

「謝謝大人，謝謝大人。」春喜急切道，流下感激的淚水。擔心錢不夠，她又把自己耳朵上的一對珍珠掛鈎銀耳環摘下來放到許淺的手中。珍珠耳環是她在黃林知府府上時老夫人賞的，雖然珍珠有些黃了，但比較大，且圓潤飽滿，應該值幾個錢。

許大嫂將春喜扶起來，道：「走，我們到邊上坐坐，讓我男人和牙婆們說去。」說完，她扶著跪來跪去、可能膝蓋已經受傷的春喜走到路邊，向路邊的一戶人家要了一張凳子讓春喜坐下。

許淺領著兩個牙婆走到遠處的茶水鋪子坐下，開始和她們「協商」。

「許大嫂，我能遇到你們真是太幸運了。」春喜感激地說道，手輕輕揉著自己疼痛的雙腿，她的左臉也是火辣辣地疼，可是膝蓋和雙腿更疼。

「也許真是妳的運氣。」許大嫂笑道：「今天我家小姑和姑爺正好要回娘家探親，我特地請假上街買滷肉等熟菜，遇到請假早點回家的淺哥。春喜，沒有淺哥，我對妳也是愛莫能助。」

「我想老天爺這是在可憐我，給我一條生路。」春喜望望遠處的許侍衛和兩個牙婆道。她已經下定決心，進入窯子前就自盡，人只要死心堅定，別人看管再嚴也沒有用。

「咕嚕咕嚕」，她的肚子發出清晰的腸鳴聲。

「大少夫人又不許妳吃飯了？」許大嫂問道，左右望望。

「昨晚，我違逆了小姐的意思，在院子裡跪到了今日上午。」春喜低聲道。

「唉……」許大嫂搖著頭走開，不一會兒拿著兩個還有些熱的包子過來，道：「吃吧，把身子餓壞就不好了。」

「謝謝許大嫂。」饑餓的春喜感激道，接過包子很斯文地吃起來。

「昨晚妳家小姐叫妳伺候姑爺了？」許大嫂問道。

春喜輕輕點頭，面露悲哀，春麗姊因為她受苦了。

「妳這丫頭好奇怪，別的丫鬟想方設法往主子床上爬，妳卻要拒絕。」許大嫂道。

「人各有志吧，姑爺表面斯文，絕非良人，不可託付終身。」春喜低聲道。

「哦？」許大嫂頓時來了興致，問道：「春喜，妳是不是有心上人了？」

春喜搖搖頭。

許大嫂問道：「那麼妳想嫁什麼樣的男人？」

春喜輕輕回答道：「我想自己贖身回家鄉尋親。」

「哎，那是以後再說。我來問妳，如果妳要嫁人，想嫁哪種人？」許大嫂興致勃勃地問道。

春喜還指望許大嫂和許大嫂的夫婿救自己，不敢不回答。她想了想道：「忠厚老實就行。許大嫂，我已經破相，不指望嫁人了。」

許大嫂仔細端詳春喜右臉頰上的那道傷疤，道：「是明顯了些，不過也不算太難看，應該可以嫁得出去。」

春喜低頭不語，默默地吃著包子，心中焦急地等待許大嫂夫婿許侍衛的消息。

良久，許淺手中拿著一張文書過來了，道：「春喜，這是妳的賣身契。」他的身後還站著一個牙婆。

春喜起身激動地望著關係自己命運的契約書，深吸一口氣道：「奴婢見過許大人。」說著，她朝著許淺深深施禮。

許淺頓時大笑起來。「春喜姑娘不要這樣。妳本名叫什麼？」

春喜頓時愣住了，想了想道：「回大人的話，奴婢本名肖文卿。十二生肖的肖，文人雅士的文，愛卿的卿。」

「肖文卿，好，我記住了。」許淺道。「慧珠，妳帶春喜姑娘先回去，我去趙大娘那邊一下，順便去一趟官府衙門，把春喜姑娘的賣身契改一下。」他帶著職業牙婆和春喜的賣身契，到官府就能改變契約主人和契約內容。

「趙大娘？」許大嫂聽了頓時眼睛一亮。

許淺朝著自己的婆娘擠擠眼，哈哈笑道：「這不是緣分嗎？慧珠，妳別先說了，讓某些人驚喜一下。」

許大嫂立刻點點頭。

春喜不知道這對夫妻打什麼啞謎，她只關心自己的賣身契，急切問道：「許大人，奴婢斗膽，請問您花了多少錢買我這張死契的？」

「兩個牙婆最後咬死三十六兩，妳的碎銀是二十二兩，我花了十四兩銀子。」許淺道，從懷中掏出銀手鐲和珍珠耳環道：「這是姑娘家的玩意兒，對妳可能有意義，所以我沒有放進去湊數。」說完，他把銀手鐲和珍珠耳環還給春喜。

春喜顫抖著手接過春麗的纏枝紋銀手鐲和自己唯一比較值錢的珍珠耳環，鼓起勇氣道：「許大人，我們可以重新訂契約嗎？死契變活契，等我以後有二十兩銀子，請您允許我贖身。」在攢銀子的那些年中，她就在許家當丫鬟伺候許家人。

從簽了賣身死契的丫鬟能攢二十幾兩銀子，許淺就知道春喜是個堅毅自強、聰明伶俐的丫頭。聞言，他笑道：「妳的契約我另有用處，不過妳別擔心，我不會害妳。妳先和我婆娘走，我去官府將妳的契約改一下。」

「是，許大人。」春喜恭恭敬敬地福身道，等許淺和牙婆離開便伸手去拿許大嫂手中的菜籃子。她的賣身契約已經到了許侍衛手中，從此她便是許家的丫鬟了。

許大嫂趕緊道：「春喜，妳腿腳不便，身子虛弱，還是我拿吧。」說著，她伸手攙扶春喜。

春喜連忙道：「夫人，奴婢現在是您家的丫鬟，應該做事的。」

許大嫂愣了愣，立刻道：「那也要等妳身子好了。春喜，別奴婢奴婢的叫了，我不愛聽。我們先回去吧，我家今天有客人。」

見她如此爽直，春喜便沒有再較真，由她扶著行走。

第八章 婚書

許家位在京城永安的北邊居民區，是一座小巧的四合院。許父是個武夫，好幾年前就退下來了，許母負責家中燒煮洗刷，偶爾做點針線活；許家長子因為幼年發高燒燒成了癡呆兒，所以次子許淺現在是家中的頂梁柱。父母衰老，長兄癡呆，膝下還有一兒一女，所以儘管許淺做為御史侍衛每月有六兩月銀，他的妻子也要到御史府廚房當個幫工，每月賺二兩銀子供養一家老小。

春喜瞭解許家的現況後很是不安，因為這家人也不富裕，在她身上花了夫妻倆近兩個月的工錢。

「老夫人，夫人，讓我來幫忙吧。」春喜拖動腫脹的雙腿艱難地走出廂房來到院中，要幫蹲在井邊的婆媳做事。

「春喜，妳膝蓋腫得老高，行動不便，妳就別走動了，快去床上躺著休息。」許大嫂將剛洗好的菜放到一邊，用濕淋淋的手推了推春喜。回來之後，她幫春喜檢查了一下，從自己屋裡取出消腫化瘀的藥酒，給春喜搽臉上的紅腫巴掌印和膝蓋上的青紫色瘀青。

「夫人，我是丫鬟，我不能看著妳們做事自己歇著。」春喜誠懇地說道。

「別叫夫人，妳還是叫我許大嫂吧。」許大嫂笑著說道：「誰說我家淺哥買下妳就是為了讓妳做丫鬟的？妳還是進屋歇息，等他回來給妳好消息。」說著，她把春喜強行扶進西邊廂房，讓她躺下休息。

「許大嫂，許大人會有什麼好消息給我？」春喜聽了，急切地問道。許侍衛之前還特地詢問她的本名，莫非他要消去她的奴籍，讓她回歸良籍？若是那樣，許家夫妻真是她的大恩人。

「等他回來再告訴妳。」許大嫂神秘地說道，然後轉身離開。

是什麼好消息呢？是讓她回歸良籍嗎？

春喜焦急地想知道。

許家出嫁的女兒住得離京城有些遠，直到下午時分才帶著夫婿和兩兒一女，還有順便到京城遊玩的兩個小叔子回到娘家。由於春喜是外人，又被許大嫂強迫著休養，便沒有出去以丫鬟的身分伺候許家上下。

到官府修改一份文書需要很長時間嗎？春喜等得惴惴不安。

下午時分，許淺回來了，還帶來兩個四、五十歲的老年婦人。

「春喜，不，文卿。」許大嫂帶著那兩個老年婦人走進原名為肖文卿的春喜房中。

肖文卿一直聽著外面的聲音，聽到有人走來就已經從斜躺在床上變成坐在床邊，等人走到房門前立刻起身上前迎接。

「文卿，妳的契約文書已經改好了。」許大嫂高興地說道，朝肖文卿晃晃手中的一紙文書。兩名老年婦人進來後打量肖文卿，其中一個還不住點頭，甚至露出激動喜悅的笑容。

「許大嫂，我可以看看嗎？」肖文卿急切地問道，緊張得心跳如擂鼓。這兩個婦人面帶和善，看起來自己並不是又被轉手發賣掉。

「妳認識字？」許大嫂頓時驚訝了，她以為肖文卿和絕大多數女人一樣不識字，頂多會照葫蘆畫瓢繡花、繡幾個字。

肖文卿點點頭，道：「小時候先父、家母親自教導我讀書識字，這些年來我都沒有忘記。」

「這一份本來就是妳的，妳看看。」不識字的許大嫂將一份新的文書遞給肖文卿。

肖文卿強自冷靜地接過那還散發油墨香的契約文書，一看，頓時不敢置信了。「許大嫂，怎麼……怎麼會這樣？」

新文書上最左邊第一行寫著婚書，第二行寫著趙明堂，生於丙寅年九月廿八日巳時，京城永安人士，御史侍衛，曾祖父趙甲，祖父趙二郎，父趙志遠……之後另起一行寫著肖文卿，生於戊寅年五月四日申時，京城永安人士，孤女……康慶三十四年六月二十八日。立婚約者趙明堂之母趙林氏，媒人錢劉氏，證人許淺、李文才。

肖文卿顫聲問道：「許大嫂，你們，你們把我嫁人了？」在她完全不知道的情況下，許侍衛把她嫁給了趙明堂侍衛，還從官府弄到了正規合法的婚書。

「是啊，文卿，妳孤苦無依，就算變成平民也要找個依靠不是？妳既然在御史府和趙侍衛有緣，你們又男未婚、女未嫁，結為夫妻不是正好？」許大嫂笑咪咪道。「來，過來拜見妳婆婆。」說著，她對看著肖文卿就激動到臉紅的四十五、六歲婦人道：「趙大娘，這就是肖文卿姑娘，您的兒媳婦。」

肖文卿雙手捧著自己的婚書臉色一陣紅、一陣白，眼睛緩緩轉向那趙大娘，然後……「兒媳……」她如牽線的木偶那樣朝對方行福禮。「兒媳拜見婆婆，婆婆萬福。」婚書已出具，不管她願不願意，已經是趙家的媳婦了。

「文卿，妳快快起來。」趙大娘立刻伸出雙手把肖文卿扶起來，歡喜地說道：「好孩子，妳受苦了。」今日上午，兒子的好友許淺突然過來找她，把自己兒子和春喜姑娘的流言說一遍，然後大力誇讚春喜姑娘如何美麗聰慧、堅貞勇敢、不貪富貴；最後說春喜姑娘雖然贖身變良民但孤苦無依，不如就嫁給她兒子好了，反正他們兩人有緣分。

許淺的人品她信得過，在得知那漂亮姑娘很自愛，寧願被小姐責罰也不願伺候姑爺後就對那姑娘的品性非常滿意，而自己兒子快二十八歲了都還沒找到媳婦，便馬上同意了。

考慮到趙明堂那冷硬性子，他們直接帶上趙明堂的庚帖找了個媒婆和牙婆一起去官府，先將春喜的賣身死契作廢掉，還她良籍，然後立婚書，找證人簽字，將這兩個完全不知情的未婚男女配成婚。兒女婚事父母作主、媒妁之言，官府主簿看他們人、書、證齊全，便出具了官方合法的婚書。婚書男女雙方各執一半，趙明堂的那一份就由母親保管。

「趙大娘，恭喜您終於有兒媳婦了。」陪同趙大娘一起過來的媒婆笑道：「您挑個日子辦桌酒席向街坊鄰居宣佈一下吧。」小門小戶人家沒有那麼多規矩，也就是兩人抬著小花轎將新娘接進門，放一串鞭炮、擺上幾桌酒席招待一下周遭親友鄰居；像肖文卿這樣的孤女，只須由媒婆領到男方家就可以了。

趙大娘喜悅地說道：「是的，是的。」新兒媳婦雖然右臉有道疤痕，左臉被人打得紅腫一片，但五官秀美、氣質嫻靜，還認識字，她那性格如榆木疙瘩的醜兒子算是撿到寶了。

「文卿，花轎已經抬來了，我幫妳梳洗一下。」許大嫂勸說道：「趙兄弟面冷心熱，會好好照顧妳，妳就安心和他過日子吧。」她家今天小姑一家回娘家，家裡沒有多餘的床和鋪蓋了。

趙大娘聽了馬上道：「我這就回去收拾一下，等文卿過來。許家二娘子，劉媒婆，我兒媳婦就請妳們多照顧了。」

許大嫂立刻道：「大娘您放心，晚些時候，我家淺哥會找人把趙侍衛替回家的。」御史府每晚要有四個侍衛分上、下半夜輪班，其他兩名侍衛則回家休息。基本上，侍衛們相互協商，有家室的夜晚就少輪些班，孤身的，譬如趙明堂，他吃住都在御史府，七、八天才回家一次，探望一下還很健康的老娘。

手中拎著一個大包裹的劉媒婆點點頭，道：「這裡有我，妳回去準備吧。」

趙大娘再看一眼垂眸低頭努力保持鎮定的肖文卿，很滿意地走了。

「走，文卿，我已經讓我婆婆和小姑在隔壁幫妳準備熱水了。妳今天是新娘子，要乾乾淨淨地過去。」許大嫂笑道，朝著肖文卿伸出手。

肖文卿知道木已成舟，便道：「文卿給大嫂添麻煩了。」說完，她收起自己的婚書，由許大嫂扶著她去隔壁沐浴。

肖文卿沐浴時，劉媒婆進來替她開臉——用棉線絞去臉上細細的汗毛；等她沐浴好了，身上重新塗抹消腫化瘀的藥膏，穿好乾淨的內衣，媒婆錢劉氏打開她帶來的大包裹，取出裡面半新不舊的新娘嫁衣。

「姑娘莫要嫌棄這是別人穿過的。」劉氏驕傲道：「前六位穿過這嫁衣的新娘現在都過得很幸福，上一位新娘過門兩個月就懷孕了。」一套完整的嫁衣做起來耗時耗力，有些突然成親的或者窮人家嫁女兒就會直接從媒婆這裡租借嫁衣。

許大嫂拿來了自己的梳妝盒，劉媒婆取出木梳開始幫肖文卿梳髮盤髻。「一梳梳到尾，二梳梳到白髮齊眉，三梳姑娘兒孫滿地……九梳九子連環……十梳夫妻兩老到白頭。」充當全福娘子的劉媒婆唱著，一下又一下地梳理肖文卿半乾的烏黑長髮，然後用自己帶來的不值錢木頭簪子把肖文卿的長髮盤起來，戴上兩朵大紅色的絹花。

肖文卿看著梳妝銅鏡中盤成婦人髮髻的自己，即使再怎麼克制自己的感情也情不自禁地流下兩行晶瑩的淚水。

新娘哭嫁是京城的習俗，見到肖文卿哭了，許大嫂和劉媒婆都很高興。

「文卿，妳成親匆忙，大嫂也沒有什麼可以幫妳準備的，這個妳收好，晚上和趙侍衛一起看。」許大嫂一臉羞赧地說道，把手中捏著的一個紅色錦囊遞給肖文卿。

這是……肖文卿作過預知夢，所以知道女子新婚夜要做什麼。她看到許大嫂的表情就猜到，這個錦囊裡可能是「辟火圖」。收還是不收？她還在猶豫，許大嫂就把紅色錦囊硬塞進了她的手中。

劉媒婆自然瞭解這些，她笑著道：「新娘子就收下吧。好了，我看時間也差不多了，新娘可以上花轎了。」說著，她把一塊繡鴛鴦的紅蓋頭蓋到肖文卿的頭上，然後扶她起來。

許大嫂立刻道：「我讓人放一串鞭炮。」很快，許家四合院外響起了鞭炮聲，劉媒婆聽見了便攙扶著依然行走不便的肖文卿上了兩人抬的紅色花轎。

花轎中，肖文卿忐忑不安，這個由朋友牽線、母親作主的婚姻，趙明堂會接受嗎？

御史府門前，四名看門的家丁看到騎馬而來的許淺，立刻迎上來躬身道：「許大人，您今天不是請假招待親戚嗎？」高官雇傭的侍衛全是從軍隊中選拔出來的，在官府有記錄，他們雖然沒有官階，但普通人看到他們還是要稱呼一聲「大人」。

「我回來有些事情。」許淺翻身下馬，將手中的馬轠繩遞給一個家丁，笑道：「御史大人回府沒？」御史大人上朝或者外出的話，侍衛們是要跟從的。

「御史大人已經回府了。」那家丁回答道，將馬拴在府門外的拴馬石上。許侍衛大人是臨時歸來有事的，可能馬上就走，他就不把馬牽到馬廄裡。

許淺聽了立刻進入府中，朝御史府前院書房快步走去，只要御史大人在府中，侍衛們不是在他書房外面的侍衛休息室就是在練武場。今天值班的五名侍衛都在，他們看到許淺突然回來有些奇怪，和許淺最說得來的侍衛立刻笑著問道：「許大哥真是的，家裡來親戚了還不放心這裡。」

「去去去，我找趙哥。」許淺道，走到休息時間除了擦刀還是擦刀的趙明堂面前，道：「趙哥，你娘讓我關照你一聲，她有急事，你傍晚之前必須回家。」怎麼著也得趕回家迎接新娘子。

「何事？」趙明堂抬頭問道，有些驚訝，今晚他要值上半夜，他不能回去。許淺家和他家不住在一個居民區，他娘有事可以直接到御史府找他，不需要特地讓休假在家的許淺傳話。

「你娘知道你要輪值，如果不是緊急事也不會託我傳話。」許淺笑呵呵道。「我是在街上遇到你老娘的，我騎馬速度快，就幫她傳個口信。」

趙明堂想了想，轉頭對一個侍衛道：「劉華兄弟，今晚你替我值夜怎麼樣？我請你喝酒。」

被他拜託的劉華侍衛立刻大笑。「你我兄弟誰是誰呀，頂個班也需要請喝酒？太見外了。」最近兩個多月，趙哥經常主動替別人頂班值夜，他們還欠著他的情呢。

許淺頓時笑了。「酒是一定要喝的。」

「我去稟報大人一下。」趙明堂說著，將擦得明晃晃的刀插回刀鞘，起身走出休息室，來到書房外，向站在書房門外的一位家丁說了一聲。

那家丁立刻進書房傳話，稍後便出來道：「大人知道了，這裡沒事，您回家吧。」

趙明堂微微頷首，回到休息室門外，拱手道：「諸位兄弟，我這就回去了，你們多辛苦。」

侍衛們朝他揮揮手，道：「趙哥，你家有什麼事情，別客氣，向我們開口就是。」

「嗯。」趙明堂點著頭，去馬廄帶出御史配給他的馬，和等待他的許淺一起離開御史府。許淺一直滿臉笑容，趙明堂看著也覺得自己老娘突然找自己回去應該不是出大事情。

此時已經接近傍晚，街上的行人陸續回家，商鋪也開始清點貨物，等再晚些就打烊。途中，許淺試探道：「趙哥，你知道春喜姑娘嗎？」

趙明堂微微一愣，問道：「她又出事了？」

「今天上午我和我婆娘看到她了，她一身是傷，被兩個牙婆拖著走。」許淺道。「她被她的主人轉賣了。唉，不知道被轉賣到哪兒去了。」

「怎麼會一身是傷？你知道她被哪兩個牙婆拖走了？」趙明堂猛地勒住了馬，說話的語氣也不自覺地急切起來。

「我聽說，昨晚她家姑爺要收她房，她拒絕，被她家小姐責罰了。」許淺發現春喜的消息能打亂一向沈默冷靜的趙明堂的心，頓時對自己當時的突發奇想很是滿意。

黃林知府劉瑜之嫡長女，都察院左副都御史何長青之嫡長兒媳，鴻臚寺右少卿何俊華之妻……

趙明堂的腦中立刻閃過何大少夫人的身分資料，轉頭望向許淺，眉頭微皺的他沈聲問道：「你既然看到了，為什麼不順手幫她一把？」

許淺立刻叫屈。「趙哥，我和春喜姑娘素未謀面，我婆娘也只見過春喜姑娘兩、三回，我憑什麼幫她、買下她？且不說她賣斷終身的銀兩是多少，我家用不起丫鬟。」他上有老、下有小，中間有一個癡傻兄長，他堂堂侍衛還需要委屈自己婆娘到御史府廚房做幫傭呢。

趙明堂知道平民百姓的生活都比較艱辛，聞言只能嘆了口氣，繼續駕馭著馬往家走。

「趙哥，你是不是喜歡春喜姑娘？」許淺催馬追上趙明堂急切地問道，他看得出來，趙哥有些被那姑娘牽動心了。

「你會對只見過一次面，說過兩句話的姑娘喜歡？」趙明堂很冷靜地反問道。

「趙哥，你該不會從來就不知道世上有一見鍾情這個詞吧？」許淺立刻洋洋得意道：「我第一眼見到我婆娘，心中立刻產生一個念頭，就是她了。於是我第二天就找媒婆說親，一個半月後就和我婆娘成親了。你看，我和我婆娘多恩愛！」他們夫妻一個是御史大人的侍衛，一個是御史府後院的廚房幫傭，兩人經常同進同出。

一見鍾情？趙明堂一臉木然，腦中回想自己和春喜第一次見面說話的場景——

「小女子自知身分卑微如蒲柳，不敢奢望太多，只求個知冷知熱的夫婿。小女子覺得大人會是小女子想要的，便厚顏自薦。小女子對大人一見鍾情，今日偶然撞見大人，自覺不主動，大人便永遠不知道有人心中仰慕大人。」

春喜丫鬟除了想利用他擺脫成為姑爺通房丫鬟的命運，難道真對他一見鍾情？她對一個醜臉粗漢一見鍾情？趙明堂回憶著，覺得這是不可思議的事情。

「趙哥，你是不是喜歡上春喜姑娘了？」許淺看到他沈思，立刻湊到他面前再次詢問。

「門不當、戶不對，徒增煩惱。」趙明堂冷漠地說道，繼續騎馬往家走。

「怎麼門不當、戶不對了？春喜只要贖了身就是良民。」許淺慫恿道。「要不，我們去找那兩個牙婆，把她買下來怎麼樣？給你當婆娘。」

趙明堂身子一震，嘴唇緊抿。

許淺嘮嘮叨叨道：「我看過她的臉了，破相得很難看，估計就算以後換個慈善的主人，主人給她配小廝，小廝也不要她。可憐的姑娘，她這輩子算是毀了，老來孤苦伶仃，然後孤寂地死在又髒又臭的床上，最後被人用席子裹一裹扔進亂葬崗。」

趙明堂聽了，立刻狠狠地瞪了許淺一眼。

「可憐啊，可憐。」許淺一邊說著一邊搖頭。

趙明堂冷冷道：「你可憐春喜姑娘為什麼當時不幫她？你沒錢可以向兄弟們借，一個破相丫鬟而已，轉手價又不會很高，我們幾個人甚至可以無償地幫助春喜姑娘贖身。現在可好，京城職業牙婆有一、兩百個，你去哪兒找那兩個牙婆，又去哪兒給她贖身？」據他所知，十四歲以上，十八歲以下的未婚少女的賣身價一般在三十到四十兩之間，買斷終身的雖然貴一些，但也不會超過六十兩。

許淺被趙明堂說得目瞪口呆，驚訝了半天道：「趙哥，你今天話好多。」

趙明堂立刻察覺自己情緒波動太厲害，馬上克制自己，閉嘴不說了。

許淺心中暗自高興，因為這表示趙哥對那春喜並不是無動於衷，現在好了，一切水到渠成，趙大娘準備明年抱孫子吧。

許家四合院在何御史府的北邊，趙明堂的家在何御史府的東邊，走到半道上，趙明堂發現許淺還和自己走同一條道，便問道：「天色將晚，你回家吧。」

許淺趕忙道：「我擔心你老娘有事，一起過去看看。」

「許兄弟，你不用擔心，回去吧。」趙明堂道，隱隱覺得許淺找自己之後有些不對勁，可是想不出哪裡不對勁。

「我不放心，還是去看看。」許淺說道，嘴角勾起得意的笑容。

眼角餘光掃到他嘴角的笑意，趙明堂心中的警鐘開始敲響。

又走了一會兒，前方傳來噼哩啪啦的鞭炮聲，許淺安撫自己胯下容易受驚的馬，笑道：「今天有人成親。」

婚，婦家也。禮，娶婦以昏時。所以成親之禮都是在傍晚舉行。趙明堂望著鞭炮響聲之處有些疑惑，他家左右鄰居有人在今天成親嗎？為什麼他一點消息都不知道？因為他是御史侍衛，周圍平民鄰居都把他當大人物看待，雖然他不一定出席，但舉凡有大事都會請他一下。

騎馬拐了一個彎，趙明堂第一眼就看到一台紅色花轎停在自家門口，好幾個鄰居小孩在地上撿沒有點燃的鞭炮玩。

「新郎官回來了，新郎官回來了！新郎官快點發喜糖！」孩童們看到趙明堂回來，立刻圍上來，朝著他要喜糖吃。

「回來了，新郎官回來了。」趙家院子裡傳來好幾個人的聲音，然後他們走出來，朝趙明堂賀喜。

「怎麼回事？」趙明堂陡然轉頭詢問許淺，臉上陰沈沈的。很明顯，許淺不僅是知情者、參與者，還是始作俑者！

第九章　成親

「哈哈，趙哥，恭喜你今天當新郎。」許淺抱拳拱手，大笑道：「春喜姑娘已經被我贖身了，她無家可歸，想起她和你的緣分，我就建議你娘收她做媳婦，你娘一口就答應了。」說著，他翻身下馬。

「荒唐！」趙明堂厲聲道：「男女婚事豈能如此兒戲！」

「荒唐嗎？」許淺把趙明堂拉下馬拖進趙家院子，道：「父母作主、媒妁之言，還有婚書為證，你和小嫂子已經是夫妻了。來吧，高高興興地做新郎，明年讓你老娘抱個胖孫子。」

趙明堂無言以對，被許淺和一個鄰居家的少年推拉著進自家的門。

「明堂呀，恭喜恭喜。」

「明堂呀，黃嬸已經替你看過新娘子了，是個很水靈的姑娘，你小子真有福氣。」

「趙叔叔，小嬸嬸很漂亮哦！我娘說將來的小弟弟、小妹妹一定也很漂亮。」

趙明堂僵硬著臉，對熟悉他的街坊鄰居們道謝。

趙家院子比較大，主屋一明兩暗，東邊副房是廚房、雜物房和草棚，西邊有葡萄架和井臺。趙大娘回來之後迅速把兒子住的西屋整理好，換上一套嶄新的被褥，等新娘子過來之後就接到西屋裡去坐，就等兒子回來拜堂成親。看到兒子回來，滿臉興奮的趙大娘立刻道：「明堂，你可回來了，來，快進來。霞妹子，妳把新娘領出來拜天地。」

「娘，這事，您詢問過人家姑娘沒？」趙明堂沈聲道。主屋客堂的桌椅都移到了一邊，最裡面靠牆的長條桌上擺著幾盤有吉祥意義的乾果糕點，點著兩支紅蠟燭。屋子正中放著一張太師椅，想來就是他唯一在世長輩的座位。

「文卿同意啦，已經改口叫我娘了。」掏出放在懷中的婚書朝兒子揚了揚，趙大娘喜氣洋洋地說道：「我等了二十多年，終於做婆婆了。」

媒婆拿出一件紅色長袍遞到趙明堂面前道：「新郎官，今天要穿紅袍喜氣洋洋的。」

「文卿？」趙明堂驚訝道。

見趙明堂沒有接新郎袍，許淺幫他接過來一抖，披到他的肩膀上。

「媳婦姓肖，名文卿，聽名字就知道原本是好人家出身的孩子，你是占了大便宜了。」趙大娘朝著西邊招手道：「你看，你媳婦來了。」

趙明堂轉頭看去，就見鄰居方大嬸扶著走路慢、有些蹣跚的新娘子走過來。對了，春喜，不，文卿被何大少夫人打傷，行走有些不便。

「快穿好。」許淺催促道。

「好啦好啦，新郎、新娘開始拜天地吧。」媒婆兼職喜娘，拿出中間繫著紅綢花的紅喜帶，一端放到新娘子手中，一端遞給新郎。一位充當司儀的老者嗯嗯了兩聲，扯開喉嚨道：

「新郎、新娘一拜天地。」

趙明堂眉頭深鎖，心中猶豫不決，媒婆見狀，把紅喜帶的另一端強行塞進他手中。趙明堂見狀，只好伸手由許淺幫他將新郎袍套在侍衛勁裝外面。

方大嬸和兼職喜娘的媒婆扶著新娘子面對門外慢慢跪下，許淺推了推還有些遲疑的趙明堂。「趙哥，快拜天地呀！你們的婚書都已經簽好，官府也有備案了。」

趙明堂深深皺眉，然後毅然走到身形削瘦的新娘子身邊轉身面對門外跪下，和新娘子一起對著天地叩頭。

見他同意，知道之前完全不知情的他認可這樁婚事了，眾人全都鬆了一口氣，趙大娘高興得合不攏嘴。

「二拜高堂。」充當司儀的老者叫聲更加響亮了。趙明堂是他們幾個老一輩的人看著長大的，因為臉上有銅錢大小的胎記，後來臉又破相，一直都說不到媳婦，他們都替他擔心著。今日新娘子從天而降，趙大娘看過人後讚不絕口，他們都替這母子倆高興。

方大嬸和媒婆扶起據說膝蓋有些受傷的新娘子起身，調轉方向，面對坐在太師椅上的趙大娘跪下叩頭，趙明堂隨著新娘子一起拜高堂。

「夫妻對拜。」

趙明堂微微遲疑，看到面對自己的新娘子一點也不猶豫地朝他跪下，他馬上也跪下，和對方夫妻對拜。

「禮成，送入洞房。」充當司儀的老者高興地叫道。趙明堂牽著紅喜帶走進他的寢室，媒婆與高采烈地和方大嬸扶著新娘子跟著他進房。

臨時佈置的洞房中，兩支花燭將周圍照得明亮，充滿喜氣。跟著進來的眾人起鬨道：「快點揭蓋頭，快點揭開蓋頭！」見過新娘臉的兩個大娘都說，新娘子長得很漂亮，雖然臉上有些傷，但養養就能恢復。

媒婆遞給趙明堂一根裹著紅綢布的秤桿道：「新郎，揭新娘蓋頭吧。」

事已至此，趙明堂也不猶豫了，接過秤桿輕輕挑起新娘子的紅蓋頭。

紅蓋頭下，垂眸低頭的新娘子非常樸素，盤起來的烏雲髮髻上只有一根木頭簪子和兩朵紅色絹花，雙耳掛著一對乳黃色的珍珠耳環。她抹了一些脂粉，右臉上的疤痕變淺了很多，左臉有些浮腫，不過五官精緻秀美，端是個美人兒。

趙明堂第一眼打量新娘子就看清楚了，新娘左邊有些浮腫的臉是被人打的，再加上新娘剛才拜堂行走下跪都頗有些不索利，他相信她真的被人狠狠虐待過。鴻臚寺右少卿何俊華的妻子……他眼神逐漸變得陰沈森冷起來。

「新娘子好漂亮。」兼職喜娘的媒婆大聲說道，讓人端來兩杯酒，道：「新郎、新娘喝交杯酒，同甘共苦，情意長長。」

趙明堂拿起一杯遞給新娘子，新娘子肖文卿微微抬頭，飛快地望了趙明堂一眼，接過交杯酒。

發現新娘看自己的眼神，趙明堂心緒如潮，拿起另一杯酒，按照媒婆的指導和新娘手腕相勾，額頭抵著額頭喝下交杯酒。

交杯酒一喝完，媒婆便讓他們肩並肩坐在一起，眾人拿起預先準備的花生、紅棗往他們身上撒，一邊撒還一邊說吉利話，棗子棗子早生貴子，花生花生生生不息……

一些民間傳統婚俗做完，趙大娘笑著對眾人道：「各位街坊鄰居，大叔、大嬸，今日我兒倉促成婚，未來得及宴請大家，明日，我家備下喜宴請大家過來慶賀一下。各位，天色不早了，我們就讓新人早些安歇吧。」

眾人聽了頓時哄堂大笑。「明堂呀，春宵一刻值千金，你可要努力哦。」

「明堂啊，你也是有家室的人了，以後在外面要小心保護自己。」

「趙大娘，明年你肯定能抱個胖孫子。」

趙明堂起身和母親一起恭送客人，許淺笑著說道：「你突然成親，我們兄弟中除了我誰都不知道呢。我明天替你向御史大人請假說明情況，你過幾日再回去當差。」

「好，有勞許兄弟了。」趙明堂很淡定地說道。

許淺朝趙明堂擠擠眼，告辭走了。他替肖文卿贖身墊付的十四兩銀子，趙大娘在決定收肖文卿做兒媳的時候就還給他了，他打算等明日兄弟們都知情了，一起送禮金過來。

將客人們送走後，趙明堂收拾屋子，趙大娘去廚房。肖文卿起身慢慢走出房，要幫趙明堂整理，趙明堂立刻攔住她，道：「妳身上有傷，還是回房休息去。」

「大人，我只是膝蓋有些腫，別處沒事。」肖文卿低聲道。

「妳別亂動，還是我來。」趙明堂頓了頓，毅然伸手強行把肖文卿扶到一邊坐下，然後自己整理屋子。

「大人，我去幫娘做晚飯。」肖文卿不安地說道，打算起身。

「別動，妳受傷了。」趙明堂一個箭步上前，再次將肖文卿強行按在椅子上。

「廚房的活妳以前估計沒有做過，妳暫時別去，等娘教妳之後妳再進廚房做事。」趙明堂沈聲道。肖文卿原本是知府小姐的貼身丫鬟，只會貼身伺候主人日常，廚房裡的事情她肯定一竅不通。

他手掌的熱力透過薄薄的衣裳熨燙著肖文卿，肖文卿頓時臉紅了，第一次有了新娘子的羞澀。

趙大娘快速做了兩道菜，把中午做的飯熱一下，端過來和兒子、媳婦一起用。當她過來時，看到兒子和兒媳正在說話，頓時滿心歡喜。

「文卿呀，我們家日子一向過得簡單，妳不要介意，等妳熟悉周圍環境了，我給妳錢，妳自己上街買菜，想吃什麼就買什麼。妳身上有傷，不方便出行，我明天上街給妳剪幾塊布料來給妳做幾件衣裳。」趙大娘慈祥地說道，招呼肖文卿多吃點。

低頭用飯的趙明堂想起來，肖文卿是被主人懲罰之後直接發賣的，估計沒有帶衣物出門，便道：「娘，您給文卿多扯幾種布料，她需要從裡到外多做幾套。」

「娘，兒媳過得慣。兒媳粗通女紅，娘如果不介意可以多剪一些布料來，兒媳給您和大人做新衣。」肖文卿低著頭道，雖然粗茶淡飯她有些吃不慣，但她相信自己能適應。

「好好好。」聽著兒媳貼心的話，趙大娘心花怒放。

用過晚膳，肖文卿不顧趙家母子的反對，端著碗筷盆子去井邊打水清洗，趙明堂給自己的馬餵糧草，趙大娘見狀便督促兒子去沐浴。今晚是他的洞房花燭夜，他怎麼可以不把自己清洗乾淨。

肖文卿梳洗過後磨磨蹭蹭地回到西屋，趙明堂已經背對著她坐在床頭的長桌邊，對著一面大銅鏡弄自己的臉。

肖文卿見了微微一愣，這沈默寡言的武夫居然有這種小癖好？

「大人，您在做什麼，需要我幫忙嗎？」肖文卿有禮地問道。

「不用。」趙明堂沈聲道：「妳先上床吧。」他微微側了一下身子，從明晃晃的銅鏡察看肖文卿。

「是，大人。」肖文卿輕輕走到床邊坐下，忐忑不安地等待自己的新婚夜。

對著鏡子弄一會兒，趙明堂快速把桌子上的一些東西收進下面的抽屜裡，順手鎖上，轉身道：「文卿，這一切都是我兄弟和我娘的主意，委屈了妳，我代他們向妳說對不起。」

肖文卿趕緊起身上前兩步微微躬身，道：「大人別這樣說，要不是許大人、許大嫂和娘救了我，我已經被賣進青樓了。」

賣進青樓！趙明堂頓時眉頭深皺，劉知府千金、何家大少夫人好殘忍的手段！

「妳身上的傷可塗了藥？需不需要請個大夫看看？」趙明堂道，仔細打量他的新婚妻子。她取下了髻上的木簪和絹花，烏黑長髮如瀑般披散在身後；她臉色蒼白，左邊臉頰的紅腫依然還未褪盡，右臉頰那一指長的細疤痕很顯眼，看得他感覺刺眼；她雙肩削瘦，身形窈窕，換下租借來的新娘嫁衣，穿上一件半舊不新看起來有些寬大的藍布交領襦裙；纖腰束著深藍色的腰帶，她雙手交握在腰部，顯得很是緊張。

「回大人，我除了膝蓋別處都沒事了。許大嫂給了我一瓶跌打損傷、消腫止痛的藥酒，我已經搽了。」肖文卿恭恭敬敬地說道，把趙明堂當作自己的主人對待。

趙明堂皺皺眉，道：「既然妳我已是夫妻，妳說話別這樣恭恭敬敬。」

「是，大人。」肖文卿道，大膽地抬起頭打量趙明堂。他五官還算端正，眉粗，大眼，鼻直口方，左額角有一塊銅錢大小的不規則暗紫紅色胎記，右臉頰有一條一指長的肉色猙獰刀疤，他身形頎長矯健，並非五大三粗。

發現被肖文卿認真打量，趙明堂轉過身去，道：「天色不早了，妳上床安歇吧。」

肖文卿猶豫了一下，低聲道：「大人也該歇息了。」說著，她走到床邊，熟練地把疊好的被子攤開。

趙明堂走出去搬回來一張長板凳，道：「文卿，妳上床睡。」說著，他和衣側身躺在長板凳上，頭枕在胳膊上，曲起雙腿就此睡了。

肖文卿望著他背對自己的身影，不知道是要鬆一口氣還是要鬱悶，猶豫了一會兒，她低聲道：「大人，今晚是你我的洞房花燭夜。」

良久，趙明堂悶聲說道：「文卿，妳我還不瞭解，不急著洞房。」

肖文卿感覺膝蓋越來越脹痛，便走到床邊坐下，她遲疑了一下，羞赧地提醒道：「娘可能要驗看……」處女落紅。

屈身躺在長板凳上的趙明堂頓時身子一僵，沈思之後道：「此事我自有主張，妳儘管上床安歇。」

肖文卿聞言，便道：「一切有大人決定。」她抱起床上另一條乾淨的薄被緩緩走到趙明堂身後。

趙明堂聽到她輕緩的腳步聲，不由得渾身肌肉緊繃起來，習武之人不輕易讓人從背後接近自己。

「大人，雖然已經入夏，但夜晚還是有些涼，大人還是蓋條被子吧。」說著，肖文卿將手中的被子慢慢蓋到趙明堂的身上。

趙明堂看到今天床上有兩條被子，便接受了肖文卿的好意。「妳驚嚇了一天，快些休息。」他說道。

「是，大人。」肖文卿說著，返回床邊，脫去外面許大嫂借給她的一套衣裳，鑽進被窩裡。

洞房花燭夜的紅蠟燭是不能吹熄的，只能讓它燒到盡頭。紅燭爆出幾朵火花，肖文卿和趙明堂夫妻倆一個躺在床上、一個睡在長板凳上，誰也不說話。

房中靜悄悄的，肖文卿隱隱聽得見趙明堂的呼吸聲，他的呼吸綿長，不知道是不是已經睡著了。她翻了個身，側躺著面對他，隔著床帳觀察他的身影。這個男人可以託付終身，可是能夠託付所有的感情嗎？她從小就渴望有一個男人如自己父親寵愛母親一樣寵愛自己，這個男人做得到嗎？

肖文卿輕輕嘆口氣，自己得隴望蜀變貪心了。她原本是一個簽了賣身死契的丫鬟，能夠變回平民並有幸嫁給一個男人為妻，已經是上天的恩賜；她不該多想，要安安靜靜做個孝順媳婦、賢妻良母，等到將來有機會回家鄉尋親。

肖文卿以為已經睡著的趙明堂突然問道：「文卿，妳還沒有睡？」

「大人，對不起，文卿讓你受罪了。床很大，你還是上來睡吧。」肖文卿趕緊道，裹著被子往裡床挪動。

「不用。」趙明堂道。

「大人……」肖文卿認真道：「你我已經是夫妻，請不要有所忌諱。你上床休息吧，讓夫君睡得不安穩是為妻的錯。」

「妳也睡不著？」躺在長板凳上的趙明堂很平靜地說道：「文卿，妳原籍哪裡？父親何人？」

肖文卿猶豫了一下，回答道：「我本是西陵郡長河鎮肖家村人士，父親名諱肖逸雲，早年亡故，家中還有母親和差我六歲的弟弟。」

西陵郡長河鎮肖家村肖逸雲……趙明堂默默記下，繼續問道：「妳為何成為丫鬟？」

「先父……」肖文卿頓了頓，悲傷道：「先父是康慶十八年的進士，被皇上放到昌興為知縣，我和母親隨同前往，昌興山窮水窮，公務繁忙，先父積勞成疾不幸病故。我和母親還有弟弟扶棺返鄉，途中遇到流寇，我和母親、弟弟失散，被人牙子發現，從此被連續轉賣，最後成了合法的奴婢。」

趙明堂聽得精神一振奮，問道：「妳很想回鄉尋親是不是？」

「是。」肖文卿語氣略微嗚咽起來。「我無數次在夢中回到家鄉，看到我的母親和弟弟。」

「以後我陪妳去長河鎮肖家村尋親。」趙明堂道。

「真的？」肖文卿頓時又驚又喜，她已嫁為人婦，如果沒有婆婆和夫婿的同意她不能回鄉尋親。

「嗯，只是不能確定什麼時候。」趙明堂道。

肖文卿伸手擦去眼角情不自禁流落的淚水，感激道：「只要大人同意，什麼時候都行。」她只記得家鄉的名字，完全不記得家鄉在哪裡了。

肖文卿對趙明堂的貼心有了一些認識，便真誠道：「大人，長板凳無法安睡的，你還是上床來吧。」兩條被子，兩人一人一條，可以井水不犯河水。

趙明堂沈默了良久，道：「暫時就這樣睡吧。」

肖文卿無奈，只好道：「既然大人意已決，我就不多勸了，你請早點安歇。」說著，她又翻了個身，清空自己的頭腦努力讓自己安睡。

從昨晚她就憂慮悲傷、悔恨絕望，今日又萌生死意到絕處逢生忽然嫁人為妻，她情緒激烈波動，身心都疲憊到了極致，夫婿雖然有秘密，但人很厚道，可以託付終身，於是她放寬了心，迷迷糊糊就此睡去。

「喔喔喔～～」

許家院子角落裡養的公雞報曉了，躺在長板凳上的趙明堂緩緩睜開眼，然後站起身來伸展四肢。蜷縮在長板凳上一夜，再加上房中突然有了一個陌生的妻子，他睡得很淺，稍微有一些聲響就醒來了。

西屋裡兩支紅蠟燭已經燒到盡頭熄滅了，屋裡很黑，只有糊著白紙的窗戶透進一點朦朧的月光。藉著這點光，趙明堂清楚地看到他那四柱床上躺著一個身形纖細的少女，她也被雞叫聲吵醒了，動了動，翻過身來。

他屋裡的女人……趙明堂心裡有些感嘆。

「大人？」肖文卿被雞叫聲叫醒，迷迷糊糊地問道。隨即，她神智清醒過來，立刻坐起身來。「大人，你起床了？請稍等，等我伺候你洗漱。」

「天還沒有亮，妳再睡一會兒。」趙明堂道。

肖文卿摸索著穿上昨晚脫下來的衣裳，掀開床幃下床道：「世上哪有妻子起身比夫婿晚的。」

「真的不需要，我這是要到院子裡練功。」趙明堂趕緊阻止道，肖文卿早早起床也沒有事情可以做，不如多躺下休息，把身子養好。

肖文卿頓時愣住了，她不需要早起伺候婆婆和夫婿嗎？今早她應該給婆婆敬媳婦茶的，書上說，民間新媳婦第一天還要上灶頭給夫家做早膳。

「妳躺一會兒再起身，然後跟娘學著如何做早飯。」趙明堂道。「廚房有灶頭，妳可以先學燒火。」貼身伺候主人的丫鬟應該不會廚房的活。

肖文卿想了想，道：「那就請恕我失禮了。」她還是把趙明堂送出西屋才回來躺下。

聽到院子裡傳來呼呼呼的聲音，好像是有人拿著棍棒揮舞劃過空氣的聲響。肖文卿起身走到朝向院子的窗邊，推開窗子看外面，就看到一個矯健的身影在院中跳躍騰挪，一把大刀舞得呼呼作響。

比起姑爺來，這個男人雖然沒有多高的地位，但應該是個會保護妻子的好男人。肖文卿靠著窗戶看了一會兒，等待天光亮了，趕緊草草地把長髮盤起來出門，去井邊準備打水洗漱。

在院子裡練功的趙明堂見狀立刻歇手，道：「井水涼，妳等一下，我去給妳燒熱水。」說著，他把井邊的桶子放到井裡打上一桶水，然後拎著往廚房去。

東屋的窗戶被推開一條縫，其實已經醒來的趙大娘從窗縫看向外面。雖然她很不滿意兒子天還不亮就起身練功，一點也不留戀床笫，但看到他維護媳婦還是很高興。貼心的男人才容易獲得女人的心，只要兒子對媳婦好，媳婦會真心留在這個家裡給許家開枝散葉的。

肖文卿哪敢站著等候夫婿給自己燒熱水，她趕緊跟上去，道：「大人，請教我燒火。」她還真沒有做過廚房的活。還在父母身邊的時候，她母親認為她年紀還小，不用急著學廚藝，只教導她讀書寫字、繪畫繡花；之後她被拐賣到黃林知府府上，從此便學著如何伺候主人，做的是相對輕鬆的細活。

「妳不用急，還是等娘教妳。」趙明堂說道，將井水倒進灶頭的大鍋裡，蓋上鍋蓋，走到灶頭後坐下，將放在灶頭小格子裡的火摺子取出來，吹出火來點柴火，把點燃的乾樹枝塞進灶膛裡，然後就往灶膛裡連續塞乾樹枝。

他塞得太多了，乾樹枝一時間燒不起來，開始向外冒出大量嗆人的白煙。

「咳咳咳。」坐在灶膛前的趙明堂不得不起身，用手搧著走到門口，不斷眨著被煙燻得落淚的眼睛。這就是君子遠庖廚嗎？他其實連自家的灶頭都不會燒。

肖文卿忍著嗆人的煙和辣得快要睜不開的眼睛，飛快走到灶頭後蹲下，取出灶膛裡過多的樹枝，然後用力往裡面吹氣。

她的方法有效了，白煙不再往外冒，灶膛裡的乾樹枝燒起來了。

趙明堂快步走到廚房窗邊，將窗戶打開散煙，轉頭對坐到灶頭後的肖文卿道：「還是妳燒火吧。」

「是，大人。」肖文卿道，全神貫注地望著灶膛，感覺需要添柴火才往灶膛裡加一把乾樹枝。

「水燒熱了妳自己洗漱。」趙明堂叮囑道，拎著空的水桶走了出去，給自己的馬餵水、餵糧草。

從院子的葡萄架下取過一塊懸掛在晾衣繩上的毛巾，趙明堂開始打井水擦洗自己。

趙大娘從主屋裡出來，走到井邊，問道：「明堂，你今早怎麼還練功？」

稍微轉個身子背對自己的老娘，趙明堂沈聲道：「娘，我每日都要練功的。」

「你這孩子。」趙大娘搖著頭道：「今天你休假，給我在家好好陪你媳婦。」想了想，她道：「我去給你們把屋子整理一下。」說著，她便回屋去。

「娘。」趙明堂心中一凜，趕緊阻止道：「讓文卿去整理。」

「不用，今天我先替她整理。」趙大娘笑呵呵道。

趙明堂只好道：「娘，昨晚，我沒有上床睡。」

「什麼？」趙大娘立刻轉身小跑兩步來到兒子面前，震驚道：「你沒有和你媳婦洞房？」

趙明堂低著頭道：「娘，我和文卿之前幾乎不認識，洞房，還是等過一陣子吧。」

趙大娘頓時傻眼了。「你……你這是什麼話，有多少新郎、新娘成親前不認識，成親當晚就洞房的，你從哪裡學來的彆扭？」她繞著自己沈默的兒子走圈，上下打量他。

趙明堂低著頭，很尷尬地繃緊身子。

趙大娘突然憂心忡忡起來。「明堂，我粗心，好久沒有仔細看你了，今天一看發現你身子不如以前壯碩，你是不是在御史府辛苦了？」

趙明堂低頭保持沈默。

「明堂，你最近身體好嗎，要不要找個大夫看看？」趙大娘擔憂道，臉上露出快要哭的表情。幾年前兒子受過傷，雖然只是臉上和胸口受傷，但也許傷了腰子，對女人興致缺缺起來。老天爺呀，莫非她趙家要絕後不成？

「娘，我沒事，我回房換衣服。」趙明堂說著，快步往屋裡走。

趙大娘緊追上去，急切道：「明堂，要不，你今天就找個大夫看看？」

趙明堂快步走進西屋反手把門關上，道：「不用。」

被關在門外的趙大娘推了推房門，嘀咕道：「你這孩子，換衣裳還要特地關門，現在又不是大冬天的天冷換衣裳要關門，你該不會是娶了媳婦和娘見外起來了？」

好一會兒，趙明堂開門出來，已經換上黑色侍衛勁裝。「娘，我餓了。」他說道。

「哎呀，我忘了，我這就去燒早飯。」趙大娘這才想起兒媳婦還在廚房裡搗鼓著，趕緊過去。她之前出房門時還看到廚房冒出一些白煙，估計兒媳婦以前一直貼身伺候貴夫人，從來不曾下過廚房。

廚房中，肖文卿已經將米洗乾淨下鍋，估量著放一些水後蓋上鍋蓋，往灶膛裡塞了一些乾樹枝，開始打水洗漱。

「文卿，妳起得好早。」趙大娘快步走進廚房。

「娘。」正在梳頭盤髮的肖文卿趕緊放下手，對著趙大娘屈膝行禮。「兒媳給娘請安。」

趙大娘笑容滿面地把肖文卿扶起來，道：「我們不是大戶人家，沒有那麼多規矩。」她借著清晨的亮光打量肖文卿，憐愛地問道：「妳昨晚睡得好嗎？膝蓋還疼嗎？不錯，妳臉上的手掌印慢慢褪了。」雖然肖文卿右臉頰有一道一指長的疤痕，但她面容白皙秀氣，端是一個嫻靜文雅的美麗女子，若不是她落難，自己兒子還未必娶得到她。

肖文卿低著頭，道：「兒媳讓娘擔心了，兒媳睡得很好，膝蓋已經不疼了。」

「哦。」趙大娘慈愛地點點頭，走到灶頭打開鍋蓋看看鍋裡的水，然後拿起水瓢又舀了半瓢水，取來一個「井」字形木格放進大鍋裡，再放入一個扁平小竹籮。

「文卿，明堂是個大男人，早上只喝粥熬不住，需要加兩個饅頭。」她說著，走到一邊，伸手從懸掛在房樑下的有蓋竹編籃子裡取出三、四個饅頭，放入那扁平小竹籮裡，再蓋上鍋蓋。

趙大娘走到灶頭後面檢查灶膛裡的火，道：「文卿，妳以前沒有做過廚房的活嗎？」

「沒有。」肖文卿道，默默記住趙大娘的一舉一動。

「妳做得很好，看來以後我家明堂有福了。」趙大娘笑咪咪道。

「這裡暫時不用管，妳和我去屋裡，我幫妳梳頭。」趙大娘說著，拖著肖文卿走。來到屋裡，她對西屋裡的人道：「明堂，你去廚房看一下火，我給你媳婦梳頭。」她把肖文卿拉到自己屋內。

趙明堂不會燒火呀，娘怎麼放心讓他進廚房？肖文卿心生疑惑起來。

第十章　日常

東屋的窗戶開著，一縷晨光照射進來，將窗前照得一片明亮，趙大娘把肖文卿帶進自己屋內，按住她削瘦的雙肩坐到自己的梳妝檯前。她的梳妝檯上，擺著一面蓋著陳舊藍布的圓形銅鏡，左側放著一個紅漆有些脫落的梳妝盒。這些，應該是她使用多年的梳妝物品了。

「文卿，我來幫妳梳頭。」趙大娘說著，打開她有些年頭的梳妝盒，取出裡面的木梳輕輕梳理肖文卿的長髮。

「娘，兒媳給您添麻煩了。」肖文卿難為情地說道。

「哪裡，明堂常年在外做侍衛，好幾天才回來一次，妳嫁過來我正好有個伴。」趙大娘說著，手指劃過肖文卿那黑綢般絲滑柔順的長髮。

將肖文卿的長髮梳理過後，她從自己的梳妝盒裡取出一支銀色鏤空花鳥釵，把肖文卿的長髮盤成民間婦女常梳的墮馬髻，又取出一支鑲嵌兩粒綠寶石的飛燕啣綠珠銀步搖插進髮髻中。

「娘，這些太貴重了，還是您留著使用吧。」肖文卿見狀趕緊道，要從頭上把步搖拔下來。

趙大娘立刻壓住肖文卿的手笑道：「妳是我兒媳，我的不就是妳的？這些都太花俏了，不適合我這個年紀的人戴，妳別嫌這兩樣太老舊就行。」說著，她把左手腕套著的金手鐲摘下來。她日常花銷不大，還接一些繡活回來做，兒子明堂長年在主顧御史家吃住，一年四季都有侍衛衣裳，所以她趙家也算是小有積蓄，替媳婦買幾樣黃金首飾也是買得起的；只是她要確定媳婦的心完全定下來，最好能懷上孩子，才願意為她另外購買。

「不，娘，不用了，我真的不能收您的禮物。」肖文卿看見婆婆雙手套著兩只顏色暗沈，一看就知道有些年分的老金手鐲。這也許是她的陪嫁，也許是公公在世時替她買的，不過不管怎麼樣，她都不能貪夫家的財物。

「什麼不用了，這是婆婆給媳婦的禮物。」趙大娘抓住肖文卿的左手腕，將那老金手鐲套進她纖細白嫩的手腕上。

「嗯，看著就不般配。」趙大娘看看肖文卿的手腕，道：「妳以後找金匠熔掉重新打造妳喜歡的首飾吧。」她端詳了一下肖文卿，道：「妳是個漂亮的姑娘，配我家明堂可惜了些。妳放心，我家明堂面冷心熱，會是個關心妻子的好丈夫。」

肖文卿含羞地低下頭

「大人，你知道茶葉在哪兒嗎？早飯還沒有準備好，我打算先去給娘敬媳婦茶。」肖文卿回到廚房後詢問趙明堂道。

「茶葉？」趙明堂愣了一下，道：「妳等等，我找找。」說著，他開始在廚房裡到處尋找，翻找出茶壺和茶杯。

肖文卿也開始尋找，兩人找了一會兒只好放棄。肖文卿道：「我還是去問一下娘。」

肖文卿走進主屋，不好意思地問拿著抹布在擦長條桌的趙大娘。「娘，家裡的茶葉放在哪兒，我找不到。」

「茶葉？」趙大娘立刻道：「在這裡。」說著，她拉開長條桌底下最左邊的抽屜，從裡面取出一個用紅布包緊緊封住口的小瓷罐。

「這是去年的紅茶，還是明堂請客時買來的。」趙大娘道。「我沒有喝茶的習慣，就一直擱這兒了。」普通人家都是喝白開水，不講究的直接喝河水、井水，只有家中來客人或者有大事，才會買一些茶葉回來用。

「娘，我去泡茶。」說著，肖文卿接過裝茶葉的小瓷罐走了出去，來到廚房間。

趙明堂已經查明了灶頭各處的用處了，道：「文卿，大鍋邊上的小圓筒水鍋裡面是熱水。」只要有人燒大鍋，大鍋邊上直徑大約四、五寸的圓柱狀鍋就會一起被燒到，裡面的水會燒熱、燒開。

「我知道了。」肖文卿道，小心打開茶葉瓷罐，從裡面抓出幾片深紅褐色茶葉拈在手指上看看，確定茶葉老嫩。

趙明堂買的紅茶比較粗老，是相當便宜的那種，於是肖文卿抓起一簇放進茶壺中，用小根銅勺子從水鍋裡舀出沸水開始泡茶。將茶泡開後她也不急著去敬茶，而是檢查了一下大鍋裡的粥，看到米粒已經被煮得開花，粥很粘稠，便道：「大人，粥已經煮好了，灶膛不要再添柴火了。」

趙明堂點點頭，起身拍拍身上的樹枝木屑。

肖文卿在廚房竹編的碗櫃裡找了三個大碗，先把放在鍋裡的「井」字木格裡放饅頭的扁竹籮和「井」字木格取出來，盛了三碗粥，然後開始找托盤。

趙明堂知道她在找什麼，道：「文卿，平民人家沒有那麼多講究。」他停了停，道：「我來端，妳別燙著。」說著，他端了兩個盛著熱粥的碗快步走了出去。

「別燙著。」肖文卿緊張道，立刻從廚房裡又取出一只大碗，將盛了熱粥的碗放到空碗中再端起來，然後一手端著熱粥、一手捧著饅頭往主屋客堂裡送。

「找不到托盤，你就不會用布包著送過來？」客堂上，也許趙明堂燙著手了，他老娘趙大娘正在說他，看到肖文卿端了熱粥和饅頭過來趕緊上前接。

「娘，我這樣不燙手。」肖文卿道，把疊在一起的兩個碗放到桌上，然後再把兩個碗分開。

趙大娘看了，立刻讚道：「到底是個讀過書的人，就比粗人聰明。」

趙明堂看了看，嘴角勾起一抹笑意。

趙大娘從客堂角落裡拿出一個木盤子道：「昨晚有些亂，我忘記把托盤放回廚房了。文卿，廚房還有幾種醃製的小菜，我告訴妳位置。」說著，她便走出客堂。

肖文卿不敢遲疑，拿著空碗快步跟上。

不一會兒，她們婆媳兩人拿著筷子、端著茶壺茶杯，還有兩盤醃製小菜回來了。

將桌上飯菜擺好，等趙家母子坐好，肖文卿拿起茶壺倒茶，然後朝著趙大娘跪下，高高舉起茶杯恭敬道：「娘，請喝茶。」

趙大娘笑咪咪地接過茶杯，喝了一口不燙嘴的熱茶，然後把肖文卿扶起來讓她坐到自己對面，道：「好了，你們忙了一早上，也餓了，快些吃早餐吧。」

八仙桌上，趙明堂，趙家之主坐在首座，趙大娘坐在他的左手邊，肖文卿便坐在趙明堂的右手邊。趙大娘看著，心花怒放，要是過兩年空著的座位上能坐一個胖小子，她就更高興了。

用完早飯，肖文卿立刻搶著收拾桌子，把碗筷拿到井邊去，然後把茶壺拿到廚房添加熱水再拿回來，很嫻熟地給還坐在桌邊的趙明堂倒了一杯茶。「大人，請喝茶。」她熟練地說道。

趙明堂嘴角抽了抽，道：「在家裡別這樣客氣。」

「是，大人。」肖文卿點點頭，道：「我去幫娘洗碗筷去。」說著，她轉身走出堂屋。

趙明堂望著肖文卿的背影，眼中升起一抹激賞。

「還是我來吧，妳回屋去整理一下，待會兒我們全家要出門。」已經坐在井邊小木凳上洗碗的趙大娘道，她都捨不得肖文卿那白白嫩嫩的小手變粗糙了。

「娘，我來幫您。」肖文卿道，拿著桶子的繩子把桶子放到井中，等桶子裝滿水便開始雙手交替著向上拉繩子。

好重！肖文卿暗道，使勁往上拉。

突然間，一雙大手拿過她手中的繩子，三兩下將桶子拎上來。

肖文卿很難為情地說道：「對不起，我……」

洗碗的趙大娘看見抿嘴直笑。

搶過繩子幫肖文卿拉桶子的趙明堂沈聲道：「妳沒有幹過粗活，以後少做些。」

「嗯。」肖文卿低聲道，雙頰飛起紅霞。

「文卿，這裡有我和明堂，妳回房收拾一下。」趙大娘催促道。今天他們需要購買很多東西，還需要到另一個媒人許淺家謝媒。明堂估計只會休假一天，所以他們時間有些緊。

肖文卿見他們母子都在井邊，便離開這裡回房整理床鋪去。

清晨，趙明堂、趙大娘帶著肖文卿出門上街，購買今日所需物品。

知道趙明堂昨晚成親的街坊鄰居看到他們一家，紛紛上前慶賀，恭喜趙明堂成家了，預祝明年抱個大胖小子。趙明堂抱拳向慶賀他的人道謝，挎著竹籃的趙大娘笑容滿面地對街坊鄰居介紹道，這就是她的兒媳婦，以後大家可要多照顧些。

肖文卿微微低頭，聽著趙大娘的介紹一一向他們行禮。眾人見了，紛紛說，不愧是官宦人家教養出來的丫鬟，談吐舉止文靜優雅，看著就比平民丫頭們懂規矩。他們雖然都看到了肖文卿右臉上不深不淺的疤痕，但都認為，若不是這點瑕疵，趙明堂豈能娶得到她？

來到大街上，肖文卿輕輕吐了一口氣，她終於以平民的身分堂堂正正地走在人群中了。

趙大娘帶著趙明堂小夫妻在街上購買料子。趙大娘用討價還價磨嘰來的一塊靛藍布，將除了一丈青布之外所有的布料都包起來，遞給趙明堂道：「拿著，我們去飯館看看，看能不能訂席面。」趙家曾祖父從合陽鄉下搬到京城之後世代單傳，趙家在京城沒有堂房親戚，明堂又不能經常回家，所以她打算訂席面回家，請街坊鄰居慶賀一下明堂成親。

「娘，我來拿。」肖文卿趕緊上前道。

趙明堂直接把包裹拿過來，望一眼肖文卿，表示不用她拿。

趙大娘笑道：「文卿，一個大老爺們在身邊，重東西難道還讓我們婦人拿不成？」她把捲起來用小布條繫好的一丈青布放在自己的竹籃中。

肖文卿無語地望望趙明堂手中的包裹，也就八塊布料，十幾塊大點的碎布而已，這也算重物？

訂了席面、約定時間，趙大娘又帶著兒子、兒媳去糖鋪買了兩斤紅糖，去肉鋪買了一個豬頭。買完東西，她把紅糖、豬頭還有那一丈青布分別遞給趙明堂和肖文卿，道：「明堂，你帶著文卿去許侍衛家謝媒，我先回家做午飯。」許淺夫妻倆是肖文卿的救命恩人和媒人，她兒子和兒媳必須去謝媒。

「娘，我知道了。」肖文卿立刻伸手接過放著青布和紅糖的竹籃挎在自己臂彎上。

穿著侍衛衣裳的趙明堂接過用草繩紮好的豬頭，帶著肖文卿和趙大娘分手，朝許淺家走去。

「大人，你明日就要回御史府嗎？」兩人走在一起，肖文卿主動找話說。

「嗯。」趙明堂點頭道：「侍衛平日裡雖然清閒，但也不能經常休假。」

肖文卿有些受寵若驚。這是因為她已經成為他的妻子，所以他好顏對她了嗎？猶豫了一下，她試探道：「大人，你喜歡吃什麼，我學著做給你吃？」

趙明堂也想和妻子瞭解彼此，只是現在還不是時候，只好道：「妳去問娘吧，她比我還瞭解我自己。」

「哦。」肖文卿又問道：「大人可介意我的臉？我破相了。」

「我不介意，不過女人不比男人，破相了不好。我想法子找個好大夫給妳看看，看能不能把這條疤去掉。」趙明堂道。

「去掉疤痕？」肖文卿愣了一下，道：「幫我治傷的老大夫說，我當時的傷口很深，肯定會留下很明顯的疤痕，一般大夫沒能力，只有宮裡的御醫才會配製藥膏，幫助受外傷的娘娘們去掉疤痕。」

宮裡的御醫嗎？趙明堂眸光暗閃了一下，道：「京城乃天子腳下，歷來藏龍臥虎，民間大夫的醫術未必比宮裡的御醫差。」

「也許吧，想要遇上那種深藏不露的大夫，也需要看機緣。」肖文卿很平靜地說道。

「大人最擅長哪一種武器，刀還是劍？」肖文卿突然問道。那天半夜，他黑衣蒙面，身後揹著一把長劍，看情況他更擅長使劍。

趙明堂心頭一震，警戒道：「我用刀。」

「哦。」肖文卿應了一聲。

趙明堂和肖文卿來到許家，許家兩老熱情地接待他們。許淺去當差了，許大嫂也到御史府廚房幫傭了；許淺晚上不會回來，許大嫂要到傍晚御史府府上晚膳準備齊全才會回家。趙明堂和肖文卿說了一些感謝的話，把謝媒禮放在許家便離開了。趙家傍晚補辦的喜宴，許家夫妻是無法參加了，肖文卿估計著，趙明堂回御史府當差時，會另外請侍衛兄弟們吃上一桌。

回家的路上，肖文卿道：「大人，你明日見到許大人，能不能請他轉告許大嫂，讓她打聽一下何大少夫人的陪嫁丫鬟春麗的事情？」

肖文卿頓了頓，憂傷道：「前天晚上，小姐命我伺候姑爺，我不從，姑爺發怒，小姐為了安撫姑爺，讓春麗姊去伺候姑爺了。我對不起春麗姊，希望知道她的近況。」

「嗯。」趙明堂頷首。

兩人回到家中，趙大娘已經買了菜在廚房裡忙碌，她還買來了晚上喜宴要用的美酒。肖文卿立刻走進廚房幫忙，一家之主的趙明堂就回屋裡去等待。

午後，趙大娘對趙明堂道：「明堂，你的衣服都舊了，我給你做兩件。」

「娘，不用了，侍衛有專門的衣裳。」趙明堂委婉謝絕。

「我是要給你做中衣、褻褲。」趙大娘笑道：「來吧，站起身來，讓我給你量量尺寸。」她打量趙明堂，道：「好久沒給你量尺寸，我發現你瘦了，人也變高了一些。」

趙明堂立刻道：「娘，我已經有妻子了，您就不用再給我做衣裳了。」說著，他起身快步走進自己西屋。

「哈哈哈哈，有媳婦了，不用娘操心了。」趙大娘頓時笑出聲來，然後問肖文卿。「文卿呀，妳可會做衣裳？」女紅是每一個女人必須掌握的本領。

「會一些，娘。」肖文卿道。她在父母身邊的時候，母親就教她繡花，拿出零頭布讓她按比例縮小著做衣裳；她在父親床前伺候生病父親的時候，就特別為他做了一套衣裳，後來那套衣裳被父親指定為他入殮壽衣之一，貼身穿在他的身上；伺候劉夫人和劉小姐時，她和春麗閒暇之餘繡荷包、做抹胸中衣，連小姐也指定圖案讓她們做衣裳給她穿。

「好，既然這樣，明堂以後的衣裳就由妳做了，如果有不會的，問娘就是。」趙大娘道。

「是，娘。」肖文卿點頭道，她對自己的女紅還是有幾分信心的。

趙大娘回東屋把自己的針線籮拿過來遞給肖文卿道：「妳暫時先用著，過兩天我和妳上街買個大點的針線籮，再買剪刀、尺子和針線。」

「謝謝娘。」肖文卿雙手接過趙大娘的針線籮。

趙大娘去鄰居家串門子邀請客人，肖文卿拿著針線籮走進西屋，就看到趙明堂側身面對床裡躺著，穿著鞋子的雙腳擱在床沿邊，便上前低聲問道：「明堂，你休息了嗎？」

「沒。」趙明堂坐起身來，問道：「娘出去了？」

「嗯，娘去鄰居家串門子，商借桌椅碗筷，邀請他們傍晚來我們家吃喜酒。」肖文卿道，把手中的針線籮放在靠牆的桌子上，開始翻看裡面的工具。

「哦。」趙明堂應了一聲。

肖文卿找到尺子，來到趙明堂面前，柔聲道：「明堂，你站起身來好不好，讓我給你量尺寸，好做新衣。」

「我不需要，妳給自己做好了。」趙明堂道，他雖然沒有親眼看到肖文卿是如何被何大少夫人發賣的，估計她肯定是穿著隨身衣物直接被發賣，連收拾行李的時間都沒有。肖文卿現在身上穿的外衣，不是他老娘年輕時候的就是從別處借來的，所以最急需衣物的是肖文卿而不是他。

「明堂，我會先給自己做的。我聽說你好些天才會回來一趟，想要先把你的尺寸量下來，等有時間就給你做。」肖文卿溫柔地解釋道。

趙明堂聽著有理，便站起身來，向前走了兩步，站在肖文卿的面前讓她量尺寸。

趙明堂的個子比較高，肖文卿在同齡丫鬟中個子算是中等，頭頂也只到他下巴上面一點。拿著木尺量他的肩寬、臂長、腿長，她驚訝於他完美的身形。姑爺的身形在年輕男子中還算是好的，趙明堂比起姑爺的身形來更修長勻稱，而且強健有力，靜立時宛如一隻蓄勢待發的豹子。

用心記下趙明堂的尺寸，肖文卿問道：「明堂，除了固定的侍衛黑衣，你自己喜歡穿什麼顏色的衣裳，圓領還是交領？」

「隨便。」趙明堂道，坐回床沿邊望著肖文卿。「文卿，妳還過得慣趙家的生活？我娘雖然還很健康，可以做家事，但她總會老，妳將要承擔所有家務。」

她才進趙家第二天呀，他這就問過得慣不慣了。肖文卿微微一愣，微笑道：「明堂，你放心，我吃得了苦。」

「我是一個侍衛，說難聽點，是替人賣命的武夫，也許哪一天……妳可守得住趙家？」趙明堂問道，目光炯炯地凝望著肖文卿的雙眼。

肖文卿很平靜地說道：「明堂，我們初次見面時我就說過，只要你接受我，我對天發誓，此生身心絕不背叛你。」

趙明堂對肖文卿很是滿意，道：「文卿，妳以後凡事聽我的安排，我不會辜負妳的情。」

「謝謝。」肖文卿笑了起來，雙眼勇敢地直視對方。

晚上喜宴結束，送走最後一個客人，趙明堂、趙大娘和肖文卿又開始燒水梳洗，忙到深夜才歇息。

見肖文卿進來，穿著白色中衣的趙明堂道：「妳快睡吧。」他已經拿來一張長板凳。

肖文卿走到床邊，猶豫了一下，道：「明堂，睡在長板凳上不舒服，床很大，你我可以各睡一頭。」

「不用了。」趙明堂道：「我一介武夫，怎麼樣都可以睡。」

肖文卿立刻正色道：「明堂，妻子獨占大床卻讓夫婿受苦，成何體統？妻要與夫同甘共苦。」說著，她向外走去。

「妳去哪兒？」趙明堂問道。

「我去搬一張長板凳，和你一樣睡在長板凳上。」肖文卿道，腳步稍微放緩下來。

趙明堂黝黑深邃的眸光泛出幾分笑意，道：「我明白了，妳別出去。」

肖文卿聽了立刻轉身回來，走到床邊整理床鋪，分別鋪了兩床被子，然後將其中一個枕頭放到床的另一頭。她主動要求他上床，他會不會覺得她輕浮，會不會碰她？

「妳先上床。」趙明堂道：「我習慣睡外面。」

肖文卿立刻坐到床邊脫下繡花鞋翻身到裡床，鑽進被窩之後再在被窩裡把外衣裙脫下放在枕頭邊，她感覺臉上發熱，不敢面對他就面對裡床側臥。

趙明堂吹熄小油燈，走到床邊坐下，脫鞋脫衣，掀開被子躺進去。

一張床上，躺著一對年輕的夫妻，丈夫出於某種目的不願合體，妻子雖然接受了丈大，也願意和丈夫鴛鴦交頸，只是丈夫不主動，她也不好主動。

在這封閉的房屋裡，小夫妻各有各的心思，只是都是第一次和異性同床，不敢亂動。他們保持一個睡姿僵硬著身子，心怦怦跳，呼吸時輕時重。良久、良久，肖文卿迷迷糊糊睡去，好像不一會兒就聽到了雞叫聲，然後躺在床外側的人動了，起身下床。

因為昨天雞叫時趙明堂也起床練功，讓肖文卿繼續睡一會兒，所以今早肖文卿就沒有起身，而是翻過身子微微撐起身，關切道：「明堂，你休息夠了？要不，今早就別練了。」她估計他沒有睡好。

趙明堂道：「我習慣每天早起練功了，妳再睡個回籠覺，別急著起床。」他的嗓音有些沙啞慵懶。

肖文卿聽了，頓時一激靈，這嗓音……「你今早想吃些什麼？我起床後給你做。」她不動聲色地問道。

「昨晚還有很多剩菜剩飯，妳自己看著辦。」趙明堂說著，走到左邊桌上，去拿他的侍衛佩刀。

「那就燒燙飯怎麼樣？早上不適合吃太油膩的，就熱三道蔬菜、一盤魚片。」肖文卿繼續問道，他此時的聲音慵懶，和白天的他那略帶沙啞的沈聲不同，很明顯可以讓人察覺出這是不同人發出來的，她希望能聽到他聲帶恢復正常濕潤後的聲音。

「妳決定好了。」走到門口的趙明堂道，伸手拉開門走出去，然後再將門細心關好。

果然，這有些渾厚的聲音和那一夜他蒙臉時的聲音是一樣的，沒有沙啞感。

肖文卿躺回床上，閉目思索。人剛剛睡醒時最沒有防備，難道，他睡醒時和蒙臉時使用原來的嗓音說話，而平時，他都是用假嗓音和別人交流嗎？他隱藏得好深，居然連自己的母親也不知道他真正的聲音。

做出如此推測後肖文卿很敬佩趙明堂，可一想又覺得不對，趙明堂父親早亡，他一直和母親生活在一起，他為什麼要在自己母親面前隱藏真實的自己？他完全可以用真實的嗓音和侍衛們說話，在黑衣蒙面時使用假嗓音……

看來，夫婿是個有秘密的人！

第十一章 疑心

一大清早，趙明堂用完早膳去御史府，肖文卿將他送到趙家小院大門口，叮囑道：「明堂，你要記得拜託許大人，請他的妻子許大嫂打聽一下春麗姊的消息。」

「嗯。」趙明堂頷首，翻身上馬走了。

目送趙明堂離開，拐彎不見，肖文卿才進家門，把兩扇大門關上，走到坐在井邊的趙大娘面前，道：「娘，您歇息去，這裡我來。」

趙大娘笑著搖頭道：「碗筷我快洗完了，妳不用再把手弄濕了，妳回房裁製衣裳去吧，妳不能總是穿許侍衛媳婦的舊衣裳。」

肖文卿聽了便道：「娘，那我這就回屋裡去做。」

堂屋中，肖文卿把榆木八仙方桌上的東西全部拿走，反覆擦兩遍，把趙大娘給她的靛藍粗布包袱取出來打開，翻看裡面的布料。將一塊秋香色的布料打開，她拿起木尺量一下尺寸，做下標記，心中計算，反覆確定，才拿起剪刀裁剪，穿針引線縫製上衣。

肖文卿在裁製衣裳的時候，趙大娘便站在房門口望著，看到肖文卿胸有成竹地拿起剪刀裁布，她就知道肖文卿做過衣裳，而且很嫻熟。

等肖文卿穿針引線縫合布料，且縫合了一小段後，趙大娘上前檢查。

「娘。」肖文卿見狀，謙遜道：「兒媳如果做得不對，請娘多指點。」

趙大娘仔細檢查，發現兒媳在縫合布料時將一種布料的邊緣全部包裹進另一布料邊緣內，使得布料邊緣不露半點布頭絲線，十分美觀牢固。將兩條布邊捲起來縫合會很慢，只有細心、耐心的女子才會這樣做。趙大娘看著點頭，上衣邊線美觀，針腳也很細密均勻，看得出是受過專門訓練的。

「文卿，妳的女紅是妳在做丫鬟時，身邊姑姑、婆婆們教的？」趙大娘笑著詢問道，把布還給肖文卿，讓她繼續縫合。

「是兒媳還在父母身邊時，母親手把手教的。兒媳後來做了丫鬟，又跟著周圍女紅好的大嫂、大嬸們學習，和她們一起繡花、裁製衣裳。」肖文卿道，低頭繼續縫合布料。

「哦，我都沒有問過親家公、親家母的事情呢。」趙大娘道。「文卿，妳原本是哪裡人士，為何成了丫鬟，家中可還有人？」她問著，把桌子稍微收拾一下，取出白布對摺好放在桌子上，打算給兒子做中衣、中褲。

「娘，兒媳原是西陵長河鎮肖家村人，自幼隨父母在昌興縣城居住，七歲那年父親病故，兒媳和母親、弟弟一起扶棺返鄉，途中遇到流寇不幸和他們失散。兒媳年幼，又遇上人販子，被連續轉賣之後進入黃林知府府中做了丫鬟。」肖文卿說道，平靜的語氣中隱藏一絲悲傷。

「可憐的孩子。」趙大娘憐惜道：「過幾年，等明堂休長假，讓他送妳回家鄉尋親去。」她拿起剪刀，在白布上比劃比劃，問肖文卿。「文卿，妳昨天給明堂量尺寸了沒有，是多少？」

肖文卿馬上報出趙明堂的身體尺寸。

趙大娘想了想，有些驚訝道：「沒有量錯？」

肖文卿不敢大意，仔細回想了一下，確定道：「兒媳沒有量錯。」

趙大娘覺得以肖文卿的女紅和細心，應該不會量錯，便搖著頭道：「唉，這人啊，一上年紀，眼睛花了，腦子也糊塗了，我居然把明堂的衣服尺寸忘記了。」

肖文卿有些愣住了，她覺得母親再怎麼大意，也不會把自己兒女的衣服尺寸忘記。

趙大娘苦思冥想了一會兒，突然憐惜道：「這孩子最近兩個月肯定吃苦了，難怪我覺得他比以前高了一些，原來是人變瘦了。」

肖文卿頓時驚愕了，明堂出於某種原因改變嗓音她可以理解，只是他怎麼做到讓身形也稍微改變一些？他為什麼在自己母親面前也偽裝自己？難道真的是婆婆猜測的那樣，他因為最近吃苦人變瘦了，於是人顯得高了一些？

趙明堂第二天沒有回來，趙大娘說六個侍衛正常輪值夜的話，隔兩天他就能回來，肖文卿不用替他擔心。

第四天，趙大娘傍晚時分就翹首盼望，結果趙明堂還是沒有回來。她很是不滿，對肖文卿道：「這混帳小子也不想想，他現在是有家室的男人了，沒必要老替別的侍衛頂班，讓人家晚上抱著老婆、兒子睡覺。」

肖文卿抿嘴淺笑。「娘，兒媳擔心春麗姊，想明日下午去一躺許大嫂家，行嗎？」她小心地問道。

趙大娘已經知道春麗的事情了，聞言點頭道：「嗯，明日傍晚早些回來就行。」文卿倔強不遵主人命令，春麗丫鬟被遷怒以致被姑爺糟蹋，文卿多少是欠了春麗的。

隔天下午，肖文卿將自己收拾整齊，把許大嫂借給她的衣裳包起來，準備出門。

趙大娘拿出兩包今早自己上街買的糕點遞給她道：「許侍衛和明堂是好兄弟，他和許大嫂又是妳的大恩人，所以妳上門不能空手，這紅豆酥和桂花糕妳帶上。」

趙大娘又拿出一個藍布小荷包，道：「這裡面有兩塊碎銀子和十幾個銅板，妳在街上要是看中了什麼就買吧。」她望了望肖文卿的如雲髮髻，道：「新媳婦兒不要太素，妳要是看到賣絹花、賣髮簪的貨郎，買兩個換著戴；胭脂水粉什麼的，妳也要買一些。」肖文卿髮髻上插了一支鏤空花鳥銀釵和一支飛燕啣綠珠銀步搖，還有就是她一直戴著的、那有些發黃的珍珠耳環。

「娘，兒媳不需要買東西，您還是把銀子收好。」肖文卿婉言謝絕，不接小荷包。

「妳這孩子，又見外了不是？」趙大娘佯怒道：「妳是我的媳婦，我給妳錢妳就理直氣壯地花。」這些天她一直暗中觀察肖文卿，覺得她文靜賢慧、知書達禮，對她也有幾分信任了。

肖文卿也知道趙大娘是佯怒，便恭謹地接過小荷包，道：「兒媳遵命就是。」說著，她小心翼翼地把小荷包塞進自己懷中。

趙大娘把肖文卿送出門，叮囑道：「年輕小媳婦獨自出門要處處當心，儘量走大街，別鑽小巷子，早些回來。」

肖文卿頷首道：「娘您放心，兒媳會好好回來的。」她的臉都破相了，還梳著婦人髮髻，應該不會發生登徒子當街戲弄的事情。

肖文卿不瞭解京城，她走上大街之後，回憶坐花轎時的路線和新婚第二日趙明堂帶她到許家謝媒的路線，摸索到了許家。許大嫂還沒有回來，許家老太太和許家姑娘招待了她，和她話家常。

許家姑娘回娘家時把兒女都帶來了，三個孩子一個五歲、一個三歲、一個一歲，許大嫂也有兩個不滿五歲的兒女。五個孩子看到肖文卿帶來了糕點，圍著糕點流口水，不斷吵著要吃。

許家老太太笑呵呵地作主將糕點紙包打開，讓孩子們吃，還拿給肖文卿和自己閨女嚐嚐。

「文卿呀，到了明年說不定妳就有孩子了。」手中抱著最小外孫女的許家老太太笑咪咪地說道，不住端詳肖文卿的面容。趙明堂的臉除了胎記和刀疤外，還是可以看的，這趙家小娘子容顏秀美、皮膚白淨水嫩，若是生個女孩說不定像她。

肖文卿羞澀地微微低下頭，小心地陪許家母女說話。

見肖文卿羞澀，過來人許家母女莞爾，許老太太更是一個勁兒地打趣她。

肖文卿被她們逗得面紅耳赤、坐立不安，要不是等許大嫂，她都要起身告辭了。幸好，沒有多久，許大嫂回來了。

「許大嫂，妳回來了。」肖文卿立刻起身迎接，輕吐了一口氣。許家老太太和姑娘都是愛逗人的人，有些話更有些葷，讓她因為預知夢多少瞭解房事卻又沒有真實經歷過的人臉頰通紅、耳朵滾燙。

「文卿，妳過來玩啦。」許大嫂驚喜地打量肖文卿。「看來妳在趙家過得很不錯。」肖文卿比被發賣那一天胖了一些，肌膚白嫩，雙頰透著紅霞，晶瑩雙眸流轉生輝，小巧的雙唇飽滿水潤。果然，她有讓何大少夫人厭惡的資本。

「許大嫂，我是過來還妳衣裳的。」肖文卿道，指指放在桌上的布包。

「那是舊衣裳，妳不用還的。」許大嫂道，和婆婆、小姑見禮，然後拉著肖文卿坐下。

許家老太太和許家姑娘見她們要說話，便找個藉口出去了，還約束在院子裡玩耍的孩子們，不許進去打擾她們。

「許大嫂。」肖文卿急切地問道：「我託明堂請許大人轉告妳，請妳幫我打聽何大少夫人貼身丫鬟春麗的事情，妳有消息嗎？」

許大嫂知道肖文卿的急切，點著頭道：「後院廚房距離大少夫人的擷芳院比較近，有些事情確實容易傳到廚房來。我聽擷芳院裡的趙嬤嬤說，大少夫人要把春麗立為大公子的妾室，大公子不同意，只願收春麗為通房丫鬟。大少夫人沒法子，只好給春麗開臉，帶到夫人那邊說一聲，然後繼續留在身邊使喚。大少夫人對春麗還是不錯的，賞賜她金銀首飾、綾羅綢緞，給她提高月錢，還讓她單獨住一間屋子。」

許大嫂笑道：「春麗雖然是個通房丫鬟，但只要大少夫人喜歡她，她下半輩子估計不用愁了。」有些陪嫁丫鬟被姑爺收房之後一輩子伺候小姐，和小姐擰成一股繩，被小姐視為心腹。

「春麗姊十歲的時候就伺候小姐了，和小姐一起長大，主僕情不淺。」肖文卿說著，微微放心了。

「個人命不同呀。」許大嫂感慨道，同是陪嫁丫鬟，大少夫人對文卿就是厭惡殘忍，對春麗卻有幾分真心和信任。

「是呢。」肖文卿道。

「大嫂，如果春麗進廚房，妳能不能幫我傳話給她，就說我嫁人了，目前過得很好。」肖文卿懇請道。等她手頭有了錢，她會想法子準備些禮物再託許大嫂送給春麗，算作她的賠罪。

「好。」許大嫂道。

肖文卿得到春麗的消息之後便起身告辭，許家眾人也知道年輕媳婦太晚回家不太好，也不留客，讓她回去了。

來時心中緊張牽掛，回去時心裡少了一些負罪感，肖文卿感覺輕鬆，便在大街上邊走邊看，看到墨香閣，她猶豫了一下便走了進去。

墨香閣裡的文士、書生們看到一個年輕小媳婦走進來，紛紛一愣。

店小二立刻上前詢問道：「這位娘子，妳是要買筆墨紙硯給妳相公嗎？」進來的這位小娘子看起來十六、七歲，她就算有兒子，兒子也沒有到啟蒙的時候。

肖文卿輕輕點頭，問道：「小二，我想買一套文房四寶，有沒有便宜點的？」她解釋道：「是給啟蒙不久的孩童用的，不需要多好。」

店小二聞言，點頭道：「我明白了，小娘子請稍等。」

他快手快腳地走進櫃檯後，搭配著取來筆墨硯，道：「這些都是便宜又實用的，一共一兩四錢銀子。宣紙，妳需要多少刀？我們這裡按刀計算，不同品質的宣紙價錢不一樣，各種不同宣紙的疵品用來給孩童啟蒙比較好，也是最便宜的。」

肖文卿道：「一刀疵品宣紙多少錢？」

「疵品宣紙都是混在一起買的，一刀疵品宣紙七錢銀子。」店小二道。

肖文卿知道文人傲氣，最不屑討價還價，便直接從懷中掏出小荷包，將裡面的碎銀子和銅板全部倒出來。

店小二馬上讓掌櫃的拿來小秤秤碎銀子的分量，然後取下二兩一錢銀子。

拿著用舊紙包好的筆墨硯和一刀疵品宣紙，肖文卿滿心歡喜地回家了。

她回家得不晚，回來時趙大娘還在廚房做晚飯，將筆墨紙硯放回房中，她趕緊到廚房幫忙。

「文卿呀，見到許侍衛媳婦沒？春麗姑娘現在過得好不好？」趙大娘問道。她不讓肖文卿燒火，肖文卿一時無事可做，便坐在邊上陪她。

肖文卿道：「娘，春麗姊被姑爺收房了，小姐對她還算不錯。」

「這就好。」趙大娘笑道。兒媳婦在她不注意的時候心事重重，她估計是對春麗姑娘心懷愧疚。

「嗯，我希望小姐永遠不會虧待她。」肖文卿道。春麗是個善良熱心又膽小的人，除非萬不得已，她不會惹事，所以小姐應該會容忍她伺候姑爺。

「文卿，妳出去好久，有沒有看中什麼？買了沒有？」趙大娘親切地問道。

「娘，我沒有買胭脂水粉和髮飾，我買了筆墨紙硯。」肖文卿小心翼翼地說道，偷覷趙大娘的臉色。

「買筆墨紙硯？」趙大娘微微一怔，道：「妳是認識字、讀過書的人，既然妳喜歡那些就買吧。我家明堂自幼好武，沒上過幾天學堂，不識幾個字，以後如果有什麼文書上的事情，妳幫著他看看，免得上了別人的當。」

「謝謝娘。」肖文卿說道，心中充滿了感激之情。

趙明堂真的是盡心盡責的侍衛，儘管自己娶妻，且還正處於新婚，其他侍衛也願意代他晚上值夜，他還是七天之後的傍晚才回家。

趙明堂一回家，趙大娘立刻嘮叨他，侍衛每天晚上不是四個人值夜，其他兩人可以回家休息嗎，為什麼他總要七、八天才回家一趟？別再替其他侍衛頂班了，他現在也是有家室的男人了，不比從前。

趙明堂耐心地聽著，將馬牽到屋後的草棚中，拿來趙大娘準備的糧草黃豆餵馬，打水給牠喝，自己也稍微洗了一把臉。

趙大娘追著他嘮叨，要他也該為她考慮了，她年紀大了，雖然現在還挺精神，但不知道哪一天就倒了，他應該快點讓她抱孫子。

「趁著我還能動，我可以替你們帶孩子。」趙大娘急切道。「你看，我趙家院子挺大的，可就是冷冷清清，連個小孩子的哭鬧聲都沒有。你就當可憐你老娘行不行，早點和你媳婦洞房。」

「娘。」趙明堂沈聲打斷她道：「晚飯燒好沒？我餓了。」

趙大娘立刻道：「文卿早就燒好了，就是在等你。明堂啊，你還不知道，文卿的廚藝不比娘差，這幾天都是她在做菜。」

肖文卿在趙明堂回來的時候已經開始將晚飯往堂屋裡端了，看到他們母子過來，立刻笑道：「娘，明堂，可以用晚膳了。」

趙明堂特地打量了一下自己的妻子，但見她臉色紅潤，雙眸精神，菱唇嬌豔，看來這些天在家過得很好。她穿著淡綠色的對襟襦裙，腰間繫著一條藍粗布荷葉邊繡花圍腰，勒出盈盈一握的柳腰，既有居家婦人的樸素，又顯身姿婀娜娉婷。

沒有主人的壓迫，她過得很自在舒坦。趙明堂黝黑的雙眸流動淡淡的激賞，嘴角勾起一抹淺淺笑意。

三人坐下用晚膳，晚膳過後趙明堂在院中悠閒地打拳活動筋骨，趙大娘和肖文卿收拾碗筷、清理廚房，然後燒水，再喊他洗漱。

西邊屋裡，肖文卿坐在靠牆的長桌上，打開婆婆買給她的紅漆龍鳳圖紋的梳妝盒，摘下頭上的髮釵步搖、取下耳環一一放進去，拿起梳子輕輕梳理自己的長髮。

趙明堂在屋子裡轉悠，看到桌子角落邊擺放著筆墨紙硯，便上前翻看。

「文卿，妳買的？」趙明堂詢問道，趙家從來沒有這些。

「嗯，娘給我錢買胭脂水粉，我沒買，買了文房四寶。」肖文卿停下手說道，心中有些忐忑。

「哦。」趙明堂只是輕輕哦了一聲，翻看宣紙。

他發現這些宣紙都有些瑕疵的，不過正好適合初學者練字，有些宣紙上已經寫了字，他拿起來看，覺得字體工整娟秀，外行人看了覺得漂亮，行家一看就覺得字體骨架有型，基礎很好，但缺少練習，筆力不夠。

「文卿，是妳父母給妳啟蒙的？」趙明堂問道。

「嗯。」肖文卿道：「我娘說，我一歲半的時候她和我爹就開始教導我認字了，到我兩歲多的時候就拿著毛筆描紅，練習她寫給我的字帖。」

一歲半開始認字，兩歲多開始描紅？趙明堂建議道：「妳憑著記憶臨摹岳母的字總會有寫偏差，不如買一本字帖認真練字。」

「你不介意我買書練字？」肖文卿轉身喜悅地問道，一雙眼眸熠熠生輝。她本想買些書看，可是一來銀兩不夠，二來擔心已婚婦女買這些沒什麼用處的東西會讓婆婆和夫婿不高興，所以就沒有買。

「妳喜歡就好。」趙明堂走到右邊角落，把一個衣箱搬開，從被擋住的牆洞裡取出一個陶罐放到桌上。「家裡的銀錢，一部分由母親保管，一部分由我存放。這個陶罐裡放了一些銀兩，妳要用就自己拿。」說著，他從那小陶罐裡取出四個小銀錠放在桌上，再把陶罐放回原位，把衣箱搬過來擋住。

肖文卿凝望著趙明堂，遲疑道：「明堂，你不擔心我席捲家中的錢財逃走？」

趙明堂一挑眉，問道：「妳會嗎？」

肖文卿頓時露出如春花綻放的笑容。「不會，我已經是你趙家的媳婦了。」

聽了她的話，趙明堂眸中閃過一抹隱晦的光。將四個小銀錠拿到肖文卿面前，放進她的梳妝盒中，順便檢查了一下她的梳妝盒裡的物品。

肖文卿的梳妝盒空蕩蕩的，只有一對發黃的珍珠耳環，一只細細的纏枝紋銀手鐲，一支銀釵，一支銀步搖，連個稍微貴重的首飾都沒有。

肖文卿把長髮梳理通順之後，將梳妝盒闔上起身道：「明堂，我們安歇吧。」說著，她走到床邊把被子鋪好。兩個枕頭，她稍微猶豫了一下便放在一起。

趙明堂看到肖文卿把兩個枕頭放在一起，心中頓時一震，他明白肖文卿此刻的心意，只是……

等肖文卿羞澀地上床，鑽進被窩再把中衣脫下放到枕頭邊，趙明堂吹熄了油燈，走到床邊，把枕頭拿到另一頭，躺下。

肖文卿一愣，卻不好直接問，只能沈默。

「文卿，還不到時候。」趙明堂沙啞低沈的聲音在寂靜的寢室內響起。

還不到時候？肖文卿聽了很納悶，只是女人的矜持讓她無法追問。

良久，肖文卿低聲道：「明堂，我會忠誠於你，請你不要負我。」

趙明堂沈聲道：「妳是我的妻。」

說完這些話，兩人默默無語，各自休息。也許是第二次不像第一次那樣疏離戒備，肖文卿睡得很沈，直到被報曉的公雞叫醒。

躺在被窩裡的肖文卿微微起身，拉開床幃探出頭來問道：「明堂，你每天都這麼早起練功嗎？」因為起身，她那如玉般潤滑的削瘦香肩便從滑落的被子下露了出來。

正在穿衣的趙明堂回答道：「這是一個習慣。」扭頭望了一下，他立刻又把頭扭轉回來。黑暗中，她的雪膚彷彿氤氳微弱的白光，他不由得粗喘了一聲。清晨，年輕男子特有的生理現象突然更明顯了，讓他感覺躁熱難受。

肖文卿繼續問道：「下雨、下雪也不間斷？」果然，他現在的聲音和昨晚臨睡前的聲音不同了，這個聲音才是他真正的聲音，只是他為什麼在自己親娘面前也用假聲音？娘知道自己兒子一直用假嗓音和她說話嗎？

「不，那時候會休息。」趙明堂說道，拿著他的侍衛腰刀匆忙走了出去。

他走得好快，更像是逃出去的。

第十二章　情動

心細如髮的肖文卿望著趙明堂匆忙「衝」出屋子的背影，疑惑了，思考了一下便躺下睡個回籠覺。

「呼呼呼」，院子裡，刀劈過空氣的聲音特別大，好像握刀的主人用了很大的力氣。他很精神強健呢，這個武夫……真不錯。

肖文卿聽著，逐漸心跳急促，臉兒也發燙起來。那預知夢中，有一些是她夜晚伺候姑爺的場景，以前因為恐懼如預知夢預言的那樣伺候姑爺，然後懷孕，被小姐去母留子，所以那些隱私片段只是一閃而過，對她沒有任何影響。現在，她改變了預知夢中的命運，有了夫婿，年輕的身子就有某種渴望。

「啪啪啪」，肖文卿輕輕打了幾下自己滾燙的臉，讓自己從旖旎春情中清醒過來。只是，她側耳傾聽窗外院中的聲音，聽到他跳躍落地的腳步，聽到他急促的喘息聲，她的心便又忍不住蕩漾起來。

在房中胡思亂想了一會兒，感覺天光有些亮了，肖文卿趕緊起身，用力揉揉自己的臉，打開梳妝盒取出梳子和髮釵，把長到臀部的長髮稍微梳理一下盤起來，快步走出院子。趙明堂還在練刀，跳躍挪騰間已是滿頭大汗，身上的中衣被汗水打濕緊貼在前胸後背。

「明堂，你稍微休息一下，我去燒些熱水讓你擦身子。」肖文卿努力平靜地說道，往井邊走去，她需要用清冷的井水先洗一把臉。

「我來打水。」趙明堂把刀往地上一插，快步走到井邊，搶先打了一桶井水往廚房去。聲音變回假的了。肖文卿心中暗道，小跑著走在他身後。由於她急著追上趙明堂，沒有防備趙明堂走到灶頭邊停下，身子便往他身上撞，臉撞上了他的後背。

男人熾熱的體溫帶著汗水味瞬間撲向肖文卿，肖文卿站穩之後一臉羞赧道：「對不起。」她的臉宛如朝霞一般紅豔嬌美。

「我來燒火，妳準備做早飯。」趙明堂沈聲道，走到灶頭後面坐下，從邊上抽出一把樹枝用火摺子點燃，然後放進灶膛中。

肖文卿面紅耳赤，幸好廚房裡比較暗，別人看不清。她定定神，開始做早餐。「明堂，水很快就熱了，我來燒火，你準備打水擦身子，小心著涼。」她溫柔地說道，如水的目光落在趙明堂的身上。

趙明堂知道自己身上全是汗，便起身讓開。肖文卿坐到灶頭後面燒火，灶膛裡跳躍的火光映照得她面容紅彤彤。

趙明堂站在灶頭邊等熱水，閒著無事便大剌剌地觀察他的妻子。她五官秀美，眉眼如畫，纖長濃密的睫毛如小扇子一般，瓊鼻微翹，粉嫩的櫻唇小巧。她很美，進入趙家之後受到婆婆的關心照顧，少了兩分卑微，多了兩分溫婉大方。

察覺趙明堂在看自己，肖文卿抬頭凝望他，很快便羞得將頭垂到胸前。她緊張起來，彷彿能聽到自己的心跳聲。她不敢抬頭，便努力專注在爐火上。

看到她少有的女兒羞態，趙明堂覺得她是真的為自己動心了，而不是僅僅找個男人依靠，湊合著跟男人過日子。

估計著火力，肖文卿道：「明堂，水鍋裡的水熱了，你快舀去擦洗身子。」

「嗯。」趙明堂拿來了他專用的木盆，打了熱水，然後將水鍋裡放滿水，端著熱水去井邊打冷水，再端著回房間了。

肖文卿發現，趙明堂和她見過的小廝、男僕們不同，不會在光天化日之下袒露身子，擦身子時都還避開他母親。她覺得自己這個夫婿雖然是個武夫，但對生活細節很注意。

將做好的早餐和碗筷一一端到堂屋裡，肖文卿敲敲西屋的房門，問道：「明堂，我可以進來嗎？」

「進來。」裡面的趙明堂道，快速把身子擦乾，換上乾淨的侍衛勁裝。

肖文卿進來，道：「我要梳妝。」趙明堂打水進屋子有好一會兒了，居然到現在才擦好身子穿衣裳。

她走到靠窗的長桌邊，看到梳妝銅鏡移了位置，木梳也不在原來的地方，知道趙明堂用過。她有時候覺得奇怪，是不是所有的男人都像女人一樣，喜歡照鏡子？

肖文卿背對著趙明堂梳髮盤髻，趙明堂就站在她身後望著，等她開始往髮髻上插飛燕唧綠珠銀步搖，他上前接過步搖看了一下才幫著她插進髮髻中。

「這個銀步搖太舊，表面花紋都發黑了。」趙明堂道。

「我下次上街時記得找金銀匠洗一洗。」肖文卿微微害羞地道，他居然開始對她溫情以待了。

趙明堂默不作聲。

日子一天天地過去，肖文卿心中始終牽掛著春麗，每隔一陣子就去許大嫂那邊拜訪。許大嫂知道她的心，經常關注何御史府中的擷芳院。她告訴肖文卿，紫嫣姨娘懷胎足足十個月，終於生了一個白白胖胖的小小公子；大少夫人的奶娘到廚房轉悠過好幾回，像似有不軌之心；紫嫣姨娘由她母親照顧著坐月子，她母親甚至要求在留香院中弄個爐子，她好親自燉食物給她女兒補身子。

一個庶出的孩子，何御史和何大公子都沒臉公開慶祝，何夫人也只是賞賜了一些金銀首飾、綾羅綢緞，讓紫嫣姨娘在留香院中給孩子做滿月酒。

妾生的孩子名義上都是正妻的，只是何大少夫人對這個兒子不屑一顧，沒有半點要抱到自己院中撫養的意思，於是兒子便由紫嫣姨娘留在身邊養。

關於肖文卿最關心的春麗，許大嫂的消息不多。由於春麗不進入廚房，許大嫂託心地還算好的趙嬤嬤悄悄傳話，於是春麗已經知道肖文卿被人贖身回歸良籍，並嫁給了曾經和肖文卿鬧出流言的趙侍衛。在得知肖文卿的消息是廚房許大嫂傳來時，春麗特地找藉口進廚房找到許大嫂，請許大嫂也給她傳個話，說她祝福肖文卿。

肖文卿聽了，眼眶當時就濕潤起來。

趙明堂五天後回來了。夜晚，肖文卿坐到梳妝檯前卸妝，他從懷中取出一個和胭脂盒差不多大小的圓形瓷盒，道：「這是祛疤的膏藥，妳每天早中晚洗乾淨臉後抹上。」

肖文卿頓時吃了一驚，不敢置信地問道：「明堂，你從哪兒弄來的？」

「京城藏龍臥虎，有的是世外高人。」趙明堂很淡定地說道。「我找人弄來的，據說很有效，應該可以把傷疤淡化得看不見。」

肖文卿遲疑了一會兒，仰著臉問道：「明堂，你可是希望我去掉臉上的疤痕？」

「女人家臉上有疤會有很多影響。」趙明堂道，打開白底藍牡丹花紋的小瓷盒，手指勾出一點墨綠色的藥膏，輕輕塗抹到肖文卿右邊臉頰上，緩緩摩擦了一會兒。

「塗上後多按摩，儘量讓藥力滲透進肌膚裡。」他如此解釋道。

肖文卿白皙嬌顏泛起兩團紅暈，她垂眸含羞，兩排如扇般的纖長睫毛就像受驚的蝴蝶急速拍打翅膀。

美麗的女子……指尖肌膚滑嫩，眼前少女面帶醉人嬌羞，趙明堂的眸色逐漸變得黝黑深邃，呼吸禁不住急促起來。

察覺自己的變化，他迅速放下手，將白底藍牡丹花紋小瓷盒放到梳妝盒邊上，道：「以後每天早中晚塗抹，妳臉上的疤痕會很快消退的。」

肖文卿羞赧了一會兒恢復冷靜，平靜地問道：「明堂，既然你能弄到這種藥膏，為何不把自己臉上的疤痕去掉？」趙明堂臉上的疤去掉之後，再留一些劉海將左邊額角的銅錢大紫色胎記遮擋起來，絕對不會被人說是醜男。

趙明堂轉身背對著肖文卿道：「男人不在乎臉。」

肖文卿沈思了一下，問道：「這藥是不是很貴？」

趙明堂走到床邊鋪床，聞言回答道：「不用錢，一個人情而已。」

人情債？肖文卿頓時皺起眉頭，道：「明堂，人情債最難還。我的臉恢不恢復不重要，我不希望你為我欠別人人情。」一盒珍貴的藥膏，這需要還多大的人情？

趙明堂很淡定道：「妳不用擔心，這藥對某些人來說是平常之物。」

肖文卿頓時疑惑了。卸妝梳髮之後，她將梳妝盒蓋上轉身，就見趙明堂坐在床沿邊，他的枕頭放在前兩次睡的那一頭，而自己的枕頭依然在原來的那一頭。

他心裡到底在想什麼？肖文卿心中疑問重重，只是趙明堂不願和她說，她也不便問，就此上床休息。

睡在另一頭的趙明堂雖然閉上了雙眼，但心思如潮。

肖文卿很珍惜那盒藥膏，按照趙明堂說的，每天早中晚洗臉，小心地塗抹藥膏，慢慢搓揉，讓藥力滲透肌理。

趙大娘看到肖文卿塗抹膏藥很是驚訝，詢問是什麼藥。肖文卿便告訴她，這是明堂求來的神藥，可以消除她臉上的疤痕。

「這小子從哪裡求來的神藥，他當年受傷怎麼沒有去求？」趙大娘驚奇地說道。兒媳婦面容白璧無瑕的話，會不會……她有些擔憂了。

「明堂說男人不在乎臉。」肖文卿微笑道，對著梳妝鏡，沾著藥膏的手指輕輕地反覆搓揉右臉上的疤痕，這藥氣味清涼馥郁，塗抹在疤痕上卻有一種火辣辣的感覺。

「誰說男人不在乎臉的？」趙大娘道。「破相的男人在民間是無所謂，只是男人若想要做官什麼的，面容有瑕疵、身體不健全就不行。」

她拿起已經蓋好蓋子的白底藍牡丹花紋圓形瓷盒看看，道：「這瓷器做得小巧精緻，釉面濕潤光滑，顏色鮮豔，牡丹花栩栩如生很有韻味，普通人用不起。」

「娘，我只覺得這個瓷盒子小巧精緻，沒有多想。」肖文卿道。「普通人家沒有這種瓷器嗎？」她在黃林知府和何御史府做丫鬟時，所接觸過的瓷器大多都是這般精美的。

「這種瓷器很貴的，平民可捨不得用，而且這麼小，也不實用。」趙大娘道。平民用的瓷器都是粗瓷，即使是這樣，打碎了也還要把瓷片收集起來，看能不能請瓷器匠修補起來繼續用。

肖文卿從趙大娘手中拿過那胭脂盒大小的瓷盒，舉高了看底部，辨認藍色小圓圈裡的字。「洛州德清。」她轉頭對趙大娘說道：「娘，這個瓷盒子是洛州德清窯燒出來的。」

「這個我就不知道，普通人買瓷器只管便宜好用，不管哪裡出產的。」趙大娘道。「依我看來，這個盒子不便宜，比買四、五個大瓷碗還要貴。用這麼好的瓷盒子裝藥，這藥肯定是好藥，說不定更貴。」

肖文卿沈吟了一會兒，道：「娘是京城人，可聽說京城有什麼神醫？」

「京城大夫、郎中多得是，只是，要被很多人尊稱為神醫的我沒有聽說過。」趙大娘道。

肖文卿心中猜想，這盒藥膏也許不是趙明堂直接從某某神醫那邊獲得的，而是他透過朋友或者某種關係得到的。一個普通侍衛，跟著所保護的官員進進出出，他有什麼機會認得有門道的朋友？她覺得自己的夫婿渾身都是謎團，而夫婿的母親，對親生兒子也不甚瞭解。

趙明堂弄來的藥膏真的很神奇，肖文卿右臉上的疤痕越來越淺，邊緣越縮越小，不到半個月工夫就消失不見了。

趙大娘看著媳婦白嫩無瑕的秀美面容，心中越來越打鼓，她有一種預感，這個媳婦可能會飛掉。

當兒子回家，她趁著兒媳婦不在面前，對著兒子耳提面命道：「今晚，你無論如何都要……」上兩次兒子回家，第二天早上她都暗中關注兒媳婦的神態舉止，確定兒媳還是處子之身。

「娘，這是我的私事，您就別老惦記著。」趙明堂立刻打斷她。

趙大娘立刻道：「你給我說實話，是不是你身子不行，所以一直不願討媳婦，討了媳婦也不和媳婦親熱？」她都快急死了。

趙明堂立刻道：「不是。」

「你不喜歡文卿？」趙大娘繼續問道。

「不是。」趙明堂道。

「那你為什麼不和她親熱？」趙大娘急切地追問。

趙明堂依舊道：「這是私事，您不用操心。」

趙大娘頓時被氣得要死，猛地伸手去揪趙明堂的耳朵。

趙明堂身子一閃，避開母親的兩指箝功。

趙大娘更加氣惱了，怒叱道：「你這混帳東西，居然忤逆起你老娘來了。」她如老鷹抓小雞一樣撲向兒子。

趙明堂趕緊再躲開，還轉到趙大娘後面扶一把她的肩膀，免得她撲過頭摔倒或者閃了腰。

他們母子一追一逃，肖文卿端著晚飯過來，看到了十分驚訝，他們母子好活潑……

趙大娘畢竟年紀大了，捉不到年輕力壯又武藝高超的兒子，累得呼呼喘氣。她心中有氣，吃飯的時候都是板著臉的，吃完飯就去廚房打水，到隔壁的洗浴間沐浴。京城永安的夏夜雖然不是特別炎熱，但人們天天沐浴是必須的了。

「你怎麼把娘惹生氣了？」肖文卿一邊收拾碗筷一邊詢問趙明堂，婆婆是個性格開朗的人，平時不容易生氣。

「……」趙明堂低頭不語。

肖文卿見狀，道：「你待會兒去給她道個歉，請她老人家別生氣了。」

趙明堂悶著頭一言不發。

肖文卿無奈，拿著碗筷去井邊洗，洗乾淨後放進廚房裡，便去婆婆的東屋，陪她說話，試圖瞭解他們母子突然鬧矛盾的原因。

天色已經黑了，趙大娘在房中點了一盞油燈，人還沒有睡，見到肖文卿進來，她有些高興。

「娘，明堂什麼都不說，兒媳不知道您為什麼生氣，但可以肯定您是因為他生氣，我替他向您賠不是。」肖文卿溫婉地說道，朝著趙大娘福身。

趙大娘一把把肖文卿扶起來，長吁短嘆道：「文卿啊，這事情呢，說大不大、說小不小，只是我看著煩躁。」

「娘，您說，兒媳聽著，如果兒媳有能力，一定幫您。」肖文卿溫順地說道。

趙大娘把肖文卿拉著坐到自己床沿邊，摸著她白皙的小手道：「妳嫁到我們趙家快有一個月了，可是呢，那混帳小子居然到現在也不和妳圓房，妳說我心中急不急？」

肖文卿頓時臉紅了，羞得微微低下頭。

趙大娘道：「實不相瞞，明堂臉上受傷那一回，身上也受了點傷，他遲遲不願討媳婦，現在有了媳婦又不願圓房，我擔心他那時候是不是傷了腰子或者命根子，不能了。他要是不能，豈不是要害妳守活寡？他不能，我趙家就絕後了呀！」說到後面，她語氣哽咽起來，還伸手壓了壓眼角。

肖文卿立刻安撫趙大娘道：「娘，不會的，明堂身體應該沒有問題。」

趙大娘搖著頭道：「明堂和以前一樣聞雞起舞，身體看起來很強健，可是有沒有隱疾誰知道呢？我上次還說讓他找個大夫看看，他硬是不肯。」

她一把抓住肖文卿的手，急切道：「文卿，明堂身子到底有沒有隱疾，只有妳能確定了。娘求妳，今晚引誘他和妳圓房。」

肖文卿手一顫，頓時感覺一股熱流直沖腦門。

以為她不知道如何圓房，趙大娘從床褥下面取出一塊摺疊得整整齊齊的紅色繡帕塞到肖文卿手中，道：「這是『辟火圖』，我出嫁的時候我娘放在我梳妝盒裡的，我現在傳給妳，妳拿回去和明堂一起看，按照上面的去做。」兒子那邊說不通，她只能從兒媳婦這邊下手了。

「娘……」肖文卿羞答答地捏著婆婆塞進自己手心的「辟火圖」。

「別害羞，是女人都有這一回。」趙大娘哄道。「別怕，明堂這人雖然木訥，但很溫柔，不會傷害妳的。」說完，她拉起肖文卿，把她推出自己的房間。

肖文卿抓著「辟火圖」，稍微猶豫了一下便將之塞進自己懷中。

肖文卿沐浴之後回到寢室，就見趙明堂弓著身子在垂下床帳的床上慢慢走動。

「明堂，帳子裡掛著兩個驅蚊香囊，應該沒有幾隻蚊子。」肖文卿道，打開梳妝盒開始梳理頭髮。

「放著香料的香囊並不能完全驅趕蚊子。」趙明堂道。「對了，娘那邊妳幫忙捉蚊子沒？」

「娘最近每隔兩天就熏一下艾草，所以家裡蚊子不多，床帳內掛香囊應該就沒有蚊子了。」肖文卿道。「娘那邊也一樣，不用捉蚊子。」

趙明堂確實沒有捉到蚊子，聞言便放棄了，躺下休息。

肖文卿將長髮梳理通順之後很隨意地盤起來，將油燈拿著走到床邊。她把油燈放在四柱床邊的小桌子上，面對著床緩緩脫下身上單薄的白色夏衣，穿著水紅色的刺繡抹胸和白色短褻褲，快速鑽進床帳內，將床帳關得嚴實。

夏季的床上已經鋪上竹蓆，趙明堂穿著中衣躺在床外，察覺肖文卿要上床，他閉上了眼睛，所以並不知道肖文卿穿著抹胸、褻褲上了床。

「明堂，你……」肖文卿鼓起勇氣坐到趙明堂身側，從水紅色刺繡抹胸裡掏出趙大娘給的紅色繡帕，三指捏著繡帕一角拎著往趙明堂臉上擺動，讓繡帕在趙明堂的臉上拂來拂去。

趙明堂伸手抓住繡帕睜開眼，就看到肖文卿側身坐在自己身側，昏暗的油燈下，她雙眼水潤晶亮，秀美的小臉如抹了胭脂一般嬌豔動人……

他心中咯噔一聲，整個身子都緊繃起來。

「明堂，看看這個，娘給的。」肖文卿低聲道，羞澀得別開雙眸，不敢和趙明堂的雙眼對視。

娘給的？她進去安慰娘，然後娘給她一塊繡帕，然後她不吹熄油燈就進入床內，要求他看？趙明堂隱隱知道繡帕裡的乾坤了，乾啞著嗓音道：「文卿，天氣炎熱，我們不適合看這個。」此時，他的嗓音和他剛睡醒時差不多，是他的本來嗓音。

「明堂，娘擔心你，我也……」肖文卿羞答答道。「明堂，我們別讓娘擔心好不好？」

趙明堂喉結滾動了兩下，感覺小腹快速升起一股熱流。

「明堂……」肖文卿嬌婉地叫道，雙手緩緩展開那繡了四、五種男女合體姿勢、自己看了一遍的紅色繡帕。

趙明堂借著昏暗的油燈，飛快地掃了一遍繡帕，頓時感覺腿間器官熱流湧動膨脹欲裂。

他迅速抽過她手中的繡帕往枕頭下一塞，手掌對外一揮，用掌風把油燈弄熄。

房中一片漆黑，趙明堂猛地伸手把肖文卿拉進自己懷中，摟著她嬌軟香滑的身子，微微喘息地說道：「文卿，以後，我們以後會成為真正的夫妻，為了妳好，我們暫且忍耐。」

「明堂，為什麼？」肖文卿驚訝道，立刻被他身體的高溫和乾爽的男人氣息籠罩住，腦袋有些眩暈，氣息忍不住亂了。

趙明堂遲疑了一下，道：「到時候妳就懂了，總之，我這是為妳好。」

肖文卿伏在他隔了一層中衣也猛烈散發熱力的懷中，聆聽到他強健有力的急促心跳，他明明動情了，為什麼要忍耐？

腦子逐漸恢復了一些理智，肖文卿低聲試探道：「和你的秘密有關？」

趙明堂身子一僵，良久，問道：「妳發現了什麼？」文卿是個心思敏銳的聰明女人。

肖文卿貝齒咬著粉嫩的唇瓣，心中猶豫，不知道可不可以把自己的覺察說出來，不知道如果他發現她看出他的破綻，他會怎麼對她。

趙明堂得不到肖文卿的回答，遲疑了一下，突然翻身將她壓在身下，雙眸凝望她那在黑暗中隱隱閃爍眸光的眼睛，罕見溫柔地問道：「文卿，告訴我妳的發現。」他的聲音很低，帶著一些沙啞性感。

他這是色誘嗎？肖文卿微微一愣，便低聲問道：「明堂，你是不是在五月上旬一個夜晚，認為我要跳水自盡，出手拉我的那個黑衣蒙面人？你穿著黑衣侍衛衣裳，我感覺若把你的臉遮起來只露出兩隻眼睛，完全就是那黑衣蒙面人。」

原來他的破綻在這裡嗎？莫非那時候她就有所發現，才會對他哀訴，希望他幫助她逃開何大公子的染指？

趙明堂嘴角抽了抽，低聲問道：「妳的觀察很細微，只是，天下身材相似的男人多得是，妳憑什麼就確定是我？」

「我也不知道，可那時我就覺得那黑衣蒙面人是你。」肖文卿很老實地承認道。她看人也不是特別準的，可見到黑衣蒙面人，便立刻感覺他是趙明堂。

女人的直覺嗎？趙明堂苦笑了一下，道：「文卿，我的秘密，妳不可以對任何人說。」

「嗯。」肖文卿抬起頭，低聲道：「明堂，你的秘密和我們圓不圓房沒有關係，娘很著急，你就別讓她著急了。」

趙明堂緩緩低頭，雙唇試探著摩挲她的菱唇，感受她的美好。這一試探，他男性的侵略性被勾引出來，他遵循本能地狂吻她，吻得彼此氣喘吁吁。

「文卿，暫時替我保密。」在肖文卿幾乎要窒息的時候，趙明堂放開她，壓抑著身子的叫囂，聲音粗啞地說道：「很快，我們會成為真正的夫妻。」她身子嬌嫩柔軟，散發迷人的少女氣息，引誘得他身子躁熱，某個部位脹痛難忍，要不是強大的意志力，他就要和她圓房了。

「嗯……」肖文卿被他吻得雙眼迷濛、意亂神迷，糊裡糊塗便答應了。

第十三章　風雲

趙大娘旁敲側擊地從兒媳嘴裡得知，兒子和兒媳依然沒有圓房，頓時心急如焚，懷疑兒子身體出了問題，連續琢磨了好幾天，她覺得，還是想法子找個大夫開一些壯陽的藥丸勸兒子吃。她家住京城東邊，她去西邊找大夫配藥好了，就算她被人認出來，她老人家一個，不需要臉皮了。

趙大娘越想越覺得可行，翌日就帶上銀兩，先去市場買菜，然後穿過半個京城，去西邊街區找藥鋪。半路上，趙大娘聽到有人在議論京城時政，平民是不管時政的，可是當她聽到有人提到何御史，不由得停下來聆聽，因為她兒子趙明堂是何御史的侍衛。

「都察院左副都御史何大人被人彈劾，說五年前他奉旨巡查東南沿海十二府，包庇貪官，夥同當時那邊的知府、參將用暴力鎮壓鹽民，造成六名無辜百姓慘死。皇上大怒，停了何御史職，讓他閉門思過，等待審查。」

「何御史的大舅子是皇上的族弟安樂伯，不知道他會不會求情。」

「這種事情安樂伯怎麼可能插手，他還害怕自己會被牽連進去呢，我聽說已經有官員被牽扯進去了。」

「何御史和當時在東南沿海任職的一些官員現在都要被審查，官官相護，估計這些人沒有乾淨的。」

「安樂伯的夫人是皇后娘娘的族妹……」

「何御史的親妹妹還是皇上的妃嬪呢。」

趙大娘知道世家貴族之間是相互聯姻的，她沒有興趣繼續聽，只知道她兒子目前保護的雇主出事了，她兒子也許會被牽扯進去。

急忙忙回家，趙大娘衝到坐在井邊洗衣服的肖文卿面前，氣喘吁吁道：「文卿，出人事了，何御史被皇上問罪，在家閉門思過，等待審查！」

何家的家長御史大人被問罪，在家閉門思過，等待審查！肖文卿趕緊起身把趙大娘扶進屋裡，倒一杯加了些鹽的涼開水遞給她，冷靜地安撫道：「娘，您歇口氣，慢慢說話。」她預知夢中，在她死之前，御史府還是很繁盛的，二公子升官，二少夫人生下一對龍鳳胎，其中的女嬰獲得太子妃的賜名和賞賜。

趙大娘咕嚕咕嚕地將有淡淡鹹味的涼開水灌下去，歇一口氣，急切道：「我剛才上街，聽別人說，前天，都察院左副都御史何大人被人彈劾，被皇上停了職，閉門思過等待審核。我擔心，明堂會被牽扯進去。」

搖著蒲扇給趙大娘搧風的肖文卿皺著眉頭飛快地思索了一下，問道：「娘，明堂是什麼時候成為御史大人侍衛的？」

「四年前。」趙大娘緊張道：「明堂十八歲被招進軍隊，二十三歲的時候因為武藝高強被軍隊推舉，擔任官府指定為官員可以雇傭的侍衛。二十四歲那年春，何御史挑選新侍衛，把明堂選去了。」

肖文卿立刻放心了，道：「娘，明堂不是參與者，不會被牽連進去。」從許大嫂那邊她知道，趙明堂和許淺這種侍衛是一群特殊的人，他們拿著官員的錢保護官員，卻隨時可以被官府和兵部徵召，所以很少能被官員視為心腹，還不如官員身邊的師爺和伺候多年的小廝被信任。

被肖文卿這一安慰，趙大娘稍微有些放心了，看著自己買來的茄子、冬瓜和大骨頭，她道：「我把菜洗一下，準備先熬湯。」

「娘，您別進廚房了，等我把衣服洗完再去。」肖文卿道。夏天，在廚房做飯非常熱，婆婆雖然很精神但畢竟是老人了，很容易中暑。

「沒事，我們家最近買的柴火是很耐燒的木頭，燒火時不需要一直看著。」趙大娘道，進廚房拿來兩個竹編籃子，開始打水洗菜。

婆媳倆就和平時一樣做家務，只是用完午飯之後，她們顧不得天氣炎熱，戴上斗笠去御史府打探消息。

御史府門前站著四名士兵，原本看守大門的府中家丁都畏縮地躲在門後。

肖文卿和趙大娘一起踏上御史府大門前的臺階。一名士兵見她們過來立刻大聲喝道：「妳們是誰，前來何事？」

趙大娘被嚇得一哆嗦，肖文卿趕緊道：「這位軍爺，我們是何御史大人侍衛趙明堂的家眷，我們有事情前來找他，請軍爺行個方便。」她以前是何御史大兒媳的陪嫁丫鬟，活動範圍只在後宅，倒不用擔心何府前院的人會認出戴著斗笠的她來。

四名士兵上下打量肖文卿婆媳兩位，那出聲的士兵道：「御史大人有事，他的侍衛們全部被兵部叫去問話了。」由於保護官員的侍衛們全都是從軍隊提拔出來的，戰爭時候還會被兵部招回去充當武將，所以這名士兵說話的語氣和緩了不少。

「軍爺，我兒子能夠平安回來嗎？」趙大娘緊張地問道。

「不知道。」說話的士兵道。

「娘，我們不如先去兵部所在的地方看看，然後去許侍衛家問問情況。」肖文卿安慰婆婆道：「我想，過不了多久，明堂就會回家的。」她朝和她們婆媳搭話的士兵點頭致意，然後扶著趙大娘離開何御史府。

婆媳倆一邊走一邊打聽兵部官署地點，摸索著來到位於京城中心區域的兵部官署。兵部重地，閒雜人等不能靠近。她們婆媳便向站在外面守衛的士兵們打聽，得到的全是「不知道」，無奈，她們兩人只好去許家。

許家也接到了消息，許家老太太正急得像熱鍋上的螞蟻，見到趙家婆媳兩人，便向她們打聽。

趙大娘沮喪著臉道：「我也是來問你們的。」許淺是個很熱情的人，不在意趙明堂的沈默寡言常主動找趙明堂說話，所以六個侍衛當中，他們關係是最好的，家屬之間也有往來。

許家老太太端來了涼茶，三人坐下來說話。

許家老太太道：「我家老頭子出門打探消息了，他也是行伍出身，多少認識幾個朋友。」老頭子安慰她，說主人都還沒有事情，保護主人的侍衛更加不會有事的，侍衛們被兵部叫去只是問一些話而已。

肖文卿問道：「大娘，大嫂昨晚回來沒？」許大嫂在何御史府後院廚房幫傭。

「昨晚她回來了，只說前院御史大人的辦公書房被抄了，裡面的公文全部被取走；後院裡大人的小書房也被抄了，大公子和二公子的書房也是；御史府各個出入口都有士兵把守，進出的人要接受盤查。」許家老太太道。「慧珠在家也幫不上忙，我讓她繼續去御史府後院廚房打探消息。」

「大娘，許大人什麼時候成為御史大人侍衛的？」肖文卿問道，只要不是五年前，就算何御史最後被定罪，許侍衛也不會有事。

「四年前呀，我記得是和明堂一起被御史挑去做侍衛的。」許家老太太道。因為許淺和趙明堂是同一個軍營裡的兵，又一起被御史選去做侍衛，所以他們兩個關係才會好得如同兄弟。

肖文卿立刻放心了，道：「大娘您別擔心，何御史是因為五年前東南沿海巡查的事被彈劾的，那時候許大人和明堂都還不是何御史的侍衛，他們沒有參與，也不知情，所以，只要兵部問清楚了就會讓他們回來。」

「我家老頭子也是這樣說的。」許家老太太說道。「可是只要人不回來，我這心就揪著。」說著，她拿起手帕擦擦自己濕潤的眼角。

趙大娘和肖文卿相互望著，她們又何嘗不是？

在焦急中等待了兩天，趙明堂和一個陌生男子回來了，他推開自己家虛掩的大門，高聲叫道：「娘，娘。」粗啞的聲音裡滿是急切。

下午時分，婆媳兩人在鬱鬱蔥蔥的葡萄架下納涼、做女紅，聞言抬頭驚喜地望向來者。

「明堂，你可回來了，娘快急死了！」趙大娘把手中的針線繡布一扔，起身往趙明堂那邊跑。

「娘，您起身慢點。」肖文卿擔憂地說著，起身快步走向趙明堂，臉上帶著燦爛的微笑，讓她牽腸掛肚的人終於回來了……

「娘，我回來了。」趙明堂激動地跪在趙大娘的面前，仰臉看著自己的母親，眼角濕潤，嘴唇顫動。

肖文卿走到趙明堂母子身邊，柔聲勸道：「娘，明堂，你們別激動，快些坐下來說話。明堂，你還帶著客人呢。」她望著跪在趙大娘面前的冷硬男子，心中一愣，她隱隱覺得不對，可一時間又不知道哪裡不對了。

趙大娘激動地抓住趙明堂的雙臂，語氣帶著哭意道：「明堂，你這是怎麼了？快些起來說話，快些起來說話。」他們母子也就五天沒有見面而已，他沒必要激動得行大禮，彷彿好久沒有見到自己。

趙明堂由趙大娘攙扶著起身，肖文卿便乘機打量他。五天沒見，他魁梧了不少，皮膚也變黑了一些。他被帶到兵部去詢問，難道被好吃好喝地供著，同時還被逼著曬太陽不成？好古怪。

趙明堂將目光轉到肖文卿面上，顯得有些驚訝，嘴唇輕嚅，欲言又止。

肖文卿頓時怔住了，眼前的男人雖然是趙明堂，但她感覺有些陌生。

眼睛，眼睛不對勁！

「幾天沒有見你媳婦，想啦？」趙大娘發現兒子的眼睛盯著肖文卿看，馬上興奮起來，經過這番小風波，兒子應該會和兒媳圓房了。

「娘。」趙明堂突然緊張起來，眼睛飛快地往自己帶回來的陌生青年看。

「明堂，這位是……」肖文卿定定神，朝著趙明堂微微一笑，躬了躬身道：「天氣炎熱，大家不如先回屋裡去坐坐，喝杯涼茶，然後說話。」

「大人……」趙明堂遲疑地詢問那陌生青年。

穿著淡藍色斜襟長衫，腰束深藍雲紋腰帶，腰間掛著一把樸素長劍的青年，朝著趙明堂儒雅地頷首，道：「趙兄，大家不如坐下來喝茶敘舊。」他的聲音渾厚優雅，宛如古琴的低音調。

肖文卿順著趙明堂的眼神望去，立刻感覺此人似曾相識，聽到聲音頓時心頭一震，這聲音……分明是明堂每日初醒之後的聲音！她不顧男女有別，仔細端詳此人，就見他五官異常英俊，劍眉斜飛丹鳳眼，鼻梁英挺，唇形優美，堅毅的眉宇間透著從容和自信。他臉色白皙，可是讓肖文卿感覺這白有些不自然，彷彿是多日不見陽光一般。

他的身形……肖文卿心頭疑雲大增，此人個子和此刻的明堂差不多，不過身形瘦了一些，倒是和五天前清晨出門的明堂一般無二。

替趙明堂量過尺寸、做過衣裳的肖文卿緊張地望著此人，腦中設想他穿黑色勁裝，面上蒙著蒙面巾，身後揹一把長劍的樣子，她赫然發現，此人眼睛、身形和她腦中那個黑衣蒙面人完全吻合。

她不敢置信地打量趙明堂，震驚地察覺，這個趙明堂讓她感覺陌生，而這個趙明堂發現她面帶疑惑地望著他，臉上立刻露出很古怪的表情。

他，他們……她呼吸急促，禁不住後退了兩步。

淡藍斜襟長衫青年也在關注肖文卿的神色，發現她臉色陡變，眼神在他和趙明堂之間移動，知道她發現端倪了，低聲讚道：「冰雪聰明之人。」

肖文卿頓時呼吸一窒，他是對她說的嗎？他是承認她此刻的覺察？他和趙明堂聯手欺騙她和婆婆嗎？

趙大娘歡喜兒子歸來，發現兒子變壯碩了，抓著兒子手臂不住地看。她轉頭要和肖文卿說話，發現肖文卿和兒子帶回來的年輕英俊客人四目相望，立刻不悅起來，用力咳了兩聲，道：「文卿，妳去街上買個大西瓜回來，有客人上門，我們不能招待不周。」

肖文卿聞言，立刻低頭道：「娘，我這就去。」說完，她朝客人福一下身，轉身快步回屋，取了錢之後再朝趙明堂母子和客人點頭致意，挎著菜籃子出門買西瓜。她心裡緊張、心亂如麻，需要到外面冷靜冷靜才行。

目光沈凝地望著她匆匆離開的身影消失在門外，淡藍斜襟長衫青年朝著趙大娘拱手躬身，風度翩翩地說道：「在下凌宇軒，見過大娘。」

趙大娘對此人不顧廉恥地看自己兒媳，心中不滿，淡淡道：「哦。」

趙明堂好似很意外凌宇軒向自己母親行禮，趕緊介紹道：「娘，這位是凌丞相之子，龍鱗衛指揮使司指揮同知凌大人。」

雖然平民不大瞭解朝廷官職的具體稱謂，但丞相、御史、尚書、翰林學士之類的還是知道的。趙大娘一聽面前的青年是丞相之子，頓時嚇了一大跳，趕緊福身還禮，道：「民婦拜見凌大人。」

「大娘莫要多禮。」凌宇軒趕緊伸手示意趙大娘起身。

「娘，我們進去說話。」趙明堂伸手扶著趙大娘，然後對凌宇軒道：「大人請，寒舍簡陋無以招待，還請大人見諒。」

凌宇軒笑笑，環顧四周道：「民宅雖陋但溫馨平靜。」他說話的語氣中帶著淡淡思念。

通風的堂屋中，主客坐下，趙大娘提著裝有涼茶的大茶壺給他們倒茶。貴客凌宇軒雙手接過表示謝意，趙大娘頓時對他又有好感起來。

趙大娘坐到趙明堂身邊，問道：「明堂，你在兵部官署可受到責罰？何大人被皇上責罰閉門思過，我和文卿日夜為你擔心，只是我們都沒有門路打聽消息，只能在家等待。文卿說你不會被牽連進去，我覺得很有道理，謝天謝地，你完好無損地回家了。」

「娘。」趙明堂望了凌宇軒一眼，道：「我最近三個月一直在京城外鳳凰山軍營中訓練。」

「啊？」趙大娘頓時一頭霧水，道：「你在說什麼？你五天前還回過家呢！」

坐在對面的凌宇軒一拱手，道：「娘，那是我。」他此刻的聲音變得和趙明堂一模一樣了。

趙大娘頓時嘴巴大張，彷彿能塞進一個雞蛋。趙明堂也是第二次聽他用和自己相同的聲音說話，對他佩服得五體投地。

凌宇軒繼續道：「東南有人密報，都察院左副都御史何長青五年前奉旨巡查東南沿海十二府的民情和鹽稅，被當時十二府中的官員買通，不顧皇上期望瀆職了。為了拿到證據，我易容成趙兄貼身接近御史，伺機盜取他的瀆職證據。」本來這種小事情用不著他一個指揮同知大人出馬的，只是正巧那時候他被某人糾纏，就主動接了這個任務隱身，權當休假散心。

凌宇軒說話時使用了趙明堂的聲音，趙大娘儘管聽得眼睛越瞪越大，可還是相信了。

「你，你們……為什麼不事先告訴我？」趙大娘結結巴巴道，難怪從三個月前開始，明堂就常替其他侍衛頂班不怎麼回家呢，原來那時候她真正的兒子去了鳳凰山軍營，凌丞相的兒子喬裝扮成她兒子，潛伏在何御史身邊收集罪證。

想起兒媳婦肖文卿，趙大娘緊張地問道：「凌大人，您還來我家做什麼？」

凌宇軒清晰冷靜地說道：「我要趙兄放妻。」他堅毅深邃的雙眸中透著不容拒絕。

「不行！」趙大娘立刻道：「文卿是我的兒媳婦。」

「大娘，和文卿拜天地的是我。」凌宇軒嚴肅道。如果不是對文卿有情，他根本就不會把自己易容頂替趙明堂的事情告訴趙大娘。

「文卿拜的是我趙家的祖先。」趙大娘急道，既然凌宇軒和文卿沒有圓房，只要當事人保守秘密，文卿就還是她趙家媳婦。

凌宇軒啟齒微笑。「大娘，視婦體者夫也。」

趙大娘驚得目瞪口呆，然後氣得眼睛都要鼓起來了。

肖文卿走出趙家院子後四處看看，發現不遠處的大樹樹蔭下有數名腰佩長劍的年輕男子，他們坐在樹下的石凳子上聊天，一輛小巧的馬車和幾匹駿馬就停在樹下。

肖文卿走過時刻意多打量這幾個男子幾眼，他們雖然神態悠閒，但目光敏銳，發現肖文卿的打量，他們立刻警覺起來，臉上露出閒人莫要多看的嚴厲表情。

那陌生的男子和趙明堂……他們到底是什麼關係？他是怎麼變成趙明堂的？肖文卿皺眉思索著。她不敢在外面逗留太久，走出巷子之後就四處尋找賣西瓜的，然後在賣西瓜的人的幫助下挑了一個大西瓜。

拎著放著一個大西瓜的菜籃子回家，肖文卿進門之後就招呼道：「娘，明堂，我回來了。」她說著，來到井邊放下菜籃子，準備打水清洗還黏著乾泥巴的綠皮黑紋大西瓜。

聽到肖文卿的聲音，在屋裡談話的趙明堂、趙大娘，還有凌宇軒立刻走了出來。

「還是我來。」趙明堂一個箭步上前，搶先拿起桶子打水。

肖文卿怔了怔，猶豫道：「謝謝。」她不知道該如何自處，因為她不知道自己現在該不該算趙明堂的妻子。這個趙明堂，還是她最初記憶中那個沈默寡言、面冷心熱的男子，也和這一個月和她相處的「趙明堂」有相似之處。

趙大娘表情複雜地走過來，搖著蒲扇給肖文卿搧風，語氣無奈地道：「文卿，妳累了，去屋裡歇一歇。」

肖文卿敏銳地察覺出趙大娘語氣中的無奈與不捨，立刻道：「娘，我不累，您進去歇著，這邊我來。」

「文卿……」趙大娘聲音顫抖，語氣有些哽咽。

趙明堂打上水來，把水倒進井邊的木盆中，肖文卿便馬上蹲下身來清洗。趙明堂繼續打水，和肖文卿一起將大西瓜清洗乾淨。

凌宇軒站在他們的身後一言不發，因為他看著感覺刺眼，彷彿他是破壞他們溫馨平靜生活的罪魁禍首。

「明堂，你把西瓜捧到屋裡用刀切一下，好招待客人。」肖文卿緊張地說道，佯裝自己還不知情。

趙明堂捧著乾淨的綠皮黑紋大西瓜道：「凌大人，外面太陽曬人，請隨我回屋。」

「好。」凌宇軒望向肖文卿。

肖文卿發現讓她處於尷尬境地的男子看向自己，立刻將眼睛轉開，她猜此人前來肯定是為了說明真相的。趙明堂母子和他，會如何處置她呢？她應該算是誰的妻？抑或，誰的妻子都不是？

第十四章　放妻

肖文卿忐忑不安地跟著有些愁眉苦臉的趙大娘走進堂屋，趙明堂已經直接用他的刀把西瓜劈成一片一片的，邀請凌宇軒吃西瓜了。

「娘……妳們也吃西瓜。」趙明堂招呼母親和不知道自己該如何稱呼的肖文卿。

「文卿，妳也吃西瓜消消暑氣。」趙大娘道，拿起一片西瓜放到肖文卿手中。

「娘，您快坐下，別累著了。」肖文卿說著，接過西瓜，等趙大娘坐下之後自己便坐在她的旁邊。

凌宇軒在趙家母子的熱情招待下很客氣地吃了兩片西瓜，又順手拿起趙大娘特地拿過來的濕毛巾擦嘴、擦手，然後從懷中取出一紙文書，道：「文卿，這是趙兄給妳的放妻書，已經在官府備案了。」他仿效許淺和趙大娘先斬後奏，先把趙明堂帶去京縣衙門那裡找主簿捉刀寫放妻書，讓趙明堂按手印，然後再和趙明堂一起過來說明情況。

放妻書？此人居然直呼她的閨名，在她妾身不明的時候，也太霸道孟浪了……

肖文卿櫻花般粉嫩的唇瓣顫抖著，不接凌宇軒手中的文書，轉頭急切地問趙大娘。

「娘，這是怎麼回事？」他們三人商議後的決定就是讓真趙明堂寫下放妻書嗎？他們為什麼不先問問她的意見？

趙大娘疼惜地說道：「文卿，妳先看看放妻書再說，我去打熱水，幫妳梳洗一下。」她無可奈何地起身快步往廚房走去，這件事情，她毫無插手的權力！

肖文卿咬咬嘴唇，垂眸伸手接過凌宇軒手中的文書。「放妻書。蓋聞夫妻之緣，乃前世注定，緣深緣淺，各有不一……心不合，難白首……夫再娶，妻再嫁，各祝良緣。於時康慶三十四年八月初二，趙明堂謹立此書。」文書上尾部，按了一枚鮮紅的指印。

放妻書，看起來很是平等，實際上她還是成了棄婦，不得不離開這個溫馨的家。

肖文卿艱難地抬頭望向自己連真名都還不知道的男子。「你為什麼要讓我成為棄婦？」

「文卿。」凌宇軒不捨地望著肖文卿，柔聲道：「我名凌宇軒，因為公務替代趙兄進入何御史府，因為意外我和妳拜堂成親了，妳是我的妻，我要明媒正娶妳，所以趙兄必須立下放妻書。」他不想頂著趙明堂的名字和她圓房，而且她還需要有個純潔的身子應對他家族可能會出現的刁難，所以他才遲遲不和她圓房。

肖文卿頓時百感交集，許淺侍衛先斬後奏將她嫁給趙明堂，現在出現真假趙明堂，真趙明堂如法炮製立下放妻書讓她離開，假趙明堂馬上聲稱要娶她。為什麼每一個人都能決定她的命運，偏偏她自己不能決定？

拿著放妻書，肖文卿環顧身邊的人，然後起身詢問打完熱水站在門口的趙大娘道：「娘，我真的必須離開嗎？」她眼中滾動著晶瑩的淚珠。

趙大娘很捨不得肖文卿，不顧一切地說道：「好孩子，如果妳不願意，重新嫁給我家明堂好了，我家明堂心腸好，一定會照顧妳一輩子。」肖文卿做過丫鬟，還嫁過一次，即使凌大人對她情深意重執意娶她為正妻，她必定會受到凌家長輩親眷的各種挑剔。

「娘……」肖文卿也捨不得慈祥熱情的婆婆，可她的心中已經……

凌宇軒見她眼中含淚，心中頓時充滿憐惜，道：「文卿，我帶來了馬車，妳梳洗一下這就跟我走吧，我不會負妳。」雖然他的家族複雜，但他自信能保護好文卿。

肖文卿有些傷心遺憾地望望端坐在主人位置上一臉沈默的趙明堂，轉眼凝望英俊貴氣的男子，謹慎地問道：「你到底是誰？」

「我父是當朝左丞相凌鈺，我是他的幼子，皇宮龍鱗衛指揮使司指揮同知。」凌宇軒道。

肖文卿聽到他是丞相之子，皇宮侍衛指揮使之一，立刻覺得兩人身分如雲泥之別，低頭將放妻書慢慢摺疊起來，她勇敢地抬起頭，語氣清晰地說道：「凌大人，我不會跟你走，既然我已經是自由身，我要回家，回西陵郡長河鎮肖家村。」她要回家，哪怕一路乞討她都要回家！

凌宇軒猜到她會這樣說，莞爾道：「文卿，妳知道西陵距離京城多遠？妳知道西陵在哪個方向？妳又準備了多少盤纏？妳一年輕女子孤身在外，會遇到多少人販子、多少心懷不軌的人？妳不可能每次都能遇到許侍衛夫妻那樣的好人。妳被粗漢莽夫強娶做妻還算妳運氣好，如若被人捆綁著賣進青樓，妳還想有清白之身，還敢回家認祖歸宗？」他知道肖文卿很在意肖家的名聲。

趙大娘聽著，頓時急了，叮囑道：「文卿，妳一定要聽凌大人的安排！」

經歷過人販子數次轉手，親眼看到其中黑暗殘酷的肖文卿心中遲疑了，猶豫著問道：「你讓我以什麼身分跟你走？你我之間沒有任何關係。」雖然自小離開母親，但她還是透過知府後院婦人們的議論知道「奔為妾，聘為妻」的道理。

深情地凝望臉色蒼白如紙的肖文卿，凌宇軒很冷靜地說道：「文卿，妳是落難的昌興前知縣肖逸雲之女，我偶遇妳，對妳一見鍾情。我將陪妳回故鄉尋親，同時向妳肖家求親。」

求親？他……對她可是真心？肖文卿聽他許諾陪她回故鄉尋親，還會向她的家族求親，心中一暖，望向他的眼神也流轉柔情。

凌宇軒默默望著肖文卿，等待她的答覆。

「凌大人……」肖文卿深思熟慮了一番，語氣堅定地說道：「凌大人既然是丞相之子，想必房中已經有美婢了，文卿原本處境凌大人也知道，所以，文卿既不願做人妾室、通房，也不願成為何大少夫人那樣的官夫人。返鄉之路雖然遙遙而艱難，但，是人總會想出辦法的。」

肖文卿的話一出口，凌宇軒、趙明堂和趙大娘都露出驚愕的表情，因為在絕大多數人眼中，納妾收婢是權貴男子的特權，權貴男子的正妻雖然有拒絕讓夫婿納妾的權利，但十有八九都會忍氣吞聲地接受。

看到凌宇軒臉上的驚愕，肖文卿心冷了下來，明澈的雙眸變得如井水一般清冷平靜。

「我十五歲進軍營，二十歲加入龍鱗衛，之後一直忙於公務。」凌宇軒回憶了一下肖文卿的品性，很平靜地說道：「妳當初對我許諾身心忠誠，我向妳承諾，此生不納妾蓄婢。」他承諾，他便做得到。

肖文卿雙眸陡然明亮起來，宛如黑夜中兩顆最燦爛的星星。「凌大人，美人如玉，而紅顏易老。」她善意地提醒道。

「紅顏白骨，粉黛骷髏，唯有真情難變。」凌宇軒用和趙明堂很相似的沈聲道：「只要我不想，父母不會給我塞女人。」

肖文卿臉色蒼白、蹙眉猶豫，因為她一旦接受凌宇軒的安排，就預示著她的未來要經歷重重磨難。

察覺肖文卿並不太願意和自己走，凌宇軒立刻皺起眉頭道：「妳御史府花園攔截陌生男子表白，主動求親的勇氣去哪兒了？妳為了逃避被姑爺收房，主動劃傷臉的勇氣去哪兒了？妳推開姑爺拒絕伺候他的勇氣去哪兒了？文卿，妳是個冷靜聰慧，很有勇氣的女子，難道妳就那麼害怕成為我妻子後要面對的挑剔和刁難？」他都已經動情，並為之開始努力了，她豈能打退堂鼓？

攔住陌生男子表白，主動求親？

趙大娘聽得瞠目結舌，原來許淺侍衛提到的明堂和文卿的流言有一部分是真的，文卿主動向她兒子，不，向喬裝打扮成她兒子的凌宇軒表白，主動求親了。想到如果不是凌宇軒在那段時間裡取代了她兒子，文卿應該會是她名副其實的兒媳婦，趙大娘望著面容有些蒼白的凌宇軒，心中忍不住埋怨起來——壞人姻緣的混蛋，搶走了她的兒媳婦！

「凌大人，你在使用激將法嗎？」肖文卿語氣很無奈地說道。「你我身分相差太懸殊，我害怕自己最後會成為你的累贅。」

「文卿，雖然我知道我們家世有差距，未來也會出現很多波折，但我已經下定決心面對了。我對妳動心，難道妳不願意為我努力？」凌宇軒深情地問道，凝望肖文卿的雙眸不敢眨一眨，深怕遺漏她的一絲心理變化。

凌宇軒……肖文卿望著他流露緊張和真情的俊顏，心湖瞬間蕩漾陣陣漣漪，臉上逐漸展露微笑。這個男人，對她是真心的。上天太厚愛她了，利用噩夢給她示警，讓她擺脫悲慘命運，然後又讓她遇到一個世間罕見的奇男子，為了他，她願意努力成為配得上他的高雅夫人。

看到肖文卿臉上逐漸露出笑容，趙大娘知道自己當初的預感沒有錯，這個媳婦飛了，便唉聲嘆氣道：「文卿，凌大人，你們雙宿雙飛了，我家明堂怎麼辦？」

趙明堂趕緊阻攔道：「娘，您別說了。」他從未見過肖文卿，在突然知道自己有個名義上的妻子，而且還需要立放妻書讓她自由，便毫不在意地按下指印同意了。

「大娘，趙兒最近三個多月在鳳凰山軍營表現上佳，我估計不久就會被提拔為武將了。」看到肖文卿眼中的決定，凌宇軒放下心來，道：「趙兄面冷心善，自然有慧眼識珠之女自願嫁他，大娘您不用擔心。」肖文卿就是第一個慧眼識珠的女子，不過陰差陽錯，她和趙明堂無緣。

凌宇軒從懷中掏出一個肖文卿和趙大娘都眼熟的白底藍牡丹花紋的圓形瓷盒，道：「這是宮中御醫親手熬製的珍珠雪蛤祛斑膏，趙兄可以嘗試把臉上的疤痕去掉。」他會派人找幾個官媒專門為趙明堂留意賢妻人選，至少今年讓趙明堂成親，明年讓趙大娘抱孫子，滿足她多年的心願。

肖文卿立刻恍然大悟，丞相之子，龍鱗衛指揮使司指揮同知，應該有門路獲得皇宮裡御醫製作的藥物。

趙大娘忙不迭地接過肖文卿用著很有效，臉上已經白嫩無瑕的神奇藥膏，連聲道謝。

凌宇軒一臉和悅地說道：「大娘，別客氣，這算是我欺騙您的一些補償吧。」

趙大娘頓時面容變得尷尬起來，訕訕道：「凌大人真是奇人，居然能把自己的臉完全變成另外一個人，聲音和談吐舉止也極其相似，連那人的母親都分辨不出來。」她這個做母親的太馬虎了，連兒子被人家替換了好幾個月都不知道。

凌宇軒自信地笑笑，道：「一點江湖流傳的易容術而已，我和趙兄身材相仿，他又比較得何長青的信任，能夠進出何府後院，所以我才挑選他作為頂替對象。」如果他沒有易容成趙明堂進入何御史的後院，肖文卿遇到的便會是真正的趙明堂，他們之間也許會真的締結良緣。肖文卿，可以說是他半道中劫來的。

趙大娘再次打量身形和自己兒子差不多的凌宇軒，然後對趙明堂道：「你好好招待凌大人，我給文卿梳洗打扮一下，讓她離開。」說完，她拉著肖文卿回屋裡去。

「文卿，我幫妳好好梳洗一下。」東屋裡，趙大娘慈祥地說道：「然後我幫妳把衣裳收拾一下，雖然那些料子不是綾羅綢緞，但也是妳一針一線縫製的。」

「娘……」肖文卿很努力地壓抑著自己的難過，道：「我自六歲和母親失散，近十年中沒有一個人如此關心照顧我，娘如果不嫌棄，請收我做女兒。」趙大娘對她一直都很熱情慈祥。

趙大娘又驚又喜。「文卿，妳願意認我做乾娘？妳都要做丞相大人的兒媳婦了，還願意認我這個平民老婆子做乾娘？」她這輩子就生了一個兒子，文卿到她家後，她享受了有媳婦和女兒的雙重幸福。

「娘！」肖文卿立刻跪下，激動道：「女兒拜見娘。」丞相大人的兒媳婦？八字還沒有一撇呢！

趙大娘立刻把肖文卿扶起來，連聲道：「乖女兒，乖女兒。」

幫肖文卿淨身後，趙大娘拿來梳妝盒替肖文卿打扮。

「文卿，凌大人想得真是周到，連女子的首飾都幫妳準備了幾樣。」趙大娘道，將一個紅色小布包打開來讓肖文卿看，這是肖文卿出去買西瓜時，凌宇軒拿給她的。

兩支鑲著大顆乳白色珍珠的金髮簪，兩朵鵝黃色堆紗宮花，一對乳白色的珍珠耳環，一串同色的珍珠項鍊和一串珍珠手串，都是精緻而不奢華的首飾。

肖文卿看了，心中感激凌宇軒的貼心。

趙大娘開始幫肖文卿梳髮，這一次沒有替她梳婦人髮髻，而是梳了一個少女垂鬟分肖髻。凌宇軒大人為了防止別人說文卿二嫁，所以他在偽裝成明堂的時候才遲遲不肯圓房吧，真難為他如此深謀遠慮了。

用上鑲嵌珍珠的金髮簪，戴上鵝黃色堆紗宮花、珍珠耳墜和乳白色的珍珠項鍊，趙大娘讚道：「文卿，凌大人的眼光不錯，簪子、髮釵和項鍊都非常符合妳目前的身分氣質。」

對著清晰的銅鏡，肖文卿覺得此刻的自己有些像母親年輕的時候，可是少了幾分成熟優雅和書卷清氣。她真的可以和凌宇軒結為連理嗎？她父親早逝，家道中落，她和他們不當、戶不對，透過凌宇軒的努力，丞相府就能接納她？

凌宇軒對她有情，可是長情？這份情能支持她在丞相府生活？

肖文卿雖然相信凌宇軒的真情和決定，但還是憂心忡忡，如果可以，她更希望先返鄉尋親，然後再考慮她和凌宇軒的可能。

肖文卿換了一身淺藍色對襟襦裙，手中挎著放了換洗衣物的包袱，由趙大娘陪同著走出了正屋，來到院中。

挪到葡萄架下吃西瓜說話的凌宇軒和趙明堂看到她們出來，立刻起身走過來。

「大哥，凌大人，我準備好了。」肖文卿平靜地說道，目光沈凝如水，左手卻用力抓著右臂彎挎著的小包袱。

大哥？凌宇軒和趙明堂頓時被她的稱呼吃了一驚。

趙大娘立刻解釋道：「我喜歡文卿，既然我們無緣做婆媳，那就做母女好了。」她望向凌宇軒。「凌大人沒有意見吧？」

凌宇軒莞爾。「大娘和文卿一向情同母女，文卿在京城有個乾娘，也會安心一些。」

「您這樣說我就放心了。」趙大娘高興地說道，輕輕拍拍肖文卿的手臂，示意她可以和凌宇軒走了。

肖文卿亭亭玉立地站在屋簷陰影下，面容帶著微笑，好似去郊遊，只有稍微瞭解她的凌宇軒從她的眼中看到了忐忑和對未來的不安。「文卿。」他一臉溫柔地對肖文卿道：「我既然決定將妳帶走，就做好了萬全的準備。」

肖文卿微微頷首，道：「我明白了。」她會謙順恭敬，努力讓凌宇軒的父母接受他們的婚事。

「馬車就在外面，妳跟我走吧。」凌宇軒道，朝趙大娘拱手。「大娘，往日多勞妳照顧，妳若有什麼難事，請到丞相府或者去皇宮左邊的龍鱗衛營地找我。」

凌宇軒又朝趙明堂拱手。「趙兄，小弟預祝趙兄鵬程萬里，願你早日娶妻，讓大娘抱上孫子。」

肖文卿朝著趙家母子深深福身，道：「大哥，娘，文卿走了，以後一定回來探望你們。」

趙大娘趕緊把肖文卿扶起來，憐惜道：「文卿，若是被人太過刁難妳就回來，娘和妳大哥會照顧妳。」趙明堂對這個意外得來的妹妹點點頭，表示母親說得沒錯。

「謝謝娘，謝謝大哥。」肖文卿感激道。

凌宇軒先出門，朝著左邊方向招招手。很快，遠處大樹下的幾名年輕佩劍男子拉著馬匹，帶著馬車一起過來了。「大人。」馬車停在趙家院子門前，中年馬車伕對凌宇軒一躬身，快速放下踏腳凳。

「文卿，我送妳去我六姊府上。」凌宇軒道。「我已經和我六姊說過了，她願意照顧妳。」說著，他朝著肖文卿伸手。

「娘，大哥，我走了。外面熱，你們快進去吧。」肖文卿說完，稍微猶豫了一下，還是提著裙襬踩著踏腳凳鑽進了馬車內。

凌宇軒微微一笑，很儒雅地放下手，再次朝送別他們的趙家母子拱手。「大娘，趙兄，我們後會有期。」說完，他接過屬下遞過來的馬韁繩，輕快地翻身騎上他雪白的寶馬飛雪。

馬車緩緩行駛，肖文卿從車廂窗戶裡探出頭，朝著趙家母子揮揮手。她現在是棄婦，既然周圍鄰居都在家中納涼，她還是別大聲喊叫，免得丟臉，也讓趙家母子尷尬。不過，一戶人家突然少了一個人，街坊鄰居肯定會詢問，乾娘少不得要向他們解釋了。

騎馬走在車窗邊，凌宇軒對肖文卿道：「我六姊夫是翰林院學士，通今博古，性格平易近人；我六姊知書達禮、溫柔賢慧，妳在他們家可以學到很多東西。」肖文卿缺失了十年的大家閨秀教育，他希望她在他六姊那邊能夠快速掌握京城淑女的基本學識，禁得起他母親丞相夫人的挑剔。

肖文卿聽著凌宇軒的話，深知他用心良苦，便道：「大人放心，我一定努力。」

「文卿，叫我宇軒。」凌宇軒柔聲道，英俊堅毅的臉上帶著淺淺的笑容。

「大人，你我非親非故，我還是叫你大人比較好。」肖文卿柔聲道。她即將進入京城官宦人家，不能有明顯失禮之處。

凌宇軒最是聰明，也明白肖文卿的顧慮，便點頭道：「妳說得很有道理。」

炎熱的下午時分，路上罕見行人。車輪咕嚕嚕地轉動，穿過兩條主街道，經過一條兩邊是紅瓦高牆的寬敞青石板路，停在一座中型府邸前。

看到有馬車停在自家府門前，領頭騎白馬的英俊男子翻身下馬，打著盹的看門家丁迅速跑過來，點頭哈腰道：「四舅老爺，您來了，快些請進。」來人是他們老爺的小舅子，龍鱗衛指揮使司指揮同知凌大人，一個不可得罪的權貴人物。

「我來拜見你家夫人，順便送個人過來和她作伴。」凌宇軒朗聲道，將手中的馬韁繩遞給一位門房。

「肖姑娘，當心點。」馬車伕停穩馬車之後立刻下車，拿出踏腳凳放在馬車邊。

肖文卿淡定從容地從馬車上慢慢下來，站在馬車邊抬頭看這座府邸。這座府邸左右兩邊擺放著半人高的石獅子，威嚴又不張狂，高高黑底紅字門匾上寫著「劉府」，朱漆大門、黃銅門環。

叮囑門房、家丁好生招待自己帶來的便衣侍衛，凌宇軒說道：「肖姑娘，請跟我來。」說著，他領著肖文卿踏上石階，跨進門檻，繞過影壁，進入學士府中。

劉學士府的管家得知貴客拜訪，立刻上前迎接。

「四舅老爺，我家夫人等您好久了。」唇上留著一小撮鬍鬚的管家恭敬地說道。昨日這位舅老爺就來拜訪過夫人，和夫人說了很久的話。

凌宇軒微微頷首，轉頭對肖文卿道：「肖姑娘，這位是劉府夏管家。夏管家，這位姑娘姓肖，父親是康慶十八年的進士，曾任昌興知縣。」

夏管家立刻朝肖文卿拱手，道：「肖姑娘。」四舅老爺一向公務繁忙，所以這位姑娘能被慎重介紹，還被拜託給他家夫人照顧，必定是他的紅顏。

肖文卿欠欠身，臉上保持優雅嫻靜的微笑。

由於凌宇軒是學士夫人的弟弟，夏管家一邊派人快速進後院通報，一邊請凌宇軒進後院。

外客止步的垂花門後，花園花木扶疏，長廊蜿蜒曲折，池塘裡青青錦鯉嬉戲，幾座小巧精緻的亭在假山和綠樹間若隱若現，端是個美麗安靜的宅子。

「四舅老爺來了，四舅老爺來了。」學士夫人院中的幾個丫鬟坐在陰涼通風的迴廊上做女紅，看到凌宇軒、肖文卿和兩個後院管事婆子進來，紛紛起身迎接，然後進去稟告夫人。

「四舅老爺請進。」一個丫鬟挑開竹門簾讓凌宇軒和肖文卿進去。「四舅老爺，裡面涼快。」裡面的丫鬟躬身迎接，又領著他們進入隔壁一個封閉的堂屋中。

一股涼爽之氣迎面而來，肖文卿馬上看到堂屋的左右角落各放著一個大銅盆，銅盆中的水裡漂著一些冰塊。

「宇軒，你來了。」坐在羅漢椅上搖著團扇的三十七、八歲、有著明顯丹鳳眼的貴婦人起身迎接，上下打量肖文卿，笑道：「果然秀美清麗，恬靜可人。」昨日下午，她這個弟弟冒著炎熱天氣過來拜訪她，求她幫忙照顧一位姑娘，她就知道這姑娘在他心中很重要。

凌宇軒立刻介紹道：「六姊，這位就是我昨日提到的肖文卿肖姑娘。」

他又對肖文卿道：「肖姑娘，這位是我六姊，翰林院劉學士的夫人。」

「劉夫人萬福。」肖文卿上前兩步，盈盈福身。劉夫人盤著如雲高髻，頭頂斜插著一支白玉蝴蝶簪，右邊插一支珍珠步搖，上身著一襲淡綠色輕羅衣，下身套著一條月白色百褶裙。她面如滿月，體態圓潤，看著就讓人感覺溫和寬容。

翰林院劉學士之妻劉夫人立刻把肖文卿扶起來，笑著道：「肖姑娘不要客氣。」說著，她請凌宇軒和肖文卿坐下，讓丫鬟們給舅老爺和舅老爺帶來的姑娘上冰鎮的酸梅茶。

「六姊，肖姑娘父親早亡，她和母親、弟弟扶棺返鄉之際不幸和他們失散，被人拐賣成別人家的丫鬟。」凌宇軒道，這個他沒有瞞他六姊。

劉夫人笑道：「你昨日就和我說過了，我昨日就派人將我西邊的桂香小院收拾乾淨，肖姑娘一過來就可以住進去。」

劉夫人果然是個善良的人。肖文卿感慨自己又遇到一個善良的貴人，同時起身朝劉夫人福身。「文卿給夫人添麻煩了。」

劉夫人立刻笑道：「不麻煩。」她仔細端詳肖文卿，但見她梳著垂鬟分肖髻，髮髻上插著兩支鑲珍珠金簪，兩朵鵝黃色堆紗宮花，嫩嫩的耳珠上戴著一對乳白色的珍珠耳環，纖細的粉頸和手腕上套著同色的珍珠項鍊和珍珠手串；她鵝蛋臉龐白皙水嫩，柳眉如黛，睫毛纖長，雙瞳翦水，瓊鼻挺直，菱唇粉潤，端是個秀美的少女。此女舉止文雅，氣度嫻靜，不像是做過好些年丫鬟的人，而像是有些教養的讀書人家女兒。

「六姊，有勞妳了，等過陣子，我有時間，就親自護送肖姑娘返鄉尋親。」凌宇軒拱著手道。

劉夫人抿嘴一笑，道：「肖姑娘在我這邊，你盡可放心。」她大致已經猜到小弟的心思了。這肖姑娘做了別人家好幾年丫鬟，官宦人家的大家閨秀該瞭解的她都未必瞭解，如果她就這樣被他們的母親丞相夫人知道，絕對是不可能進凌家大門的。

第十五章　求學

凌宇軒在六姊劉夫人這邊待了很久才離開，他叮囑肖文卿，在他六姊這邊要多學習，加緊把荒廢多年的閨秀教育重拾起來。

肖文卿明白凌宇軒的苦心，怎麼可能放棄讓自己成長的機會，她自然是答應了，只是問他，什麼時候他可以休長假，能陪她返鄉尋親？只有她母親的認證，她才可能真正恢復身分，也只有雙方家長的承認，她才能和他締結姻緣。

凌宇軒讓她放心，再次保證一切有他。

傍晚不再特別炎熱的時候，劉夫人親自帶著肖文卿去她院子西邊的桂香小院。桂香小院小巧精緻，前面是有著一池蓮花的碧水，後面是五、六棵鬱鬱蔥蔥的桂花樹，裡面有一棟兩層高的飛簷木樓，木樓邊也種著兩棵桂花樹。

「文卿，這是我長女出嫁前居住的繡樓，之後就再也沒有人居住過。」劉夫人說道。「倉促之間整理這個小院，可能有些地方還沒有整理好，妳先住下，有什麼需要就讓院子裡的下人們做。」這個長女是妾生的庶女。

身無分文，離開趙家就連個棲息地都沒有的肖文卿怎麼可能有意見，她連忙道：「夫人太客氣了，文卿在京城孤苦無依，夫人願意收留已是感激不盡。」

劉夫人道：「妳是宇軒領來的人，我自是要用心照顧的。」說著，她還朝肖文卿溫柔地笑笑。

肖文卿頓時被她毫不遮掩的話語弄得雙頰飛霞，羞得微微低下了頭。

「這院中我已經安排了兩個丫鬟和四個媳婦、婆子，妳就放心住下，用心學習。」劉夫人道。

「夫人，文卿愚鈍，若有錯處還請多多指點。」肖文卿道，朝劉夫人一福禮。

劉夫人頷首笑道：「只要妳用心，必然能成為端莊高雅的小姐，絕對不遜於那些世家千金。」

肖文卿謙卑地微微低頭，聆聽劉夫人的話。

劉夫人帶著肖文卿看了一下繡樓，便在後宅的花園中散步。「文卿，我劉府別的不多，就是書多。前院大書房是老爺、公子們的，我們不便去；後院有文瀾書閣，裡面藏了不少名家詩詞、民間雜記，還有各種書畫字帖，妳喜歡看的話就去拿幾本過來看。

「文卿，宇軒說妳還在父母身邊時被他們親身教導，知書達禮，女紅精湛，那麼，妳琴、棋、書、畫可還會？中饋呢？可懂廚藝，可學過治家？」劉夫人邊走邊問，琴棋書畫可以差一點，中饋和治家卻是世家嫡女們都必須掌握的。

肖文卿猶豫了一下，坦言道：「琴棋書畫文卿六歲之前都稍微學過，可是自從被拐賣，便很少接觸了，現在最擅長的還是畫繡花圖樣。文卿以前伺候黃林知府小姐時，偷看過小姐房中的幾本名廚笥記，陪小姐進過廚房，打過下手；知府夫人傳授小姐算帳看帳、治家心得時，文卿經常站在一旁聽著。」

劉夫人聽了頷首道：「雖然妳是我的客人，但既然妳是來學習的，從明日開始，妳每日下廚做一道菜給我嚐嚐。琴、棋這兩種妳不用著急，以後有時間慢慢學習；書妳要多讀，否則妳和其他世家小姐無法交流；還有字，妳至少要有一手可以給人看的字。每日上午，我教妳世家女子必須掌握的禮儀；至於中饋，妳跟在我身邊，自然能學到點。」雖然知道肖文卿的一些底子了，但真正什麼程度，她還需要從教導的過程中瞭解，不過從目前看來，肖文卿是個可造之材。

肖文卿感激地說道：「文卿多謝夫人傾心相授，此大恩大德，不知如何報答。」

劉夫人莞爾道：「妳是讓我小弟動心的姑娘，我豈能不幫？」

肖文卿知道劉夫人是因為凌宇軒才對自己這般用心，還是很感激她，在之後的時間裡，完全把劉夫人當作自己的女先生，凡事多問、多瞭解，處處模仿高雅端莊的劉夫人。

鐮刀般的月亮在暗藍色的天空中散發橙色的輝光，桂香小院繡樓的二樓東側寢室中穿著白綢寢衣的肖文卿還在燭光下努力練字，纖細的身影在薄紗窗上映下一道優美的剪影。

「肖姑娘，您還是早些安歇吧。」被派過來伺候肖文卿的一等丫鬟水晶說道，拿起剪刀將蠟燭上過長的燈芯剪去一部分。

「水晶，我再練一會兒字，等一下妳打些水進來，然後就去安歇，我不需要人守夜。」肖文卿道，她知道做丫鬟的苦，而且她現在也是寄人籬下，不想麻煩別人，只是劉夫人還要培養她作主子的氣勢，白日裡她少不得有些小姐儀態。

「肖姑娘，夫人說您不要太焦急，一切都慢慢來。」水晶勸道，她和另一個丫鬟瑪瑙每天入夜之後輪流伺候肖文卿，肖姑娘十分溫柔，對派到她身邊的丫鬟、媳婦都很和氣。

「嗯，我知道了，等我再練一張就睡。」肖文卿道，認真對照劉夫人精心為她選的字帖練字。她腳邊的鎏金喜鵲桃花香熏爐飄著裊裊青煙，驅趕著夏夜的蚊蟲。

水晶沒有多勸，按照肖文卿的吩咐去樓下打水。

寫完最後一張字，肖文卿放下狼毫，仔細檢查自己寫的字，覺得自己最近的字大有進步。

「肖姑娘，水打來了。」水晶端著溫水上來。

肖文卿便過去洗手、洗臉，然後走進已經放下的重重白紗帷帳後，爬上掛了兩個驅蟲香囊的梨花海棠拔步床。

「肖姑娘，您好好安歇。」水晶道。「我就在隔壁，您有事就叫我。」她說著，將白紗床帳小心地壓在湘妃竹蓆下，然後拿著蠟燭慢慢離開。

涼爽的床上瀰漫著清涼的薄荷香氣，肖文卿閉眼躺著，腦中卻在回憶今日一整天所學到的知識，連續回憶兩遍才放空腦子安睡。清晨，丫鬟還沒有進來伺候，肖文卿已經醒來了，躺在床上再次回憶昨天學過的東西，然後決定今天要為劉夫人做的一道菜。廚藝，雖然富貴人家的婦人未必要親自下廚，但依然還是要掌握的。

「肖姑娘，我們進來了。」丫鬟水晶和瑪瑙在房門外先稟報一聲，得到裡面肖文卿的同意後端著洗漱物品進來。

肖文卿由著她們伺候，用過早膳之後便去劉夫人院中請安。

劉府人口不算多，正四品官階的翰林院學士劉少涵有一妻一妾，生有兩子三女。過世的元配生有嫡長子，繼妻生有一子兩女，妾室是他的青梅竹馬，生有長女。小妾柳氏性格溫順，非常安分守己，和做事公正的劉夫人很少有矛盾，由於她也是飽讀詩書之人，和劉夫人有些惺惺相惜，所以劉學士府後宅有京城後宅極少見的妻妾和睦。

「柳姨娘，早安。」當柳姨娘過來給劉夫人請安，正回答劉夫人考題的肖文卿向柳姨娘點頭致意。這些天裡，柳姨娘也過來點撥她的詩書文章，柳姨娘擅長古琴，還教導她古琴彈奏技巧。

「肖姑娘。」柳姨娘頷首謝禮，然後給端坐在羅漢椅上的劉夫人福身請安。她的女兒是劉學士的長女，已經出嫁了。劉夫人給庶出的長女尋了個家世很不錯的少年俊傑，還置辦了相當於嫁嫡女的豐厚嫁妝，所以她對劉夫人感激不盡。

「佩蘭，坐下喝茶，等文卿解說完《禮記》就彈琴。」劉夫人和悅地說道，指指自己右邊下面的位置。

「謝夫人賜座。」柳姨娘道，起身走到高背椅上坐下，仔細聆聽夫人和肖姑娘的問答。世家閨秀不需要學習四書五經，但稍微涉獵一些也是很好的。肖文卿的女紅經由她和劉夫人驗看後，認為她非常不錯，肖文卿只需再學幾種京城最新款式的衣服裁製法就可以了。

劉夫人對今日肖文卿的答題很是滿意，叫人把自己的梧桐古琴搬過來，讓肖文卿彈奏。

琴聲悠揚古樸，時而清如濺玉，時而纏如龍吟，柳姨娘側耳傾聽，臉上露出滿意的微笑。這位肖姑娘記憶力驚人，一首曲子自己只要彈奏三遍，她就能把曲子記下來，只要自己把彈奏技巧教給她，她練習個三、四遍就完全掌握。夫人從哪兒找來這麼一位絕世聰明的姑娘？可惜呀，已經名花有主了，否則可以配給學士府的兩個嫡少爺。

因為肖文卿寄住在劉學士府，凌宇軒只要有空就往六姊夫家跑。

劉學士在肖文卿到來的第三天就見過肖文卿，男女有別，他只和她寒暄了幾句便不再問話。他對肖文卿的瞭解都來自於妻妾兩人，得知肖文卿的聰慧和勤奮，覺得她如果只是為妾，岳父、岳母不會反對，只要小舅子執拗要娶她為正妻，岳父、岳母也未必不依著他。

「宇軒，你六姊也算是肖姑娘的老師了，你和肖姑娘成親之後別忘了感謝你六姊。」劉學士笑著打趣道，兩天前小舅子剛拜訪過，今日就又帶著一些禮物過來了。

「六姊夫你說得是。」凌宇軒一臉微笑道。

「宇軒，你過了年就二十有五了吧，你準備何時向岳父、岳母說肖姑娘的事情？」劉學士問道。肖文卿住在他府裡已經有三個月了，聽妻子說，她現在的才情、言談舉止完全不輸給世家培養十六年的千金小姐，打算最近帶她參加一些貴婦、貴女們的聚會。

凌宇軒喝了一口香茗，胸有成竹道：「等明年四月童試之後。」

「哦，為什麼？」劉學士好奇道。他不在意後宅多養一個人，而且妻子和妾室也很喜歡肖文卿，只是好奇小舅子為何要等到明年四月之後，一介女子和童子科考有什麼關係？

「六姊夫，我已經查清楚了，病故在任上的昌興知縣肖逸雲的遺孀和幼子，目前就居住在西陵郡長河鎮肖家村中，他家的長女確實在扶棺返鄉的時候失散了。肖夫人回鄉守寡撫養幼子之時，收養了同族的孤兒肖文樺、肖文楓兩兄弟。肖文樺現年十六歲，肖文楓十四歲，肖文卿的幼弟名肖文聰，現年十歲，他們兄弟三個打算明年參加童試。」凌宇軒道，他得到這些資料的時候心花怒放。

「肖姑娘的胞弟才十歲就參加童試，你確定不是胡鬧？肖姑娘的母親居然能把收養來的兩個兒子也培養成童生？」四旬有餘的劉學士忍不住摸了一把鬍鬚。他妻子說肖文卿有過目不忘之能，莫非肖家姊弟天縱奇才，而且這天賦還遺傳自其母親？

「我屬下收集回來的情報上說，肖文聰是長河鎮遠近馳名的天才，三歲能詩，五歲能畫，九歲時和書塾先生辯論，問得先生甘拜下風。」

凌宇軒笑道：「我打算過年之後請公假，送肖姑娘返鄉尋親，等她有兄弟考中秀才，回來就找父母親說肖姑娘的事情，請他們派媒婆去說親。」肖家只要有肖文聰，就有復興的機會；加上兩個收養來的同族少年才華也不差，肖家東山再起的機會很大。肖文卿有一個有些聲望和實力的娘家，他們的婚事才有成的機率。不過，即使肖家沒有肖文聰，或者肖文聰不成材，肖家兩個養子也不成器，他娶肖文卿的決心也不會改變，只是那樣波折會比較多、比較大罷了。

劉學士看到了凌宇軒的心思，捏著鬍鬚道：「希望岳母大人不要太刁難你和肖姑娘。」

聽六姊夫提起自己的母親，凌宇軒面容微微一沈，淡漠道：「我的婚事，她未必能掌控。」

「你還是哄著點你母親比較好，畢竟肖姑娘過門之後，還要侍奉婆婆的。」劉學士好言勸道，他始終想不明白，岳母為何始終對未來繼承家業、支撐凌氏門戶的嫡幼子如此不和善。

想起母親，凌宇軒輕輕嘆口氣，家家有本難唸的經啊……

「宇軒，你去後面探望你六姊和肖姑娘吧，我還有事要做，就不陪你去後面了。」劉學士道。最近朝廷官員有些變動，需要起草各種文書，他是翰林院學士，做的就是這種事情。

「六姊夫，前都察院左副都御史何長青皇上決定怎麼處置？」凌宇軒立刻想起了一件事情，他最近關注肖文卿和其他事情，忘了何長青瀆職案的後續處理。

「何長青嚴重瀆職，不過雖然證據確鑿，但皇上念其多年前的從龍之功，從輕發落，調戶部任司務廳郎中。」劉學士道。皇上近年年老體衰，十分念舊，對一些多年老臣頗為照顧。

凌宇軒劍眉微蹙，道：「明明瀆職罪證充分，皇上為何不治他的罪，還要繼續用他？」戶部司務廳郎中是正五品官，皇上用他難道不擔心他再次瀆職？

劉學士一臉高深莫測地說道：「君心難測，你是龍鱗衛，你只需要聽命於皇上就行。」

凌宇軒舒展眉頭，頷首道：「聰明不過帝王家，我等下臣只須聽命就是。」

劉學士知道凌宇軒了悟了，便起身道：「宇軒，我去書房，你去後院找你六姊。」

凌宇軒立刻起身拱手，道：「六姊夫辛苦了，我先去後院，讓六姊和肖姑娘做些下酒的菜，晚上和你喝一杯。」六姊夫一家對文卿有好感，這些在不久的將來都會成為文卿進入京城貴婦圈的資本。

「好。」劉學士拱手笑笑，和凌宇軒各自分開，去書房了。

「四舅老爺來了。」在屋外的丫鬟看到披著藍色錦緞披風、腰佩樸素長劍的凌宇軒快步過來，馬上向裡面稟報。

正在和肖文卿對弈的劉夫人立刻笑了起來，道：「文卿啊，我這個弟弟還從來沒有這麼勤快地拜訪過我呢。」

坐在劉夫人對面的肖文卿嘴角勾起一抹甜蜜的笑意，扭頭看到凌宇軒英姿颯爽的身影立刻起身，站在羅漢椅邊迎接他。

「六姊，小弟又過來探望妳了。文卿。」凌宇軒朝劉夫人和肖文卿笑笑，抽掉藍緞披風的繫帶脫去披風，把披風交給一位上前的丫鬟，將手中三個捆紮在一起的紙包遞上。「這是百味齋今日出爐的玫瑰酥、梅花香餅、翠玉豆糕，我買來給妳們品嚐品嚐。」百味齋的糕點是京城很有名的，每天每一種供應量都不大，人們想吃就必須提前排隊買；不過嘛，他是從不需要自己排隊的。

劉夫人接過糕點轉手遞給丫鬟，打趣道：「宇軒，自從文卿來和我作伴，我家的紫苑、紫綾都變胖了，還一個勁地說四舅舅真好，三天兩頭送吃的過來。」她生有一子兩女，紫苑和紫綾便是她兩個嫡女，一個十歲、一個六歲。

肖文卿頓時抿嘴直笑。凌宇軒每次過來都不空手，知道她還不願意接受他太多的饋贈，便經常送些水果、糕點、蜜餞過來。

「哦，紫苑、紫綾喜歡吃什麼，妳告訴我，我下次來的時候特別買給她們。」凌宇軒笑呵呵道，自從經常和這位庶姊來往後，他更瞭解以前連話都不怎麼說的庶姊了。

劉夫人立刻道：「女孩子喜歡吃的她們都想嚐嚐，你多買些過來。」

「六姊有令，小弟一定遵從。」凌宇軒裝模作樣地拱手道。

「宇軒，坐吧。文卿，妳也坐。」劉夫人道，讓凌宇軒坐到她對面，另外讓丫鬟搬來黃梨木圓腿凳，叫肖文卿坐到自己面前。

凌宇軒和肖文卿坐下後，劉夫人分了糕點，三人各吃了一塊。

喝了一口茶將滿嘴的甜味沖淡，凌宇軒望向只和自己彬彬有禮打招呼的肖文卿道：「肖姑娘，妳拜託我的事情我已經查清楚了，妳寫的信也送到了。」他派屬下去肖家村打探消息之時，就讓肖文卿寫了一份家書讓屬下帶過去。

肖文卿一聽，立刻欠身問道：「謝謝凌大人幫我尋親。凌大人，我母親可好，弟弟可好？」大家閨秀須榮寵不驚、端莊穩重，在劉夫人和房中四、五名丫鬟、媳婦面前，她努力克制自己激動的情緒。

「宇軒，你有他們的消息了？」劉夫人也很高興。

凌宇軒頷首道：「肖姑娘，妳母親肖甯氏和弟弟肖文聰現在居住在西陵郡長河鎮肖家村，還收養了肖氏同族的孤兒肖文樺、肖文楓。妳家祖產有一百六十畝良田，妳母親嫁妝中也有八十畝良田和四間商鋪，所以一家四口日子還過得去。妳三個兄弟打算明年二月一起參加童子試，照他們目前的學業水準來看，至少有一個人可以中秀才。」

「太好了，我娘和弟弟平安回到家鄉生活了。」肖文卿低語道，激動得雙手緊緊抓著她腿上裙襬。她在寫家書的時候，在家書中寫了一些小時候和母親單獨在一起的事情，以此來證明自己的真假。

「我派人詢問過妳母親，妳母親得知妳還活著十分激動，看過妳寫給她的家書確認妳的身分了；她給妳寫了回信，信使還在路上，等信送到我就拿來給妳看。」凌宇軒道，傳信的信鴿只能傳一些字條，大件物品還是需要信使。

「這真是個好消息。」劉夫人溫柔地伸手拍拍肖文卿的肩膀，女人的娘家越是興盛，在夫家就越站得住腳。對年輕的女人而言，娘家才是她們所能依仗的，娘家的興盛也許比夫家興盛更重要；既然宇軒用心打探肖文卿親人，估計也會幫扶他們一把。

「是的，這是個好消息。」肖文卿說道，感激地望向凌宇軒，纖長的眼睫毛沾著水氣，雙眸閃爍晶瑩的淚光。西陵在京城西南千里之外，山高水遠，如果沒有他的幫助，她不知道猴年馬月才能得知親人的消息，更不要說有機會返鄉尋親了。

劉夫人真心為小弟和肖文卿的未來高興，等吃了點心、喝了茶，便道：「文卿啊，妳去花園採些紅梅來插花瓶。」她頓了頓，促狹道：「宇軒，你去幫文卿挑選好看的紅梅枝。唔，文卿最好畫一幅『紅梅圖』來給大家欣賞欣賞。」

凌宇軒立刻滿臉笑容朝劉夫人拱手躬身道：「知我者，六姊也。」

肖文卿起身朝劉夫人微微福身，穩重端莊地說道：「劉夫人，文卿這就去採摘紅梅，然後作畫。」她也渴望和凌宇軒單獨說些話，而不是經常一堆人在一起聊天。

「文卿，宇軒，記得把斗篷、披風帶上，外面天冷。」劉夫人慈祥地說道，望著眼前的一對璧人微笑。

他們說話時，站在肖文卿身後的兩個丫鬟之一，水晶立刻去外間拿來了紅綢面鑲白狐毛斗篷。劉夫人讓家中針線房的繡娘、婆子們為肖文卿做了一些衣裳，凌宇軒則在外面的霓裳衣坊為肖文卿訂做了好多衣裳，這件紅綢面鑲白狐毛的斗篷就是他最近為肖文卿精心挑選的。

幫凌宇軒保管藍色錦緞披風的丫鬟又把那披風拿來遞給凌宇軒，凌宇軒穿上披風，精神抖擻朝著肖文卿一伸手，彬彬有禮道：「肖姑娘請。」在人多的時候，他總要和肖文卿保持一定距離，免得肖文卿被人說閒話。

「劉夫人，我去花園了。凌大人，麻煩你了。」肖文卿柔聲道，充滿深情的明眸望一眼凌宇軒，轉身走出劉夫人的堂屋。

水晶和瑪瑙立刻跟上，她們都知道四舅老爺和肖姑娘互許終身了，老爺和夫人也都持贊同態度，就等著丞相大人和丞相夫人同意呢。

「六姊，我陪肖姑娘採紅梅去了。」凌宇軒朝著端坐在羅漢椅上的劉夫人說道，轉身追出去。

多麼般配的一對！

劉夫人笑咪咪地喝完茶，讓丫鬟把還沒有動過的糕點都收起來，去探望住在南邊小院子裡的女兒們了。

第十六章 相會

劉學士府的花園不大，東邊種植了十幾株紅梅樹。十一月冬，紅梅陸續開放，東邊花園飄散著清冷的梅香。

「文卿，明年初，我打算請長假，陪妳去一趟西陵。」凌宇軒道。他父親凌丞相和皇上除了是君臣關係，還是多年好友。自從他成為龍鱗衛，皇上就對他很信任，他要請長假，皇上自是會允許。

「宇軒，這是真的？」肖文卿芳心一震，停下腳步，轉頭望向他的雙眸中流淌著激動，經過三個月的相處，私下裡，她已經親暱地叫他的名字了。

「是真的。」凌宇軒道。

「宇軒，你總是將一切都安排好。」肖文卿感激地說道，正如他還冒充趙明堂的時候說的，一切聽他安排就行了。

凌宇軒自信地微笑道：「因為我是男人。」他不僅是丞相之子，還是皇上給予信任和權力的龍鱗衛指揮使指揮同知。

肖文卿抿唇笑了笑，道：「大人說得沒錯。」

「文卿，妳近日學業如何？《禮記》上說張而不弛，文武弗能也，弛而不張，文武弗為也。妳別把自己綳得太緊了。」凌宇軒憐惜道。六姊經常誇文卿，連六姊夫偶爾也會誇她一、兩句，他經常過來，幾乎能看得見她的成長。她要在短短的三個月裡追趕上京城貴族千金十年內所學的學識禮儀，不容易！

「我又不需要像男子那樣熟背四書五經趕科考，學習並不如你想像的辛苦。」肖文卿笑道。對女子來說最重要的女紅和中饋她都拿得出手，琴棋書畫、貴族禮儀也有涉獵，劉夫人也把她帶在身邊教導她如何管家。劉夫人最近對她的評價是，她走出去，只要謹言慎行，別人看到的就是一個標準的名門貴族千金。

「妳聰慧過人，要是在妳母親身邊，必然已經是當地遠近聞名的女才子了。」凌宇軒為肖文卿遺憾，不過又想到，如果肖文卿順利地隨著其母返鄉，他豈會和她相遇？京城距離西陵有千里之遙，他們不可能有交集。

「女才子？」肖文卿微笑著搖頭道。「女子名聲太大只會招惹是非。」

「嗯，妳說得對。」凌宇軒頷首道，韜光養晦的人才更能保護好自己。

「劉夫人說，過幾日兵部尚書夫人六十大壽，她打算帶我去拜壽。」肖文卿道。「她安排給我的身分是劉大人故友之女，我不知道妥當不妥當，萬一被人揭穿，劉夫人會不會難堪？」

「這個身分是我安排的，我六姊和六姊夫都認可。」凌宇軒很淡定地安撫肖文卿道：「妳父親是康慶十八年的進士，那時候我六姊夫正是翰林院的普通小官員，他們有相識的機會。」劉學士只要說，和肖文卿之父肖逸雲一見如故，促膝長談了幾回，這個謊言就圓住了，至於其他的疑惑，只要等去西陵肖家村查探消息的屬下帶著肖夫人的信件回來，文卿的身分就能獲得證實。

聽說是凌宇軒安排的身分，肖文卿頓時放心了。

凌宇軒問道：「文卿，妳有沒有準備什麼壽禮？」

「一個半月前劉夫人就讓我設計祝壽圖，我畫了一幅『青松仙鶴圖』，並按照她的吩咐日夜趕工繡好了。」肖文卿道。「她告訴我會帶我去給兵部尚書夫人祝壽，我才知道那繡品是她讓我準備的祝壽賀禮。」她有些慶幸，自己在設計圖樣和刺繡的時候追求完美，沒有一絲馬虎。那青松仙鶴繡品未必盡善盡美，但也是她自從學會刺繡以來繡得最好的，劉夫人也稱讚拿得出手。

「這就好。」凌宇軒叮囑肖文卿道：「妳跟在我六姊身後，多看多學，只要經歷過幾次，妳就不會怯場了。」

「宇軒。」肖文卿猶豫了一下，問道：「何家夫人、何大少夫人、何二少夫人她們也會去給兵部尚書夫人賀壽吧？我做過何大少夫人的陪嫁丫鬟，還嫁過一次。」

凌宇軒很平靜地說道：「我正準備找個人敲打她們一下，免得她們胡說八道。」

肖文卿望見了凌宇軒眼中的冷靜和自信，柔聲道：「嗯，我都聽你的安排。」說這話時，她眼中充滿信賴和喜悅，這三個月，她充分瞭解了他要娶她為妻的決心。

「文卿，只要我們一起努力，一定能得到家人的同意和祝福。」凌宇軒安慰肖文卿道，父親一向寵他，可以說寵到要星星不給月亮的程度。

肖文卿沒有再說話，只是凝望他的雙眸流轉柔情，嘴角勾著恬靜迷人的笑意。

凌宇軒看得心醉了，心癢了，只是身後兩丈遠外還跟著水晶和瑪瑙兩個丫鬟，更遠處還有整理花園的園丁，他只能發乎情，止乎禮。

紅梅在寒冷的冬季靜悄悄地綻放著，吐著幽雅的清香，彷彿預示著他們即使遭受一些波折，必定會苦盡甘來。

劉學士府的紅梅還未完全盛開，有許多還是小花苞，肖文卿穿梭在有十幾枝樹枝向外伸展的梅樹下尋找，凌宇軒跟在她身邊也幫著尋找。

「這一枝不錯。」肖文卿踮起腳尖抓住一枝茶盅口粗的梅樹枝就往下拉，同時還要注意不能把樹枝折斷了。

「文卿，妳放手，我來。」凌宇軒立刻說道。

肖文卿立刻放手退後，指著自己挑中的梅花枝道：「這梅枝蜿蜒橫斜宛如虬龍，綻放的紅梅也比其他梅枝多，我覺得很好看，你看怎麼樣？」

「嗯。」凌宇軒伸手抓住肖文卿看中的紅梅枝，手指微微一用力，便將之折斷，將紅梅遞到肖文卿面前，他笑吟吟道：「人比花嬌。」說話時，他那黝黑深邃的雙眸流轉著深不見底的柔情。

「宇軒……」肖文卿接過凌宇軒遞來的紅梅，白如凝脂的雙頰迅速暈起了兩團桃紅色，那對纖長的睫毛半掩住充滿情意的雙眸，粉嫩的紅唇勾起了優美的弧度。

站在不遠處的貼身丫鬟水晶和瑪瑙聽著，相視而笑。她們伺候肖文卿三個月了，對她孜孜不倦的學習很敬佩，也盼望這對有情人終成眷屬。流落京城的已故某知縣之女和位高權重的丞相之子，這是多麼浪漫的故事，比京城流傳的才子佳人白話文和戲曲精彩多了。

凌宇軒在梅花樹林中轉來轉去，肖文卿便跟在他身邊一起尋找，看中了就讓他動手。凌宇軒比肖文卿高了許多，而且還隨身佩戴長劍，很順利地幫肖文卿折下五枝紅梅。

「宇軒，養在花瓶裡的紅梅開不了幾天，我們折了五枝，夠了。」肖文卿說道，善者只取所需，不能無節制毀壞他物。

凌宇軒快步返回她身邊，道：「妳房中不需要？」

「人們欣賞的是梅的清傲和暗香，花瓶中插兩、三枝足矣，一大簇，反而不美。」肖文卿道：「我們回去吧。」

對這些文人雅士的風花雪月，習武的凌宇軒只稍微涉獵一些，並不精通，聞言便回到拿著紅梅枝的肖文卿身邊。「我敢說，我六姊現在不在她院中。」他說道。六姊是個很識趣的妙人兒，她經常想法子讓他們倆有機會單獨在一起。

「我也覺得。」肖文卿左右望望，笑吟吟地指著南邊遠處的一棟小院子道：「我們去探望紫苑、紫綾怎麼樣？這些紅梅正好送給她們欣賞。她們也會作畫，大家一起來畫紅梅。」

劉夫人要的不是紅梅，而是找藉口讓她和宇軒相處。

她的決定凌宇軒無不遵從，聞言便笑道：「我好些天沒見到她們了，去瞧瞧她們是不是真的被我餵成了小豬。」知道買來的美食文卿都會分享給劉府後院的其他人，他每次都買不少，結果文卿沒有胖起來，兩個外甥女可能被他養胖了。

肖文卿頓時輕笑起來。「劉夫人那是說笑呢，紫苑和紫綾還是那樣可愛白嫩。」

「嗯，順便去瞭解一下她們的學業。」凌宇軒立刻道。他的兩個外甥女聰慧過人，容貌也上佳，七、八年後會是京城貴婦、貴女中的翹楚，劉學士府的門檻說不定會被媒婆踏破。

兩人肩並肩慢慢朝著南邊的雪蘭小院散步，丫鬟水晶和瑪瑙很安靜地跟在他們身後，盡可能地縮小她們的存在感。

肖文卿手中抓著那五枝美麗的紅梅花，輕嗅紅梅的淡雅幽香，感慨道：「宇軒，要不是今年四月的時候遇到你，我已經不知身在何地，又是何種身分了。」凌宇軒在易容成趙明堂的時候也在模仿趙明堂的性格和行事，所以如果她遇到的是真正的趙明堂，可能已經成了一名雖然普通但生活溫馨安定的平民小婦人。

「妳我有緣。」凌宇軒語氣堅定地說道。

肖文卿心湖蕩漾著陣陣暖流，勇敢地望向他低聲道：「是的，我們有緣。」他們有緣，他們目前齊心協力爭取「分」，讓他們之間有緣有分，白頭偕老。

劉學士府的兩位嫡小姐居住在後院南邊，因為她們都還小，就沒有分院而居。劉夫人還專門在院子裡開了一間書房，每日過去親自教導她們，然後讓管事的僕婦督促她們溫習功課。

肖文卿和凌宇軒剛走進她們的雪蘭小院，在裡面屋簷下的兩名僕婦就朝著他們躬身施禮，道：「四舅老爺好，肖姑娘好。」說完，她們大聲向屋裡的人通報道：「夫人，四舅老爺和肖姑娘過來了。」

屋裡的人聽見外面的聲音，很快便有一個丫鬟掀起門上垂掛的厚重布簾從裡面走出來，朝凌宇軒和肖文卿躬身道：「四舅老爺，肖姑娘，夫人也在這邊，請你們進去。」

肖文卿和凌宇軒相視而笑，一前一後進入溫暖的堂屋裡。

堂屋稍微有些暗，不過由於燒著兩個炭盆，屋內非常暖和。肖文卿和凌宇軒各自脫下身上的披風交給跟著他們進來的水晶和瑪瑙。水晶和瑪瑙接過後，和這屋裡的一個丫鬟暫時退下去。

「六姊。」、「劉夫人。」凌宇軒和肖文卿向坐在屋內正座上的劉夫人施禮。原本坐在她身邊的兩個小少女立刻稍微離開一些，等他們行完禮，立刻上前分別給凌宇軒和肖文卿福身。

「你們兩個怎麼想起過來這邊了？」劉夫人笑道，指指自己旁邊的兩張墊了錦緞坐墊的雕花梨木座椅上。

「六姊，我順道過來看看兩個外甥女，看她們是不是真的長胖了。」凌宇軒笑著一拱手，坐上左邊第一張座椅上，望望兩個外甥女，便道：「紫苑、紫綾，妳們還是老樣子，看來四舅我帶來的糕點還不夠多，下次，我多帶點過來，把妳們倆養成白白胖胖的小豬仔。」

「四舅。」已經懂得美麗為何物的劉紫苑立刻跺腳害羞地說道：「娘，您看四舅，他居然希望我和妹妹胖成豬。」十歲的她長得和劉夫人頗為相似，丹鳳眼，偏圓的鵝蛋臉。

站在劉夫人面前的小女童立刻道：「四舅真好。娘，我可不可以讓四舅多帶點雞蛋酥皮肉餅來？」她梳著兩個包包頭，圓臉胖嘟嘟、白嫩嫩，眉眼如畫，嘴唇嫣紅，穿著紅綢衣裳，脖子上套著黃金瓔珞圈，就像年畫中的福娃娃。

劉夫人還沒有說，凌宇軒立刻道：「雞蛋酥皮肉餅？要不要再帶點糖年糕，紅豆酥……」他一口氣報出七、八種美味糕點來，頓時饞得只有六歲的紫綾小嘴一動一動的，開始流口水了。

肖文卿笑道：「凌大人，你就別故意引誘小孩子了。夫人，我和凌大人採來了紅梅，看著雪蘭小院離得近，便過來探望紫苑和紫綾。」她詢問劉夫人。「這些紅梅美不美？要不，就插在這邊的花瓶裡好了。」

「紫苑。」劉夫人立刻把詢問的目光投向自己的嫡長女紫苑。她時刻培養女兒們的獨立處事能力，女兒們院子裡的事情，她盡可能不插手。

劉紫苑馬上道：「肖姨，這些紅梅是花園東邊採來的吧，好漂亮，沒想到我和紫綾四、五天沒去那邊，紅梅已經開了。」她轉頭對房中一個十一、二歲的小丫鬟道：「杜鵑，妳去拿個漂亮的花瓶來。」

那十一、二歲的圓臉小丫鬟立刻道：「是，二姑娘。」

劉夫人道：「紫苑，我很久沒有看妳畫畫了，不如妳和文卿每人畫一幅『紅梅圖』出來。」劉家是翰林世家，劉家的女兒琴棋書畫都要超過普通世家姑娘才行，否則有損娘家名聲。

劉紫苑便道：「娘，您不是讓我出醜嗎？」

她妹妹劉紫綾立刻道：「二姊畫畫很好看，不醜。」

劉紫苑立刻道：「妹妹，肖姨畫得更好看呀！我和她比試繪畫不是獻醜嗎？」肖姨已經是大人了呀。

肖文卿微微一笑，道：「紫苑妳過謙了。」由於她在黃林知府老夫人身邊伺候的時候，老夫人曾讓她學習畫繡花圖樣，所以她的繪畫還算可以，不過也只是可以，談不上意境不意境，哄哄外行人可以，在高手眼中頂多算個畫匠。

「只是讓妳們繪畫，圖個風雅，又不是讓妳們比試。」劉夫人風趣地說道：「就算有輸贏，我也沒有獎品。」

劉紫苑聽著，開始吩咐她院中的丫鬟、婆子們，去書房把筆墨紙硯一併拿過來。天氣寒冷，她們要是去書房的話，書房那邊又要點燒炭盆，而且一時半刻書房也溫暖不起來。

劉紫苑的丫鬟杜鵑拿來一個大肚卷口花瓶，還拿來了剪刀。肖文卿走到放著花瓶和剪刀的桌前，開始修剪紅梅枝，然後順著感覺插花，調整梅花枝之間的高低位置。凌宇軒、劉夫人和劉家兩位小姐便安靜地旁觀著，等待欣賞插好的紅梅。

丫鬟、婆子們輕手輕腳地端來兩張書案，放在房中光線最亮的地方，把筆墨紙硯擺在書案上，然後悄悄地退到一邊。

將挑選好的紅梅遵循一定的美感插入花瓶，調整好位置，肖文卿退後兩步欣賞了一下，再小心地捧到兩張靠在一起的書案上，請大家欣賞。

劉夫人點頭道：「可圈可點，妳的插花手藝在我所見過的夫人、姑娘當中，可以排在前列。」雖然她不是最好的，但也是比較優秀的。

凌宇軒很悠然自得地說道：「六姊，她這樣已經足夠了，以後，她有的是時間練習這些。」官夫人除了和其他官夫人往來交流外，平日都待在後宅。他的後宅會因為只有一個女人而非常安靜，文卿有大把的時間讀書練字、繪畫繡花。

劉夫人並不知道凌宇軒對肖文卿的承諾，聞言頷首道：「女人家最重要的還是相夫教子，管理中饋，其他的，稍微涉獵一些就夠了。」肖文卿只要再經歷過幾次貴婦、貴女們的應酬，氣質再高雅自信些，便可以出師了。

第十七章　圈子

臘月初三，一大早，肖文卿就起床了，先用過早膳，然後去劉夫人那邊請安，再回房重新梳妝打扮。今日，劉夫人就要帶她和劉紫苑、劉紫綾一起參加兵部尚書夫人的六十大壽壽宴。

面對明晃晃的梳妝銅鏡，肖文卿再次打量自己，看自己妝容是否得體。她梳著少女的垂鬟分肖髻，髮髻上斜插著累絲紅寶三尾翎金鳳啣紅珠步搖，點綴了兩朵精緻的多瓣金花，小巧柔軟的耳垂上綴著紅色珊瑚珠，頸項上套著黃金瓔珞圈，左手腕套了一只赤金紅寶扣環手鐲；劉海遮住她雪白額頭，她柳眉畫黛，睫毛纖長濃密如兩把小扇子，杏眼秋水盈盈流轉生輝，瓊鼻如懸膽，抹了粉紅口脂的菱唇水潤飽滿，編貝玉齒潔白無垢。

替她梳髮的水晶誇讚道：「肖姑娘，您今天格外漂亮。」

肖文卿對著銅鏡淺淺一笑，緩緩起身道：「水晶、瑪瑙，我們去劉夫人那邊。」

「是，肖姑娘。」水晶說著，快速整理梳妝檯。

瑪瑙取來了孔雀紋大紅羽緞披風，小心地替肖文卿披上。

肖文卿繫好披風帶子，帶著兩個丫鬟前往劉夫人院中。今日是她第一次出現在京城諸多貴婦、千金面前，她要步步小心，不能讓恩人劉夫人丟臉，也不能讓自己和肖家丟臉。

劉夫人這邊已經準備好了，劉紫苑和劉紫綾也已經到劉夫人面前。

劉紫苑梳著雙丫平髻，左右點綴了粉紅色堆紗宮花，雙耳戴了一對綠豆大的金耳釘，左手腕套著一只和肖文卿手腕上一模一樣的赤金紅寶扣環手鐲，穿著淺紅色的交領襦衫和百褶桃花裙。劉紫綾兩邊梳著包包頭，包包頭上各戴了一支金蝴蝶髮鈿，未打耳洞。她上穿粉紅斜襟衣裳，下穿褲管繡金線蝴蝶的長褲。姊妹倆都戴著黃金瓔珞圈，瓔珞圈下還都懸掛著一塊鴿子蛋大小的紅寶石。

「哇，肖姨好漂亮！」看到肖文卿進來，劉紫綾叫了起來。

肖文卿笑道：「紫綾妳今日又可愛、又漂亮。」劉紫綾白白胖胖，皮膚嫩得幾乎能掐水。她還小，不用胭脂水粉，照顧她的奶娘就給她在眉間點了一個朱砂紅，襯得圓潤喜氣，想來兵部尚書夫人看到她也感到喜氣洋洋。

「肖姨。」劉紫苑向肖文卿打招呼，雙眼透著羨慕。何時，她才能長大，如肖姨一樣美麗淑雅？

劉夫人嘴角含笑地望著肖文卿，微微頷首。肖文卿上穿湖藍色的緞織掐花對襟外裳，下穿繡蝴蝶牡丹的袘地長裙，纖細的柳腰上束著寶藍色的蝴蝶腰帶，腰間繫了一塊羊脂鏤空玉珮，含蓄高雅、柔美青春。肖文卿身上這套是她挑選的，當時就覺得適合，現在看著感覺簡直是根據肖文卿氣質量身訂做的。肖文卿身上的孔雀紋大紅羽緞披風是凌宇軒送的，他對女裝不大瞭解，不會挑布料，進入冬季後就連續送了幾件高檔披風和斗篷。

確定大家都準備好了，劉夫人便帶著肖文卿和她的兩個女兒，還有一干需要隨身伺候的丫鬟，一起前往兵部尚書府。

兵部尚書府前院由兵部尚書的兒媳婦、孫媳婦們接待貴客，然後領著貴客們去後院正廳拜見老壽星。進入兵部尚書府後，劉夫人遇到了好幾位熟悉的夫人，便停下來和她們寒暄，向她們介紹自己的女兒和肖文卿。對方大多也帶著未婚的女兒或者自己的兒媳，她們也是如此將自己女兒和兒媳介紹給其他夫人們。

後宅正廳裡，老壽星展夫人頭戴正二品夫人釵冠，鑲翠玉棕綢額帕，外罩金壽字暗紋棕色錦緞外裳正襟危坐，身邊圍繞著一群少女，下面左右兩排座椅上坐了很多滿頭珠翠、身穿華服的貴夫人，她們身後、身側大多站著一、兩位衣裳華麗的年輕女孩。主賓們笑語盈盈，青衣丫鬟們如蝴蝶般穿梭，不斷端茶送水、上糕點。

「翰林院劉學士之妻凌氏攜女拜見展夫人，祝展夫人福如東海、壽比南山。」由展夫人三兒媳迎進來的劉夫人進入正廳之後，便領著兩個女兒和肖文卿向坐在上位的展夫人福身行禮。

肖文卿行不動裙，螓首微微低著，看起來和其他世家閨秀一樣端莊優雅。她在踏進正廳的瞬間飛快地望了正廳的眾人一眼，看到這裡並沒有她認識的人，便暫時放下心來。

展夫人立刻笑道：「劉夫人免禮。妳今日把小女兒也帶來啦，難得。妳身後那位少女我看著很眼生呀。」

劉夫人溫雅地起身，柔聲介紹道：「展夫人，次女劉紫苑，三女劉紫綾。」

劉紫苑和劉紫綾立刻上前重新拜見展夫人。「紫苑（紫綾），祝夫人福如東海、壽比南山。」因為平日在家練習，她們行禮的動作嫻熟標準。

「好好好，劉夫人，妳的兩個女兒就像畫裡的玉女、龍女，看著就是有福氣的人。」展夫人笑著點頭，朝六歲的紫綾招手道：「我記得上次看到紫綾小丫頭還是她兩歲的時候吧？幾年沒見，她越發的可愛了。紫綾，過來，讓奶奶瞧瞧。」劉學士家的兩個女兒，尤其是小的，長得胖嘟嘟、白嫩嫩，看著就讓人手癢。

「是，奶奶。」劉紫綾望望母親，很乖巧地走上前去。

展夫人伸手摸摸劉紫綾白裡透紅的嫩頰，笑道：「真是乖孩子，奶奶喜歡。」說完，她朝身後招招手。「荷香。」

「夫人。」她身後的一個丫鬟立刻端著托盤走到她們面前。這托盤上擺放著十幾個色彩繽紛的荷包，想來就是為小客人們準備的。

展夫人拿起一個荷包遞給劉紫綾，慈祥地說道：「小小玩意兒，妳拿去玩吧。」

快速望一眼母親，看到母親微微頷首，劉紫綾便接過來，嘴甜地說道：「謝謝奶奶。」

展夫人把劉紫苑也叫到面前，拿了一個荷包賞給她。

劉夫人等展夫人和自己女兒們說完話，笑著介紹道：「展夫人，這位姑娘姓肖，名文卿，是我家老爺故友之女，暫住我府上。」她又對肖文卿道：「文卿，妳快拜見展夫人。」

肖文卿上前兩步，朝著兵部尚書夫人屈膝行萬福禮，道：「文卿拜見展夫人，祝夫人日月昌明，松鶴長春。」

展夫人仔細端詳肖文卿，頷首慈祥地說道：「是個秀外慧中的姑娘。文卿姑娘，妳是哪家的女兒？」眼前的少女極為秀美，妝容得體，舉止從容，看得出是經過嚴格教養的好人家女兒。

「夫人，文卿是西陵長河鎮人士，父親名諱肖逸雲，曾任昌興知縣，現已經過世。」肖文卿說著，再次朝展夫人施禮。「今日是夫人六十大壽，文卿說話若是衝撞了夫人，還請夫人原諒。」

展夫人一邊笑著搖頭表示不介意，一邊努力回憶肖逸雲為何人，她沒有想出來，料定肖家是小門小戶，便問道：「妳祖上可還有做官的？」

肖文卿答道：「文卿幼時聽母親講述家譜，提到文卿先祖當過御史、高祖父當過吏部郎中、曾祖父當過知府，只是祖父體弱多病，未能繼承家業。」

有完整的家譜，祖上連續三代做官，估計現在是家道中落了。正廳的眾人認真打量肖文卿，年紀大些的努力回憶本朝百年前、幾十年前是否有姓肖的。一名年紀和展夫人差不多的老夫人遲疑道：「肖御史？我家老爺曾經提起過，太祖皇帝當年朝中有一位秉性剛硬清傲的御史，敢當面提出太祖皇帝的不是。」

「秦夫人，妳家老爺就是右副都御史，想來對督察院的前輩有些瞭解。」另外一名五十來歲的夫人說道，望向肖文卿的目光有些和藹起來。五代男子有四代任官職，也算得上是官宦世家了，不過子嗣稀少無以持續，現在中落了。

「文卿姑娘，妳家可有兄弟？」展夫人笑容滿面地詢問道，只要有兄弟，只要兄弟有才，肖家不是沒有復興的機會。

「夫人，文卿有個弟弟，母親又收養了兩個同姓的孤兒。」肖文卿微笑道。「他們都在認真讀書。」

眾人聽了，知道肖家正在努力復興。她們還想詢問什麼，展家的一個兒媳婦領著數名貴婦人進來了。「桂香。」展夫人道。她身後另一名托著盤子的丫鬟立刻應聲過來。

展夫人拿起一個紅色荷包遞給肖文卿，道：「姑娘，以後讓劉夫人多帶妳出來走動，這荷包裡是根簪子，年輕姑娘們戴著挺合適的。」給小女孩的荷包裡是兩個刻著吉祥字小金錁子，給年輕少女們的荷包裡裝著展家為這次壽宴送人而專門打造的精美簪子。

肖文卿接過展夫人遞過來的荷包，福身道：「文卿謝過展夫人。」等展夫人點頭，她不緊不慢地走到劉夫人身後，和劉紫苑、劉紫綾站在一起。

展夫人招待前來拜壽的新客人，劉夫人左右的貴夫人們紛紛低聲詢問她肖文卿的事情，還讓自己的女兒或者兒媳和肖文卿以及劉家小姊妹認識。

正廳的人越來越多，而冬季時候門窗都管得比較嚴實，有夫人便提議，讓年輕人出去走走。這裡年紀大的貴夫人們也嫌這裡人多氣悶了，聽到建議立刻贊成，讓自己身邊的年輕婦人或者姑娘們出去走動，自由說話。

「文卿，妳帶紫苑和紫綾出去走走。紫苑，好好幫襯著妳肖姨。」劉夫人認真叮囑道。

肖文卿立刻道：「夫人放心好了，我會帶好紫綾和紫苑的。」其實也沒有什麼好帶的，兵部尚書府現在到處都是人，人們都在等待吉利時辰一起去前面正廳正式給壽星祝壽，不會去偏僻的地方；在這種場合，出身高貴的女孩子們都努力保持自己最優雅的一面，絕對不會出現吵嘴的事情。

劉紫苑朝母親擠擠眼，低聲道：「我照顧肖姨，妳要告訴四舅，以後別忘記謝我。」她雖然年紀小，但已經大致知道四舅突然很勤快往自己家跑的原因了。

肖文卿頓時臉上微微一紅，有些尷尬。

劉夫人低聲笑道：「小機靈鬼。我知道了，一定讓妳四舅找機會謝妳。」

只要肖文卿今日表現不差，很快就會被京城貴婦、貴女接納，就算肖文卿當過丫鬟，別人只會說她遭遇坎坷，不忘祖先風骨，逆境成長。肖文卿唯一讓人覺得棘手的是嫁過人，雖然肖文卿不僅是清白之身還是自由身，但畢竟是嫁過人了；不過這和她沒有關係，她小弟會處理，她只需要接受小弟的請求培養肖文卿，把肖文卿帶進貴婦、貴女的圈子就行。

兵部尚書府的花園裡已經有很多女眷在遊園了，肖文卿和劉家姊妹在花園中慢慢走動，然後便有少女主動和她們結識並攀談起來。

「肖姑娘，妳今年多大了？看起來比我小呢！」一名裹著白狐斗篷的清麗少女問道，她身邊有四個裹著各色華貴斗篷的美麗少女，再後面還有六個青衣丫鬟。

「崔三姑娘，我今年十六了。」肖文卿道，她本來記性就好，此刻又努力認識周圍的人，所以別人介紹給她認識的貴婦、千金，她馬上記得清清楚楚，一個都不認錯。

「肖姑娘，妳什麼時候到京城的？妳的京城話說得真好，一點也聽不出有外地口音。」穿著紅緞斗篷的美豔少女驚訝地問道。

「崔六姑娘，我一年多前到京城的，京城話聽著清脆索利，我感覺很好聽，就認真學了。」肖文卿道。

「肖姑娘到京城一年多了，一直住在劉大人府上嗎？劉夫人怎麼到現在才帶妳出來走動呢？」崔三小姐笑道。

「早知道劉大人府藏著個絕代佳人，我們早該去拜訪了。」脖子上圍著狐狸圍脖，雙手攏在袖管中的少女笑嘻嘻地說道，她十五、六歲模樣，雙頰還帶著一點嬰兒肥。

肖文卿搖搖頭，實事求是道：「我三個月前才到劉府的。」脖子上圍著白狐狸圍脖的少女姓管，其父是通政使，其母是崔家女，所以她和崔家小姐們走得很近。

崔三小姐剛要追問，劉紫苑拉拉她的斗篷，仰著臉問道：「崔三姊姊，我聽我母親說，妳說人家了，是真的嗎？那人英不英俊？和京城四俊比起來如何？」

崔三小姐立刻雙頰泛起紅暈，扯回自己的斗篷，嬌嗔道：「妳這小丫頭，人還未及笄，就打聽這些，羞不羞？」

劉紫苑眨眨眼睛，轉頭對別人道：「崔三姊姊害羞了，各位姊姊不如說說，那位公子英俊嗎？比起我四舅，比起齊家大公子、展家小四公子，還有龍家大公子，如何？」京城四俊是，丞相之子凌宇軒、文華閣大學士之子齊雲深、兵部尚書之孫展飛揚、鎮國將軍之子龍少陵。

「京城四俊呀……」崔六小姐想著，眼神越來越亮，彷彿是兩顆黑色的璀璨寶石。

康慶三十二年元春，皇上帶著太子在皇宮凌霄殿大宴眾朝臣。高談闊論之際，有人心血來潮，將眾朝臣的兒子一個個提出來讓大家評論，看誰有能力子承父業。眾人議論紛紛，最後認為，雖然那些兒子們未必都能子承父業，但丞相之子凌宇軒、文華閣大學士之子齊雲深、兵部尚書之孫展飛揚、鎮國將軍之子龍少陵，此四人十年之後必定是朝中的棟梁。皇上當時也喝多了，真的命人把他們四個傳到大殿上來讓眾人瞧瞧。那四位年輕人往大殿上一站，容貌俊美，各有風采，於是皇上大笑著說道，他們乃京城四俊也。於是，京城四俊的名聲就傳開了。

「劉二姑娘，凡夫俗子豈能和京城四俊相提並論？」崔家五小姐誇張地嘆口氣。「普通女子豈能配得上他們。」

肖文卿聽了，心中很是震驚，然後心情有些沈重，彷彿有一塊大石頭壓在自己的心口。

「四俊中，現在凌四公子最有出息，已經是龍鱗衛指揮使司指揮同知了，是從三品大官，假以時日，也許能成為統領京畿的大將軍。」崔三小姐繼續道。她年紀是這些人中最大的，跟著母親出席的各種茶會遊樂次數最多，所以瞭解的事情比妹妹們多些。

崔六小姐從幻想中回過神來，急切道：「有傳聞說景甯公主和景陽公主都喜歡凌四公子，求自己的母妃找皇上、皇后作主。」

兩位公主都喜歡宇軒？肖文卿雙手握拳，緊緊的，修剪圓潤的指甲刺進了掌心裡，而她覺得不疼。突然感到有人拉了拉自己的斗篷，她低頭，便看到了劉紫苑關心的眼神。

劉紫苑聽到崔家小姐們和管家小姐的議論，發現肖文卿臉色有些發白，有些後悔自己拿京城四俊岔開話題了，可是她不能出聲提醒肖文卿別失態，只好拉拉肖文卿的斗篷。

被劉紫苑提醒，肖文卿也發現自己心神亂了，立刻不動聲色地微微點頭，收拾好自己煩亂的心情，平靜地聆聽別人議論，做出一副比較感興趣的樣子，並在恰當的時候主動和她們搭話，盡可能顯示自己的學識和修養。

「咦，怎麼是妳，妳怎麼會在這裡？」突然，肖文卿的左邊傳來了一個她很熟悉的聲音，肖文卿聽得頓時身子一震，挺直了腰背轉頭望過去。

一名年輕貴婦人帶著一個僕婦和一個丫鬟腰肢款款地走了過來，臉上帶著淡淡的笑容。

「我說看著眼熟呢，果然是妳。」年輕貴婦人上下打量肖文卿，說話的語氣很是驚訝，眼中則充滿不敢置信。

肖文卿眉頭微微蹙起，泰然自若地站著，目光快速掃了對方身後的一名僕婦，頓時有了幾分暖意。

「何大少夫人，妳來了。妳認識這位肖姑娘？」崔三小姐很驚訝地問道，其他小姐們也紛紛望向年輕貴婦人。她們中有的認識她有的不認識，不過能進入兵部尚書府後宅的外女，應該是夫家或娘家有些身分的，所以她們中不認識她的也不敢太小瞧。

年輕貴婦人何大少夫人尖酸地說道：「肖姑娘？哦，認識，曾經很熟悉。」說著話時，她斜插雲髻的喜鵲登枝啣珠金步搖激烈搖擺著。

這人說話的語氣……

諸多少女們聽著紛紛微蹙眉頭。

「何大少夫人，肖姑娘，原來妳們認識呢。」管家小姐笑嘻嘻地說道，眼中閃著好奇，臉上帶著純真。

「管姑娘，原來妳也在呢。」何大少夫人認識管家小姐，立刻滿臉笑容道：「四個月沒見，妳更漂亮了。」在公公出事之前婆婆帶著她拜訪過通政使夫人，她認識了通政使唯一嫡女，還和她說過幾句話。

管家小姐笑道：「謝謝何大少夫人誇讚。」

肖文卿微微頷首，淡定地回答管家小姐的話道：「認識。」說完，她朝著何大少夫人微微一福身，道：「何大少夫人，好久不見，妳近日可好？」何大少夫人披著一件藍緞雲紋的披風，梳著雲髻，髮髻上戴著其最喜歡的金步搖，插著精美的華勝，點綴了兩支梅花金簪，配戴鑲嵌藍寶石的耳墜，端是華貴逼人。

「肖姑娘，我還以為，妳會說不認識呢。」何大少夫人倨傲地說道，緩緩走近肖文卿，望著肖文卿的雙眸中隱藏深深的憎恨和滿滿的妒忌。

「何大少夫人，謊言總會有被揭穿的時候。」肖文卿從容淡定地說道，眼睛又一次望向何大少夫人的身後。她曾經共事一主的姊妹春麗如今髮髻插著金釵、金簪，左邊戴著金絲串起來的珍珠花，耳珠上戴著一對圓潤晶瑩的珍珠耳墜。

眾多少女聽肖文卿和何大少夫人的對話有些蹊蹺，都在默默旁觀，知道何大少夫人是誰的少女，低聲向不認識何大少夫人的同伴介紹她。

「春喜……」何大少夫人冷漠道，眼中閃爍濃濃惡意。

肖文卿望著她，心中一沈。

「小姐，您有什麼吩咐？夫人叮囑，您如果身子不舒服，可以早些回家。」站在何大少夫人身後的春麗立刻搭話，走上前一步，朝著何大少夫人微微躬身，等待吩咐。

春麗將「夫人」說得很重，何大少夫人嘴唇翕動，目光游移閃爍。

「小姐，我們出來有一會兒了，不如回夫人那邊去。時間不早了，也許夫人們就要跟著尚書夫人去前院正廳。」春麗委婉地說道，伸手去扶何大少夫人。小姐的京城話還帶有一些黃林地方口音，「春喜、春麗」的發音有時候聽起來會混淆，她希望那幾位貴族千金以為小姐剛才叫的是「春麗」而不是「春喜」。

「嗯，快到中午了。」何大少夫人定定神，臉上突然露出溫和的笑容。「肖姑娘，不如，我們同行吧。」

「何大少夫人盛情邀請，文卿怎麼敢推卻。」肖文卿微微頷首，低頭問劉紫苑和劉紫綾。「紫苑、紫綾，我們回去如何？」有些事情是遲早要面對的，早些面對省得自己一直提心弔膽。

劉紫苑不知道肖文卿和何大少夫人之間有什麼恩怨，見肖文卿問自己，便道：「好。」六歲的劉紫綾在家中已經被母親叮囑，到外面不可以亂說話，事事要聽大人的，大人不在身邊就聽姊姊的，所以她看肖姨和姊姊都說回去，便道：「我也回去。」

得到她們的同意，肖文卿又問進入花園後便主動搭訕自己、然後就一直說話的幾位貴女她們是否一同回去。眾位貴女多少都知道何家最近被皇上問罪過，不太願意和何家大少夫人搭訕，紛紛搖頭，告別後各自散開。

看得出貴女們眼中隱藏的疏離，肖文卿心中感嘆，現實很殘酷。何大少夫人再次被人冷落，粉臉上布滿怒意，對著她們的背影低聲狠狠道：「狗眼看人低！」

肖文卿聽著立刻微微皺眉，這種粗俗俚語豈能是大家閨秀可以說的，還是在別人府中？

「肖姑娘，我家小姐有時候會突然脾氣變暴躁，還請妳多多諒解。」春麗突然求情起來。春喜看起來現在過得很好，她希望春喜能體諒小姐的情緒不穩定。

見春麗主動和自己說話，肖文卿立刻道：「我知道。」春麗的氣色很好，想來並沒有遭到小姐和姑爺的苛待。

看到她們開始說話，何大少夫人嬌豔的臉上立刻布滿陰鬱之氣，她冷冷道：「春麗，不許亂說話。」

發現小姐對自己不滿起來，春麗趕緊道：「是，小姐。」

尚書府後宅最大的正廳裡，一眾貴婦人們還在喝茶閒聊，等待男人們下朝趕過來，然後正式拜壽、開宴席。正廳周圍除了丫鬟、媳婦、婆子，就是一些感覺無力氣悶，走出來說話散步的各家姑娘和她們帶在身邊的丫鬟。

「紫綾，紫苑，妳們兩個過來這邊說話。」一名站在正廳西側一棵青松下說話的華服少女朝著肖文卿這邊招手，她的身邊有三名衣裳華貴的年輕姑娘。

劉紫苑立刻低聲道：「肖姨，那個說話的是我大姨媽的女兒，蔡家大小姐蔡佳玉，我大表姊。她身邊的那三個姑娘我只認識一個，就是她的堂妹蔡雨晴，那個穿著淺綠色衣裳的。」貴族世家之間相互聯姻，很多人家彼此間都是有連帶關係的親戚。

肖文卿一邊跟著劉紫苑姊妹走過去，一邊用心記住蔡佳玉和蔡雨晴的名字跟容貌，只要她這樣用心記一回，下次看到一定能想起。

「紫苑，妳身邊的這位姑娘就是六姨媽說的肖姑娘吧？」蔡佳玉對劉紫苑道：「我剛才在屋裡的時候，六姨媽就跟我說，肖姑娘帶著妳和紫綾出去了。」她的母親是外祖母丞相夫人的嫡長女，向來看不起庶出的姨媽們，所以姊妹情很淡，出嫁之後很少和姨媽們來往。她和劉家的兩個小表妹已經半年多沒有見面了，要不是這次在兵部尚書府見面，大概需要等到春節去丞相府拜年才能遇到。

「是的。」劉紫苑介紹道：「肖姨，這位是我的大表姊，蔡家的大小姐蔡佳玉，那位是我大表姊的堂妹蔡雨晴，在蔡家同輩姊妹中排行第四。」

「蔡大姑娘，蔡四姑娘。」肖文卿有禮地朝她們淺淺福身。

蔡家兩位姑娘又熱絡地開始介紹她們的手帕交，那幾位年輕貴女看在蔡家姑娘和劉學士家兩位姑娘的面子上，對肖文卿也很和善。

這時候，蔡佳玉好像才看到跟著肖文卿一起過來的何大少夫人，驚訝道：「紫苑、紫綾，肖姑娘，這位夫人是妳們的朋友？」

「不認識。」劉紫綾噘噘嘴道：「這人會罵人。」

「妹妹！」劉紫苑趕緊阻攔道：「妳不可以亂說話，母親會生氣的。」

小孩子不會說謊呢！蔡家姊妹和周圍幾名貴女頓時鄙夷地望向何大少夫人。

何大少夫人被她們鄙夷的目光望得面紅耳赤，吶吶著，不知道要不要介紹自己，或者一言不發，很尷尬地走開。

春麗雖然心中嘆氣，為她小姐擔憂，但一來小姐確實罵人了，二來她人微言輕，在貴族小姐們面前亂說話，只會被別人說小姐治下不嚴。她把請求的目光投向肖文卿，希望她看在曾是主僕的一些情分上，幫一幫小姐。

肖文卿見狀，只好解圍道：「紫綾，何大少夫人性子比較直，因為我的事情心中煩躁，一時說錯話，妳就別記在心上了。」

因為她的事情？眾人疑惑地望向她，春麗頓時面露感激，何大少夫人雖然心中有怒有恨，但不敢當著這些出身高貴的小姐們發作。

「我和何大少夫人認識，因為有一些小糾紛，所以她看到我心情就不太好。」肖文卿道，轉身望向何大少夫人，微微點頭。「何大少夫人，妳身體不太好，還是回裡屋歇息去吧。」

見肖文卿給了梯子，春麗便連忙道：「小姐，外面有些冷，我們進裡屋去。」

何大少夫人連續兩次被貴族千金們冷落，心中壓著一大團火，不過她還記得自己的身分，聞言便道：「肖姑娘，我們距離上次見面有四個多月了，不如，我們找個時間聊聊。」

肖文卿現在混得不錯，還結識好幾位貴族千金了……

肖文卿聽著，微微一笑，道：「何大少夫人，真對不起，我離家很久了，十分思念家中的母親和弟弟們，最近準備回家鄉，無法和夫人約時間了。」由於她急著回家，宇軒說等過了年就帶她返鄉尋親。西陵在京城千里之外，需要跋山涉水，老天可憐一路順風順水的話，估計也要走上一、兩個月，也許能正好趕上她兄弟們參加童試。

「哦，妳家在何方？」何大少夫人陡然好奇起來，據她所知，肖文卿五、六歲的時候就被人轉賣了，賣到她父親府中時是七歲，肖文卿還記得自己的家鄉和親人？

「西陵長河鎮肖家村。」肖文卿道。雖然她兩歲時和母親一起隨父親去昌興，但一直都沒有忘記自己的家鄉，更何況她父母擔心她忘記家鄉，經常和她提起家鄉種種呢。

「那很遠吧？」蔡家大小姐蔡佳玉關切地問道，在場的小姐、夫人大多也就知道琴棋書畫，對地理一竅不通，根本不知道西陵在哪邊。

「很遠，據說乘船坐車順風順水最少也還需要一個半月時間。」肖文卿道。

「好遠啊。」劉紫苑道，京城和西陵之間一來一去，豈不是最快也要三個月？

「要好久都看不到肖姨了。」劉紫綾仰著臉道。「肖姨，我會想妳的，妳要早些回來。」

肖文卿微微一笑，她能不能回來，那也要看宇軒的努力和宇軒家族是否接受她了。最好永遠別回來，最好死在路上！何大少夫人陰狠狠地想道。

「小姐，我們回裡屋去。」

看得出眼前這些貴族千金都無聲地排斥自家小姐，春麗便提醒何大少夫人，她不希望自家小姐被人奚落，甚至自取其辱。

何大少夫人聞言便道：「肖姑娘，那麼期待我們以後還有見面的機會。」說完，她朝諸位千金小姐微微頷首，由春麗扶著，姿態優雅地離開了。

一個讓大家都不太想交流的夫人走了，眾多少女們站在青松下說話，逐漸吸引了其他少女們過來湊熱鬧。出身高貴的少女們相互介紹自己認識的，結識新朋友，很高興地透過這種方式開拓自己的交友圈。

第十八章 融入

貴女們在院中快樂地交談著，前院快步走來幾個婆子，到正廳拜見老壽星和眾家夫人，說老爺、公子們已經陸續下朝了，很快，其他和老爺、公子交好的官員們會過來給老壽星拜壽。老壽星需要準備準備，去前堂接受眾人的正式祝壽。

坐在裡面交談的夫人們紛紛走出了正廳，少女們也陸續返回到自己母親的身邊。兵部尚書夫人展氏右手拄著杖端雕刻壽星托桃的紅木枴杖，朗聲笑道：「各位夫人們，請隨老身去前堂坐坐。」她的嫡孫女展二小姐扶著她的左手臂。

「老壽星先請。」眾貴婦、貴女齊聲說道，簇擁著老壽星，如眾星捧月。在後院附近的一些夫人和貴女得到通知，也陸續趕過來了。

人生難得有此風光的展老夫人開懷大笑，領著一眾人去前院，接受客人和兒孫們的祝壽。

前院的僕人看到後院走來了一大票貴女，馬上敲鑼打鼓，吹奏歡快的祝壽曲，府門外更是噼哩啪啦地響起鞭炮聲。

前院到處張燈結綵、披紅掛綠，大廳正面牆壁上掛著巨大的紅底泥金黑「壽」字，左右對聯是——〈松峰批歲月開筵依北極如梅花挺秀，鶴語寄春秋祝壽頌南山似松柏長青〉。大廳上首位擺放著一張紫檀木長方桌，左右兩邊各放了鋪著錦繡紫檀木太師椅，下面兩邊擺放著二十幾張高背紫檀木座椅，座椅之間隔著紫檀卷草紋茶几。

展尚書已經換下朝服穿上紫色錦袍，帶著兒子、孫子們站在正廳之上。兒孫們見到展老夫人過來，紛紛見禮；展尚書見到老妻過來，笑著祝她六十大壽安康如意，領著她坐上左邊的太師椅，然後和同輩的、品階高的夫人們寒暄，請她們到左邊坐下，最後自己坐到了右邊太師椅上。展家的幾個兒子、媳婦熱情地招待著來到大廳的男客和女客，丫鬟們魚貫而入，給老爺、夫人和有資格坐下來的客人們上茶。

同輩的夫人們在後院正廳已經給展老夫人拜過壽，便不再拜了，各自坐在下面的椅子上，望著晚輩們給老壽星拜壽，對他們評頭論足。

年輕的夫人和貴女們依次上前給老壽星拜壽，同時拜見展尚書，然後或者留在大廳裡看熱鬧，或者去後院等待酒宴開席；更多的客人——大部分是因為上朝而來遲的官員，帶著兒子前來拜壽，兵部尚書府的前院大廳中頓時萬頭攢動。

左邊坐著、站著女客，右邊坐著、站著男客，不過也有夫妻肩並肩站到了男客一邊或者女客一邊；年輕未婚的公子、小姐們乘機望向對面，大致，只要看對眼，只要雙方家世般配，他們向父母提出，父母們便會考慮結親。

歡快的鼓樂聲中，外面的家丁每隔一會兒就開始向內通報，誰誰誰來了。兵部尚書是個正二品的實權高官，夫人做六十大壽，前來拜壽的人非常多。很多需要等到下朝才能來的男客們無論是單身或者帶著兒子到了，早一步到的夫人們又帶著女兒過來和他們會合，大廳裡熱鬧非凡；身分低、輩分低的客人，因為大廳擠不下不得不被請到旁邊小客廳等待酒宴開席了。

在前來祝壽的男客中，肖文卿看到了何俊華，她曾經的姑爺。何俊華拜過壽之後走到女客當中，和他的妻子何大少夫人站在一起，何大少夫人低聲和他說了兩句話，他立刻抬頭望向肖文卿這邊，面露驚訝。

肖文卿發現這個雖然談不上衣冠禽獸，但風流好色、隨意踐踏丫鬟的男人望向自己，冷冷地別開臉。

「龍鱗衛指揮使司指揮同知凌大人到，翰林院侍讀學士齊大人到，黑衫軍參將龍大人到。」站在大廳外的一名家丁大聲通告道。

大廳裡眾人的眼睛紛紛轉向了那邊，站在兵部尚書身邊、四俊之一的展飛揚，立刻快步走出大廳迎接。

四名相貌英俊、身姿英挺、神采飛揚的青年一起走進大廳，一時間，彷彿日月輝光都凝聚在他們的身上。

「宇軒祝老夫人青春常在，笑口常開。」最右邊的凌宇軒笑著向兵部尚書夫人拱手躬身。兵器為不祥之物，今日沒有佩戴他的長劍。他頭戴束髮金冠，身穿領口、袖口繡著蔓藤纏枝的紫紅色錦袍，腰間束著扣玉環的紫色錦帶，繫了一塊羊脂鏤空玉珮，看起來溫潤高貴，富貴逼人。

「少陵拜見老夫人，祝老夫人福如東海、壽比南山。」凌宇軒左手邊的黑衣青年說道，抱拳躬身，英姿颯爽。

「雲深祝老夫人福如東海長流水，壽比南山不老松。」凌宇軒左手邊第二位的月白錦袍男子溫文爾雅地拱手作揖。

「好好好，你們都起來吧。」兵部尚書夫人大笑著，伸手示意他們直起身來說話。

混在人群中的肖文卿立刻認識了京城四俊除凌宇軒之外的其他三人，看他們四人一字排開地站在大廳上，她覺得京城四俊名副其實。

京城四俊傑中，凌宇軒是升遷最快的，目前已經是從三品的高官了。三品官，在京城前來拜壽的人中應該有座位。凌宇軒有座位，同來的齊雲深和龍少陵總不能站著吧？兵部尚書為難地望著右邊那近七、八張還空著的位置，不知道怎麼才能挪三個出來給四俊中的三俊坐。

凌宇軒看出兵部尚書的心思，馬上笑道：「我兄弟們年輕，應該尊老愛幼。」說著，他拉拉和自己相約一起過來拜壽的齊雲深和龍少陵退到了右邊男客當中，同為四俊的展飛揚立刻和他們站在一起。

兵部尚書聞言，頓時輕舒一口氣，大廳上擺放的那些座椅，大多已經預先安排好了客人，而且今天客人多，已經無法再增加座位了。

客人們陸續前來，只是因為某些人還沒有趕來，而且還未過正午，大家便在大廳聊天。除了和兵部尚書政見不合的，或者私下結怨的，或者沒有資格的，或者因為某些原因不方便來的，收到帖子的客人大半都到了，沒收到帖子的也走關係，透過有帖子的一起混進來了。

丞相大人和夫人到……接近正午，兵部尚書大人和夫人準備請客人入席，正廳外傳來了他們等待的最後一對貴客。

「凌大人、凌夫人，你們兩位可是姍姍來遲呀。」兵部尚書滿臉笑容地快步迎了上去。

「丞相大人、丞相夫人大駕光臨，令鄙府蓬蓽生輝。」兵部尚書夫人也站起來迎接一品丞相夫人。

丞相凌鈺六十來歲年紀，面容矍鑠削瘦，上眼皮有些耷拉，看起來眼睛是三角的；他的鼻端微微下勾，是俗稱的鷹鈎鼻；他的唇形很薄，上唇鬍鬚很短，下巴留著五、六寸長的花白清鬚。他身穿寬袖紫色錦袍，腳上穿著紫色閃銀雲紋的布靴，整個人看起來就比別人高貴了不少。

肖文卿站在人群中悄悄端詳丞相大人，試圖想像凌宇軒六十歲之後的模樣，她覺得，那時候的凌宇軒和此時的丞相不大像，尤其是鼻子形狀完全不同。

肖文卿再望向丞相夫人。丞相夫人也是六十多歲的老婦人，她保養得好，肌膚白皙，雖然有皺紋但皮膚水潤有光澤；面容圓潤很有福態，上眼皮也有些耷拉，不過遠不如丞相大人，可以看得出是明顯的杏眼，想來年輕時也是個很標準的美人。

歲月不饒人呀，大慶皇朝一對相當尊貴的夫妻，現在的容貌已經無法讓人回憶起他們年輕的風采了。宇軒長得不像他父親，也不像他母親，難道像第三個人？

肖文卿暗暗打量著丞相夫妻，越打量越起疑心，尤其是知道有去母留子這種事情。

正廳裡，丞相夫妻和兵部尚書夫妻已經寒暄完了，其他身分高的老夫妻也過來和他們寒暄。

劉學士已經拜過壽了，和自己的妻子、女兒們站在女客的一邊，看到岳父、岳母差不多要寒暄結束，便對妻女們道：「我們過去拜見兩老。」

劉夫人低聲道：「文卿，我要過去拜見父親和母親了。」說完，她帶著劉紫苑和劉紫綾跟在劉學士身後過去。差不多是同一時刻，凌宇軒從男客中走出來，另外三對夫妻帶著兒女，紛紛來到丞相夫妻面前。

丞相凌鈺生有四子八女，嫡長子二十三歲那年病故，沒有留下一男半女，次子十一歲時夭折，八個女兒沒了三個，膝下現有兩子五女，其中長女和幼子是嫡生，其他的全是庶出。

「哈哈哈哈，你們統統免禮。」凌丞相大笑道。「往日不容易同時看到你們，今日托老壽星的福，我們一家團聚了。」他大笑起來，倒是多了幾分和藹慈祥。

丞相夫人嘴角掛著淺淺的笑容，望向女兒、女婿們，頷首道：「你們都起身吧。」說完，她對蔡佳玉之母，自己的嫡親女兒道：「雅芬，佳玉越來越漂亮了。」然後，她又一臉慈祥地對其他庶出的女兒們道：「你們的孩子也都很不錯。」

「各位，壽宴可以開始了，請大家去隔壁膳廳入座吧。」兵部尚書大笑著，和壽星老夫人一起邀請客人們入席吃壽宴。

觥籌交錯，主賓盡歡。

次日清晨，肖文卿給劉夫人請安。劉夫人笑著對肖文卿道：「文卿，妳天生就屬於貴人，昨日，妳知道有多少夫人向我詢問妳的事情嗎？」當貴婦、貴女們對某個原本身分不算特別低的少女感興趣，那少女就有可能被她們接納。

肖文卿恭謹地起身給劉夫人再施一禮，感激道：「文卿初來劉府，諸多無知，全賴夫人照顧。文卿能有今日，也都是夫人熱心周旋之故，請夫人受文卿一拜。」

劉夫人立刻笑著伸手把肖文卿扶起來，道：「我給妳的幫助只是稍微的教導和機會，妳能成功全是妳的聰明才智和勤奮好學，只要妳家兄弟們能夠崛起，我家小弟娶妳進門應該不會有太多周折。

「文卿，將來妳回到京城和宇軒成親，就從我劉府上迎親花轎吧。」劉夫人道。「我知道妳在京城有乾娘，可是從我府中出嫁，更有利於妳在京城貴婦中站穩腳步。」

「好。不過文卿不敢忘恩忘本，如果文卿真能如願嫁給凌大人，請夫人允許我把乾娘和大哥請來參加文卿的婚宴。」肖文卿臉上泛起一抹嬌羞的紅暈，微微低下了螓首。

「嗯。」劉夫人笑著頷首。宇軒為了讓她配合他的計劃，把他和肖文卿結緣的事情和盤托出，所以她知道肖文卿很多事情。喝了一口熱茶，她諄諄教導道：「文卿，媳婦侍奉公婆是孝道，是天職，妳若嫁入丞相府，就要伺候我母親了。她那人其實不好相處，妳要為了宇軒多忍耐一些；不過，如果她太過分了，妳也別一味忍耐，可以告訴宇軒。」

肖文卿驚訝地眨眨眼，這樣不好吧？

「文卿，妳也是聰明的人，也許妳在丞相府生活幾個月，就會有所發現了。」劉夫人微笑道：「我這出嫁女，就不摻和丞相府的事情了。」她轉頭對自己貼身丫鬟道：「去把棋盤拿來，我要和文卿姑娘下一盤棋。」

有丫鬟應聲，很快就把棋盤、棋罐拿來了。劉夫人打開兩個棋罐望望，從其中一個抓了一把棋子問道：「單，雙？」

肖文卿道：「我猜雙。」說著，她從另一個棋罐裡中取出兩枚黑子。

劉夫人把手掌打開，一數白棋子，道：「七子，單，我執黑。」說著，她將白棋子又全部放回棋罐中，伸手把裝黑棋子的棋罐拿到自己面前。

肖文卿笑道：「夫人請。」她把裝著白棋子的棋罐拿到自己面前。

兩人下了幾個回合，劉夫人這才道：「文卿，妳只要知道，丞相夫人要是過分刁難妳，而妳又無法自保，妳可以直接向宇軒求助，別什麼事情都自己扛著，最後還要被別有用心的人說不好，挑撥你們的關係。」

「嗯，謝謝夫人指點。」肖文卿道，對自己將來的生活又多了一分信心。

肖文卿在兵部尚書夫人的六十大壽那天，給眾家夫人和小姐們留下了好印象，所以那次之後，陸續有世家千金和肖文卿交往。禮尚往來，凌宇軒立刻送來一筆錢和一些精美禮物，供肖文卿和別人交際用。

隨著肖文卿逐漸開始和世家千金小姐交往，劉夫人告訴凌宇軒，文卿需要更多體面的衣裳和配套的首飾。凌宇軒馬上又送來五十張一百兩的銀票，請她照顧肖文卿，還說銀兩不夠的話通知他一聲，他派人再送些過來。

劉夫人感慨地對肖文卿道，五千兩白銀，對宇軒這個當了幾年黑衫軍小兵，然後才加入龍鱗衛，一步一步升遷到從三品龍鱗衛指揮同知的人來說是筆不小的數目。

「夫人，文卿覺得自己冬季穿的衣裳已經夠多了，不需要再做。年後開春，文卿就要返鄉尋親，那些衣裳也用不上。」肖文卿很委婉地說道。

「文卿，這次做的是過年的新衣裳。我府中人的衣裳，針線房的娘子們已經在做了，只是妳的，還需要另外做一套全京城最新款的。在京城，只有霓裳衣坊的裁縫師傅才能根據主顧的身形、氣質設計全新的衣裳。」劉夫人勸說道：「我知道妳女紅好，看著別人的衣裳款式就能做出來，只是距離新年不到二十天，妳一個人趕不出那種華貴的衣裳。妳現在還需要參加其他世家千金舉辦的棋會、詩會、賞花、小宴等等，也沒有時間做。」衣裳縫合很簡單，可是衣裳上的各種繁瑣刺繡絕非十天半月之功，文卿現在是世家小姐們很感興趣的人，各種社交活動很頻繁，她還是個新人，找理由推託不去不好，也違背她和小弟的初衷。

肖文卿想想也對，便只好答應。她做了十年丫鬟，省吃儉用也就攢了不到二十兩銀子，最是知道錢財積攢的不容易，做不到像京城貴婦、貴女那樣為了面子大把花錢；更何況她目前所用錢財都是宇軒送過來的，她使用的時候總是有些慚愧。

十二月下旬，肖文卿終於收到了一份她翹首盼望很久的書信。這份書信是她母親肖甯氏親手寫的，厚厚的一大疊，數數有二十幾張，裡面除了寫滿對女兒的思念，還有家中的近況。

肖甯氏帶兒女扶棺回鄉，不慎把女兒弄丟了，日夜痛苦悲傷。她一婦道人家，也沒有辦法出遠門找女兒，只好把找回女兒的希望寄託在唯一的兒子身上。兒子和女兒一樣天資聰慧，她很努力地培養教導兒子，希望他能子承父業，科考出仕，將來做大官，有能力尋找失散的姊姊。

肖家嫡系有不少房產田地，在肖文卿父親帶著妻女去昌興赴任的時候委託家中一名老管家和肖姓家族兩位長輩代為管理。肖甯氏扶棺回鄉，還帶著一個剛滿一歲的幼子，於是有人起了貪念，製造陰謀試圖搶占嫡系房產田地。肖甯氏雖然夫婿病故，但她依然是朝廷敕封的從六品安人，不是普通寡婦可以任由夫家欺負。她請來鎮長、族長，還有西陵縣知縣，堂堂正正地揭露某些人的陰謀，把自家的房契、地契全部索要回來。

肖家遠支有一對父死母亡的孤兒兄弟，肖甯氏看著可憐，而那對孤兒也有幾分聰明，便收為螟蛉義子，一併培養，為找回女兒增加人手，也為肖家嫡系增加復興的機率。

她收養的長子肖文樺，今年十六，九月出生，次子肖文楓十四歲，所以今年十六歲，七月分出生的女兒肖文卿是弟弟們的姊姊。

三兄弟都在隔壁村子的私塾讀書，準備來年參加童子試。嫡子肖文聰過年才十一歲，木秀於林風必摧之，肖甯氏很擔心小兒子太過聰慧會被天妒，建議他十四歲之後再參加；可是肖文聰倔強，執意要參加，而且私塾東家的一名秀才中成績最好的稟生也推薦他了，所以她只能允許他參加童子試。肖甯氏在信上說，肖文聰在學業上太過順風順水，她個人希望這今年才十歲的孩子能落榜，受一些挫折。

肖甯氏在信尾很急切地詢問肖文卿，什麼時候回家？

家裡一切都好呀……看著家信，淚如雨下的肖文卿時而嗚咽、時而微笑。

「真是太好了。」陪著肖文卿的劉夫人在大致瞭解肖家近況後，很是高興，因為只有娘家興旺，女人出嫁後才能在夫家站穩腳步。

年尾，商家忙，官府忙，平民忙，家家戶戶都忙，年味越來越濃。凌宇軒好像也很忙，已經連續七天沒有過來探望肖文卿了。

劉學士每天清晨上朝，要到傍晚時分才能回家。劉學士府上下事務都有劉夫人操勞，柳姨娘有時候會做她的下手。不過今年，劉夫人沒有找柳姨娘，而是把自己府中一些事情交由肖文卿管理，讓她熟悉使喚前院、後院諸多僕人，瞭解京城官員家是如何過年的。

購置年貨、全府大掃除、畫一些年畫，寫一些對聯……肖文卿在忙碌之餘，派一個婆子去趙家聯絡自己乾娘，約定時間見面，母女倆在京城的徐記百年布行相見。肖文卿是被寫了放妻書的女人，周圍鄰居都認識她，所以她不便再上趙家，每次想見乾娘就只能用這個辦法，趙大娘體諒她的處境，每次都很愉快地赴約。

「文卿啊，妳大嫂懷孕了。」趙大娘見到肖文卿就喜孜孜地告訴肖文卿趙家的喜事。

「娘，恭喜您終於如願以償了。大哥最近好嗎，大嫂身子骨兒怎麼樣？鄰居們不再用憐惜的眼神看大哥了吧？」肖文卿很高興地說道。她離開趙家不到一個月，乾娘就到劉府找她，告訴她趙大哥要娶真媳婦了，媳婦是京城內一私塾先生的女兒，知書達禮、勤快老實，在家很孝順父母、友愛兄弟姊妹。她得知大哥成親的日子，便在那一天備了一份禮物派人送過去。

「妳大哥一切都好，正式做上鳳凰山京營的把總了。妳大嫂前幾日因為頭暈犯噁心，找大夫把脈說是喜脈。」趙大娘笑呵呵地說道，對目前的生活非常滿意。趙家娶媳婦才一個多月，媳婦在某個下午突然失蹤，她給鄰居們的回答是，她那總是在御史府上當值的兒子和媳婦相處了幾個晚上，一直規規矩矩地，只有兄妹情，沒有夫妻緣，她便索性認媳婦為女兒，讓這乾女兒清清白白地回家鄉了。

有人懷疑肖文卿自己跑了，有人懷疑肖文卿出意外了，趙大娘便把趙家保存的一份有官府蓋著大紅印的放妻書給鄰居們看，鄰居們才相信肖文卿真的走了，然後開始懷疑趙明堂因為早年受傷身子不行了，所以才把溫柔賢慧的漂亮媳婦放掉，為趙明堂可惜。趙明堂再次成親，現在他新媳婦進門兩個多月就傳出喜訊，別人才真的相信趙明堂和被人聯手用計娶進門的肖文卿沒有夫妻緣，紛紛祝賀趙大娘守得雲開見月明，終於可以抱孫子了。

「真是太好了，我回去給未來的姪女、姪子做兩套小衣裳。」得知大嫂懷孕，肖文卿很高興。

「不急不急，妳最近應該很忙，就別為還沒有出世的孩子操心了。」趙大娘憐惜道，肖文卿從她家離開的時候，臉頰還有些圓潤的，三個月過去了，她生活在大官家中，面容反而清減了不少。

「娘，宇軒打算在年後送我返鄉尋親，我可能一年半載也不回京城了，所以一定要在離開之前給未來的姪女、姪子做兩套小衣裳。」肖文卿道，乘機把宇軒和自己的返鄉計劃告訴趙大娘。

「妳真的要回家鄉了？我聽說西陵距離京城很遠很遠。」趙大娘擔心道。「路途遙遠，妳可吃得消？凌大人說過要送妳回去的，他家人可同意了？」

「宇軒說時間他會安排好，丞相和丞相夫人那邊他也會說明的。」肖文卿道。

「既然這樣，等你們決定要離開的日子就先通知一下我，我好給你們準備些乾糧點心。」趙大娘聽罷，點著頭道。在她心中，凌宇軒這樣的大官簡直手眼通天，只要不謀反，想幹什麼就幹什麼。

「我知道了，娘。」肖文卿道，開始和趙大娘話家常，感受母親的關懷。

第十九章　過年

大年三十，朝廷絕大部分官員都封印了，開始準備吃年夜飯；凌宇軒卻因為是皇上直屬的龍鱗衛官員，還是沒有放假，只好寫信派人送過來。

「做官也很辛苦。」肖文卿看完凌宇軒寫的信，輕輕搖著頭道，把信摺起來放進自己袖口暗袋裡。

坐在羅漢床上嗑瓜子的劉夫人笑道：「我家小弟除了保護皇宮、保護皇上，還要替皇上辦其他公差，比一般的官員忙，妳要習慣。」今年有肖文卿幫她籌辦過年事宜，學士府的大小事情大半都做完了，就等著前院的學士老爺和兩個兒子說完話，回後院吃年夜飯。

坐在下面鋪厚錦緞椅墊座椅上喝茶、嗑瓜子的柳姨娘道：「今日除夕夜，不知道凌大人會不會在回丞相府之前先過來一趟學士府，他已經十天沒有過來了。」

肖文卿雙頰微熱，吶吶道：「凌大人公務繁忙，估計會很晚才能放年假，他應該回丞相府吃年夜飯、守歲。」

「四舅好久不來了，我好想他。」坐在母親身邊，和坐在對面的姊姊玩翻花繩遊戲的劉紫綾道，嘴裡還含著一顆花生糖。

「年初二，娘會帶妳去外公、外婆家，妳肯定能在那裡看到妳四舅。在外公、外婆面前，妳不能說四舅經常到我們家來，更不能說四舅認識肖姨，紫苑也是。」劉夫人突然想到嫡母的勢利和刻薄，趕緊叮囑還不大懂事的小女兒。

「娘，我記住了。」劉紫苑溫順地點點頭。

劉紫綾看到姊姊點頭，馬上道：「娘，我也記住了。」

柳姨娘雖然連在丞相夫人面前露面的資格都沒有，但多少也聽說丞相夫人的為人，心中為肖文卿將來肯定要受委屈擔憂。

肖文卿知道自己家族無權無勢，丞相夫人基本上不會接受她，覺得凌宇軒姊弟暫時對丞相夫人保密是對的；等她弟弟們開始崛起，等她肖家開始復興，只要宇軒對她情真，他們必定能克服一切困難結為夫妻。

「夫人，老爺過來了，大公子、二公子過來了，四舅老爺也過來了。」突然間，屋外傳來丫鬟的稟報。

坐在屋裡喝茶閒聊的眾人趕緊起身迎接，坐在羅漢床上玩耍的劉紫苑彎腰穿鞋下床，劉紫綾也由她的奶娘伺候著穿鞋下羅漢椅。

「老爺。」劉夫人領著女眷們給進門的劉學士福身。

眾人見禮後，凌宇軒拱拱手，笑吟吟道：「外面天冷，小弟回家路過六姊府上，過來討一杯酒暖暖身子。」

劉夫人立刻笑容滿面。「這樣呀。來人，馬上去廚房吩咐一下，今年的年夜飯提前開席。」劉府可不在宇軒回丞相府的路線上，他分明是好久不見文卿，思念得緊，抓住時間過來探望一下。

知道在這種時候凌宇軒和肖文卿無法自由說話，劉夫人便替肖文卿問道：「宇軒，最近你公務繁忙是不是？我家紫綾已經念叨你整整十天了。」

肖文卿微微低下頭，白嫩如脂的臉上泛起一抹羞澀。

眾人莞爾，紫綾是個六歲的孩子，她怎麼可能連續念叨舅舅十天，劉夫人分明是借著紫綾說肖文卿呢！

凌宇軒深深望一眼肖文卿，回答劉夫人道：「六姊，最近我有些密報要處理，所以忙了些，等年後，我決定請假半年。」他最近的忙不僅僅是日常公務，還因為他要把一些事情提前處理掉，好放心送肖文卿返鄉尋親。因為他的忙和消瘦，連皇上都關心了一句──「朕交代給你的事情是不是太多了？」

見他不顧劉學士一家在面前如此看自己，肖文卿知道他思念自己得緊，心中歡喜，忍不住抬頭飛快地望了他一眼。

劉學士夫婦知道小兒女們的心思，相視而笑。劉夫人道：「文卿，妳昨日不是說給我家眾人做了荷包？呵呵，不好意思，我先開口索取了。」

肖文卿心領神會，立刻起身道：「夫人，文卿已經全部做好了，這就拿來送給你們。」

她多蒙劉學士一家照顧，而自身目前所用的錢財全是劉家和凌宇軒提供的，所以她只能做些女紅小物件送給他們表示感謝。

等肖文卿起身要出去，劉夫人立刻道：「宇軒呀，外面天寒地凍、地上濕滑，六姊我不放心，你護送文卿去桂香院一趟。」

凌宇軒立刻起身，抱拳道：「六姊，我絕不辱使命。」他一副慷慨激昂的模樣，不明白的還以為他要上戰場呢。

看著有心上人卻不能時時相見的男子被逼得……除了還不懂相思苦的劉家兩位小女孩，屋裡的人都暗笑不已，肖文卿白皙的嬌顏更是紅得如充了血一般。

「你們去吧，年夜飯擺在隔壁膳堂，你們回來就直接過去。」劉夫人笑呵呵地叮囑道。

「我們知道了。」凌宇軒說著，朝端坐著的六姊夫拱拱手，然後和肖文卿一起走出屋子。

一日不見如隔三秋，十日不見呢？肖文卿心中歡喜，凌宇軒走在她身邊，顧不得身後還跟著水晶和瑪瑙兩個丫鬟，直接伸手握住她的手。肖文卿害羞，不過也反手握住了他的手。因為言談舉止要處處小心，他們兩個自從離開趙家後，連手都只握過兩、三回。

「文卿，我最近忙公務，希望年後能放心地和妳去西陵。」凌宇軒深情地說道。「我決定年後先和父親說妳的事情，獲得他老人家的同意，去西陵時直接求親下聘。」

「宇軒，你母親不會同意的。」肖文卿很高興凌宇軒如此決定，可是非常擔心丞相夫人反對。

「只要我父親同意了，我母親就不能不同意。」凌宇軒平靜地說道。「丞相府很大，我們住在西邊，父母住在東邊，除了晨昏定省，平日裡都是各過各的。」

肖文卿低聲道：「哦。」宇軒把後宅想得太簡單了。

凌宇軒聽得出肖文卿話語裡的擔心，安慰道：「一切有我，妳不用擔心。」

「嗯。」肖文卿轉眸凝望他沈著自信的英俊臉龐，相信他會保護自己不被未來的婆婆欺負太多。

劉夫人院子隔壁的膳廳中，肖文卿謙虛道：「大人，夫人，大公子、二公子，紫苑、紫綾，柳姨娘，新年到了，文卿特地做了幾個荷包，讓大家帶在身上放零散小物件。文卿繡功拙劣，還請諸位不要嫌棄。」她說著，水晶和瑪瑙各托著一個托盤走到劉家眾人面前，每個托盤裡放著五、六個精美的荷包。

「文卿的手藝很不錯。」凌宇軒讚道，右手把玩著已經懸掛到自己腰間的一個深藍錦緞繡花荷包。這個荷包是肖文卿給他做的第四個荷包了，之前三個，他都不捨得用，放在自己的寢室裡夜夜睹物思人。

劉夫人拿起水晶手上的紅綢荷包，端詳上面的刺繡，讚道：「做得很精美，如果這也叫繡功拙劣，我想京城沒有幾個大家小姐的繡功可以拿得出手。紫苑、紫綾，妳們以後要多找肖姨，向肖姨學習女紅。」

「是，娘。」劉紫苑立刻道。

劉紫綾一邊望著水晶手中托盤裡那幾個精美漂亮的小荷包，一邊道：「是，娘，明天荷包裡可以放很多壓歲錢。」

「哈哈，是的，紫綾。」凌宇軒笑道。「今年四舅要給妳很多壓歲錢。」

劉夫人掩嘴笑道：「我家紫綾這樣可愛，將來做你婚禮上的童女可好？」紫苑、紫綾多得四舅舅喜愛，將來在親事上、出嫁之後在娘家，就能獲得四舅的庇護。

凌宇軒立刻點頭道：「好。」他有近十個姪女、外甥女，現在因為文卿的緣故對六姊家的兩個最有好感了，將來她們出嫁，他這個做舅舅的少不得要出一些添箱。

眾人大笑。劉學士請妻弟入座，劉夫人把肖文卿安排在自己身邊，其他人按照身分年齡入座，開始用年夜飯。

凌宇軒酒過三巡，便起身告辭，大家都知道他是匆忙過來探望肖文卿的，現在要趕回丞相府吃年夜飯，也不多留客，劉夫人叮囑肖文卿送送凌宇軒。

「文卿，大年初一我休假，下午我過來找妳。」在將學士府分成前院、後院的垂花門下，凌宇軒說道，一雙熾熱深邃的眼神凝視眼前清美溫雅的少女。

肖文卿笑著點頭。大年初一，劉夫人要帶著劉家姊妹出門拜年，有的人家她會帶她去，有的則不會，她應該很清閒的。

「到了妳家鄉尋到妳母親、弟弟，我就求親下聘，可好？」喝了幾杯酒感覺身子很熱的凌宇軒深情地問道。

「好。」肖文卿望著言情深情到急不可待的英俊男子，臉上漾起醉人的甜蜜微笑。

「噼哩啪啦」——守歲守到凌晨才睡的肖文卿被外面的炮竹聲吵醒，便起身來，下床。拔步床第二道帷帳內的銅炭盆裡還燒著銀絲炭，裡面很溫暖。肖文卿披上一件厚外衣離開拔步床，走出內室，就看到丫鬟水晶和瑪瑙已經在外室等自己了，邊上的方桌上擺放著盥洗用具。

「肖姑娘，新年吉祥如意。」水晶和瑪瑙見到肖文卿出來，很高興地迎上去拜年。

「水晶、瑪瑙，妳們也新年好。」肖文卿笑道。「等一下發紅包。」即使是簽了賣身死契的下人，也會在過年過節的時候獲得主人的賞賜。她在做丫鬟時能積攢下十幾兩銀子，也都是來自主人過年過節時候的賞賜。

「謝謝肖姑娘。」水晶和瑪瑙很開心地說道，開始伺候肖文卿洗漱，然後跟著她去梳妝檯前，幫她梳理頭髮。

「姑娘，今日是大年初一，妳應該穿戴得華貴喜氣一些。」水晶很索利地把肖文卿如瀑般的黑綢長髮梳成垂鬟分肖髻，取出梳妝盒裡的幾支精緻華麗的花簪、步搖拿到肖文卿的頭上比劃，要搭配出青春華麗風範。

「水晶，用雙蝶紅寶珠流蘇金步搖，配兩支蝴蝶金簪。」肖文卿吩咐道。這套首飾是凌宇軒在兵部尚書夫人六十大壽之後送給她配戴的，說她首飾太少，和其他千金小姐交往時會被看不起。黃金打造的蝴蝶身上鑲嵌流轉紅光的純淨寶石，步搖下面垂掛的兩串珠子也是紅玉石打磨而成，非常適合過年過節喜氣洋洋的時候配戴。

水晶聽了，立刻高興道：「我怎麼忘了，新年配戴這套首飾是最適合不過了。」說著，她把手上的簪子、步搖全部放進梳妝盒裡，拉開最下面一層梳妝盒，把裡面成套的蝴蝶頭面取出來，一一給肖文卿戴上。

一支雙蝶紅寶珠流蘇金步搖，兩支蝴蝶金簪，一對蝴蝶鏈珠耳環，一串懸掛著拇指大小紅寶石的金項鍊，兩個鏤空蝴蝶鑲嵌紅寶石的金手鐲，精美華貴的全套首飾將秀美清婉的肖文卿襯得高貴華麗。

「肖姑娘，今日的您看起來，就算世家大貴族的千金小姐也未必比您華美高雅。」水晶驚讚道。

「這個……」肖文卿猶豫了一下。「還是別戴項鍊和手鐲了，換兩個樸素點的。」這樣太華麗彰顯了，不符合她的性格，在別人府中，她還是謹言慎行的好。

「肖姑娘，這本來就是一整套的呀，新年不戴您什麼時候戴？」水晶馬上道。肖姑娘雖然有了一些首飾，但全套、貴重的只有這一套。

將拔步床內整理好的瑪瑙走過來端詳肖文卿，熱情地勸說道：「肖姑娘，這些是四舅爺送您的，您一定要全戴上讓他瞧瞧。」

「對呀對呀，這是四舅爺特地送給您的，您今日一定要全戴上，讓他瞧瞧。」水晶趕緊勸道。昨晚她陪著肖姑娘送四舅爺的時候，雖然站得遠了些，但還是聽到四舅爺說，今日下午他會過來探望肖姑娘。

女為悅己者容，被瑪瑙和水晶這一勸說，一向小心翼翼的肖文卿頓時決定今日稍微寬容自己一些。

穿上劉夫人特地為她從霓裳衣坊訂製的華美衣裳，肖文卿從梳妝檯下的抽屜裡取出六十文錢，賞給水晶和瑪瑙，然後走到院子裡，接受院子裡其他媳婦、婆子的拜年，賞給她們銅錢。劉夫人是朝廷正四品命婦，初一、十五要進宮覲見皇后娘娘，大年初一早早穿戴整齊，和同樣需要給皇上拜年的劉大人一起去皇宮了。

肖文卿在桂香園中吃了早膳，然後就去劉夫人的院中等待。等待的時候，劉家兄弟和姊妹還有柳姨娘陸續到來了，他們相互拜年，然後分開。劉家兄弟去前院，代替父親招待可能上門拜年的低品階官員，劉家姊妹、柳姨娘和肖文卿就在劉夫人的院子中喝茶聊天，等待劉夫人回來。

上午時候，劉夫人先回來了。肖文卿、柳姨娘和劉家姊妹趕緊走出屋子迎接，給她拜年。穿著朝廷四品命婦朝服的劉夫人端詳肖文卿今日的妝容，嘖嘖讚嘆。「宇軒真是好福氣，在外面臥底當差還能發現一位有才有貌的好姑娘，不錯不錯，我就知道宇軒送來的首飾和我讓人訂做的這套衣裳很搭配。」她沒有告訴肖文卿，宇軒送過來的這套精美華貴頭面是京城最有名的金銀珠寶工匠打造的，光材料就價值七、八千兩銀子，加上工匠的工錢，這套頭面怎麼說也要上萬兩白銀。從三品龍鱗衛指揮同知一年的俸祿折合銀兩不到一千八百兩銀子，看來她這個弟弟是有額外收入的。

「夫人，我這樣裝扮，會不會太奢華了？」肖文卿不好意思地說道。

「奢華？不，年輕姑娘就是要青春靚麗些才好。大過年的，妳要穿得華麗精緻，不讓人瞧不起。」坐在梳妝檯前由丫鬟卸去沈重釵冠的劉夫人道：「貴夫人們可以從一位姑娘的穿戴瞭解那姑娘家的家境，從而判斷那戶人家的底子，妳不能總是戴那幾支簪子、步搖，讓那些夫人認為妳肖家很寒酸，這不利於將來妳弟弟們到京城發展。」

提到家族和弟弟們，肖文卿立刻明白了，自己以後在和貴族小姐們來往時，要多加注意自己外在穿著。

卸去釵冠重新梳髮，換下華麗繁瑣的命婦朝服，劉夫人坐到她的羅漢床上，笑道：「文卿，雖然妳已經成年，但畢竟未婚，所以今年的壓歲紅包也還是要收的，圖個吉利。」她吩咐丫鬟拿來三個荷包，親手接過來遞給肖文卿一個，其他兩個分別遞給她的女兒。

「謝謝夫人。」肖文卿很尷尬地福身謝過，接過劉夫人遞給自己的紅綢荷包。小小的荷包有些沈，捏在手中感覺裡面不僅有兩支釵子或者簪子，還有兩個小元寶。

「謝謝母親賞賜。」十一歲的紫苑和七歲的紫綾興奮地接過劉夫人賞給她們的壓歲荷包。由於今日是大年初一，她們兩個也打扮得十分華貴，雙手還都套了一對赤金扣環。

劉夫人沒有虧待柳姨娘，送了她一副精美的翡翠耳環。

劉夫人因為進宮覲見皇后，起得非常早，肖文卿早就讓廚房預備了湯圓和紅棗、紅豆湯，等他們回來的時候就讓廚房送來。用完早膳，劉夫人領著後院的女眷去前院，和回來的劉學士一起接受府中眾僕役的拜年，然後賞他們每人五十文錢；至於親信、僕從，主人們會在自己的月錢中另外再賞一些銅錢。

自家人相互拜過年後，開始各自的社交。劉學士會帶著他兩個兒子出門去拜見上司和好友，劉夫人也會帶著肖文卿和劉家小姊妹出門，去給往日和自己走動頻繁、同時年紀比自己大，品階比自己高的夫人們拜年。娘家，那要排到第二天。

下午時分，劉夫人繼續出門拜年，肖文卿便待在劉府，等待和她有約的凌宇軒過來找自己。

等待中，她讓水晶拿來了自己最近看的書，有些心焦地熬時間。

「肖姑娘，四舅爺在花園東邊的紅梅樹那邊，請您披一件樸素的斗篷過去。」一名媳婦興沖沖地跑過來稟報道。

他終於來了。

肖文卿「刷」地放下書，吩咐道：「瑪瑙，把我青緞面的斗篷拿來。」那件應該是她現有幾件斗篷裡最樸素的了。

管理肖文卿衣箱的瑪瑙立刻把青色素緞面的長斗篷取來。肖文卿披上之後道：「我們去花園。」

水晶和瑪瑙很開心地將自己也收拾一下，跟著肖文卿走了。作為後院的丫鬟，她們除了陪主人出門外，很少有自由出門遊玩的機會，今日托肖姑娘的福，她們可以到外面走動了。

紅梅花已經完全盛開，一簇簇散發淡雅的幽香，身上披著黑色斗篷、手中拎著一個青色花布包裹的英挺俊秀男子望著快步走來的肖文卿，優美的嘴角漾起溫柔的笑。

「凌大人，新年好，祝你萬事如意。」肖文卿微微喘氣地走到凌宇軒面前，朝著他淺淺施禮。

「文卿，我帶妳出去玩玩。」凌宇軒立刻伸手把她福下去的身子攔住。多禮就是疏離，他其實不喜歡肖文卿看到他就行禮，可這是大家閨秀面對外男必須有的禮節，肖文卿不遵守，會讓別人覺得她禮儀沒有學好。

「宇軒，你要帶我去哪兒玩？」肖文卿興奮地問道，努力壓抑自己的狂喜。

「妳跟著我走就行了，反正我不會把妳賣掉。」凌宇軒笑道。「我們不走大門，走劉府的花園偏門。」

「嗯。」肖文卿知道花園東邊有道小偏門。

「水晶、瑪瑙，妳們回去吧，我帶肖姑娘出去遊玩，傍晚會回來。」凌宇軒轉頭對站在兩丈外的丫鬟們說道，雖然她們兩個很知趣，但總擋在他和肖文卿之間，他忍耐她們很久了，今日絕不讓她們繼續跟著肖文卿。

「肖姑娘……」瑪瑙很焦急地叫道，希望肖文卿能說說情，讓四舅老爺允許她們跟著，讓她們出門透透氣。

「四舅爺，肖姑娘還是未婚女子，沒有丫鬟陪伴著，和一年輕男子出門很不妥。」水晶鼓起勇氣說道。

凌宇軒冷漠道：「妳家肖姑娘在房中午睡，妳們還不過去陪她。」說完，他伸手將肖文卿身上的斗篷帽子拉起來蓋住肖文卿的頭，溫柔道：「有我陪著妳，不會出事的。」

在房中午睡，這不是閉著眼睛說瞎話嗎？肖文卿見狀，只好安慰水晶和瑪瑙道：「天冷，妳們兩個還是回屋裡烤火喝茶、嗑瓜子吧，我和凌大人出去一會兒。」

水晶和瑪瑙無奈，只好朝著凌宇軒和肖文卿躬身，道：「四舅爺，您可要保護好肖姑娘。」

凌宇軒頷首，伸手扶住肖文卿的後背，柔聲道：「我們走。」這天的行程，他半個月之前就準備好了。

「嗯。」肖文卿任由他扶住自己的後背不撒手，和他肩並肩走向花園的偏僻小門。

第二十章　拜年

「文卿，我們走著去趙大娘家，給她老人家拜年。」凌宇軒道，一舉手中的包裹。「這是我和妳送給趙大娘和趙大哥、趙大嫂的禮物。」為了給肖文卿驚喜，他只告訴肖文卿今日下午帶她出門遊玩。

肖文卿驚喜地望向凌宇軒，他果然做事面面俱到，連這個對他來說無足輕重的小事情都記著。

「趙大娘熱情善良，我也很喜歡做她的兒子。」凌宇軒說道，領著肖文卿往前走。

「宇軒，我乾娘已經不怪你了，上次我和她在許家布行見面時，她還提到你，想知道你過得好不好。」肖文卿道，她猜凌宇軒在趙家感受到不同的母愛，對趙母有些感情了。

「我知道她老人家是個性格開朗的人，就算生氣也不會氣很久。我一直想去探望她，只是我是官員，有時候被很多眼睛盯著，不便去趙家。」凌宇軒笑道。「今日大年初一，我正好帶妳一起過去給她老人家拜年。」

「可是，宇軒，你是不是忘了一件事情。」肖文卿指指自己的臉道。「我是乾娘原來的兒媳婦呀。」街坊鄰居才四個多月沒見她，見到她肯定能認出她來。

「我知道，我已經準備好了，只是現在還捨不得將妳的臉藏起來。」凌宇軒笑著說道，環顧四周，確定這個偏僻的小巷子裡沒有路人，便大膽地伸手撫摸肖文卿白嫩細滑的臉龐，眼中充滿思念。

宇軒……肖文卿凝望著他流溢綿綿情思的黝黑雙眸，心中充滿激動和柔情，忍不住微微揚起臉，如貓咪被主人撫摸一般依戀他對自己的深情。

「文卿。」不滿足於撫摸的凌宇軒突然猛地將肖文卿摟進懷中，緊緊擁抱住她，急切道：「真想明日就娶妳進門！」在沒有愛戀的女子時，他認為女人只是家族聯姻物件，生孩子的工具，等愛上肖文卿後他才知道何為相思。入我相思門，才知相思苦，相思日益侵蝕著他的心，讓他極度渴望和肖文卿在一起，做比去年某個夏夜他們做過的更進一步的事情。

「宇軒。」肖文卿用力環抱住他的勁腰，依偎在他寬厚溫暖的懷抱中。

此時無聲勝有聲，兩人就這樣在僻靜的後巷裡擁抱著，感受心與心的交融。

「哇，哥哥，你看。」突然後方傳來一個少女的聲音。

肖文卿嚇得回過神來，趕緊推開凌宇軒，用力向下拉頭上戴著的斗篷帽子。

凌宇軒心情極好，雖然被人打擾了，還是朝突然也從某家後院偏門走出來的一對兄妹笑笑。劉府隔壁居住著一戶從外省搬到京城發展的富人，身分平常。

那對兄妹中的兄長知道自己妹妹打擾了一對有情人，尷尬地笑笑，拱手作揖道歉道：「抱歉，兄台。」

那看起來十四、五歲的妹妹好奇地望著凌宇軒和肖文卿，一雙晶亮的眼睛滴溜溜地轉著。

「宇軒，我們走吧，從這裡到趙家還有一段路。」肖文卿感覺雙頰火辣辣的，便催促凌宇軒快走。

凌宇軒朝那兄長拱手還禮，帶著肖文卿快速離開這僻靜狹窄的巷子，走到大街上。

京城的主街道上，很多商鋪都上著門板，門板上貼著福字或者春聯。屋簷下懸掛紅燈籠的酒樓、茶樓還開著，不過客人不多，街上主要都是走親訪友和在街上遊玩的人。過年的街上賣藝人特別多，咚咚咚、鏘鏘鏘，熱情激烈的鑼鼓聲中，這邊圍著一圈人，那邊圍著一圈人。一直生活在後院的肖文卿以前沒看過這些，她雖然很想保持端莊矜持，但沒有多久就和街上的孩童一樣四處張望了。

凌宇軒知道常年生活在後宅的女人寂寞，帶著肖文卿朝趙家方向走去，路上陪她看雜耍、看歌舞。走過兩條主街，他領著肖文卿走進一條偏僻的小巷子。

「宇軒，你記錯路了？」肖文卿疑惑道。

「文卿，妳的臉容易讓趙家街坊們認出來，我稍微幫妳改一改臉。」凌宇軒道，將手中挎著的青色花布包裹遞給肖文卿，然後將肖文卿頭上的斗篷帽子脫下來。

肖文卿伸手接過包裹，好奇地望著凌宇軒。他會易容，難道他現在要幫她易容？

凌宇軒伸出左手展開黑色斗篷，從斗篷的內袋裡取出一塊肉色的軟綿綿物件，然後貼到肖文卿的左右臉頰和下巴處細細地擠壓，讓那軟軟涼涼的東西緊緊貼合在肖文卿的下半張臉上，再取出一個脂粉盒，拿出粉撲開始幫肖文卿抹上顏色很淡的胭脂，將之塗勻稱，最後取出一盒螺子黛幫肖文卿重新畫眉毛和眼線。

「好了，即使是妳乾娘也認不出妳。」凌宇軒完工後，一邊收拾易容小工具、一邊端詳肖文卿此刻的容顏。眼前的少女看起來十八、九歲，面如滿月，眉毛略粗濃，眼尾略狹長，整體看起來珠圓玉潤，頗有富態。

肖文卿伸手輕輕摸摸臉頰、下巴處貼著的物件，問道：「這是什麼？」摸起來很軟很滑，臉頰那邊和下巴兩邊有些厚。

「是江湖秘傳的人皮面具。」凌宇軒道，等肖文卿花容失色才解釋道：「不是真的人皮。這是南疆一種無名樹的樹幹縫隙裡流出來的膠狀物揉捏出來的，經過精心製作，可以和皮膚緊密貼合。」文卿的臉就只做那一點點改變，眉毛和眼形則利用眉筆和脂粉稍微修改一下，讓人感覺和原來不一樣。

「宇軒，你越來越會戲弄我了。」肖文卿嬌嗔道，將斗篷帽子重新戴好。

凌宇軒笑著將肖文卿手中的包裹拿過來，領著她走出巷子，朝遠處另一條巷子裡的趙家走去。

走在熟悉的街道和巷子裡，肖文卿逐漸激動起來。為了避免趙家以後的生活困擾，也避免自己將來會有小麻煩，她已經不能用真容進入趙家了。

趙家所在的春燕巷裡，孩子們有的還在挨家挨戶的拜年，討要大人們的糖果糕點，有的撿地上還沒有點著的鞭炮，然後拿著火摺子點，有的則拿著父母特地買來給他們玩的散鞭，一個一個地放。大人們在邊上看著，嗑著瓜子聊天。當他們看到兩個穿著大斗篷，斗篷帽子深深壓下的陌生人經過，好奇地望著。

領著肖文卿進入他們都很熟悉的院子，凌宇軒大聲說道：「趙大娘、趙大哥，你們在家嗎？我們過來給你們拜年了。」

趙家院子裡有四個孩童在奔跑著玩耍，一名面容清秀的少婦正一臉笑容地看他們。聞言，她抬頭望望凌宇軒和肖文卿，然後轉頭道：「娘，明堂，來客人了。」說著，她又轉過頭來，朝著凌宇軒和肖文卿微微一福身，然後對那四個孩童道：「大寶、二寶、三寶、小梅，你們安靜些，別吵鬧了客人。」這些孩子都是左右鄰居家的。

這是趙大哥的媳婦？肖文卿望著熟悉的院子、水井、葡萄架，心中很有些傷感，見此女眉清目秀，面容姣好，舉止言談頗有禮數，頓時又為乾娘和大哥高興起來。

「誰來了？」屋內的人問道，一前一後從裡面走了出來。

「趙大哥，小弟凌宇軒。」凌宇軒笑著道。「小弟帶朋友過來給你和大娘拜年。」說著，一手拎著包裹的他伸手將自己的斗篷帽子脫下。

趙明堂微微一愣，立刻上前抱拳道：「凌大人您太客氣了，請裡面坐。」他沒有想到，尊貴的龍鱗衛指揮同知大人還會再到自己家來，而且還是過來拜年。

「凌大人，稀客稀客。」趙大娘目光看向肖文卿，頓時臉都拉長了。「這位是……」這位姑娘也脫下了斗篷帽子，她滿頭珠翠，妝容華貴，並不是她乾女兒文卿。

「乾娘，文卿給您拜年，祝您老人家身體健康，長命百歲。」肖文卿叫道，有些尷尬地朝趙大娘行禮。

「啊……妳是，妳是……」趙大娘瞠目結舌。

凌宇軒笑著解釋道：「大娘，是我幫文卿畫的妝。」

眼前的人是易容高手呢！趙明堂頓時明白了，朝著肖文卿一抱拳，道：「妹子也過來啦。」他對管著四個孩童的少婦道：「秋娘，這是文卿妹子。」

趙大娘也回過神來，猜到肖文卿不方便過來的原因，立刻上前兩步把肖文卿扶起來，憐惜道：「妳這孩子真是不容易呀。來，過來拜見妳嫂嫂。」

她拉著肖文卿對自己的兒媳婦道：「秋娘，這是妳文卿妹子。」

肖文卿立刻朝趙家媳婦福身，低著頭道：「嫂嫂好，文卿有事，直到今日才過來拜見嫂嫂，請嫂嫂原諒。」

「妹妹。」趙大嫂立刻還禮，道：「愚嫂祝妹妹身體健康、事事如意。」

「大娘，我祝您老人家身體安康、萬事如意。」凌宇軒說著，雙手將包裹奉上。「一點小意思，請大娘、大哥、大嫂莫要嫌棄。」

「凌大人何須這般客氣，您把文卿帶過來和我們聚一聚，已經算是送我們大禮了呢。」

趙大娘笑著說道，雙手接過包裹遞給兒媳婦，示意她先拿回屋裡放著。

「凌大人，請裡面喝茶。妹子，妳也裡面請。」趙明堂道，拱手邀請他們進屋裡。

凌宇軒和趙明堂一起進屋裡，肖文卿扶著趙母，一邊低聲說話、一邊往屋內走，趙大嫂將包裹放回裡屋之後快步往廚房走去。

趙家堂屋裡還坐著兩名客人，凌宇軒一見，都是熟人，頓時朗聲笑道：「趙大哥，你家有客人。」客人是一對夫妻，男的是他曾經共事過三個月的許淺侍衛，女的是許淺侍衛的妻子許大嫂，目前還在何府後院的廚房做幫工。

許淺夫妻不認識凌宇軒，也不認識稍微易了容的肖文卿，見有客人進來立刻起身迎接。

趙明堂知道凌宇軒和肖文卿認識許淺夫妻，可現在許淺夫妻不認識凌宇軒和肖文卿，只好介紹道：「凌大人，這位是我兄弟許淺，鳳凰山軍營的把總，這位是他的妻子。」只有四品以上的官員才有資格配有帶刀侍衛，原來的何御史現在是正五品的戶部郎中，已經失去被帶刀侍衛保護的資格了。目前又沒有高官需要補充侍衛，於是許淺回了軍隊，然後和趙明堂一樣被提拔為把總。

趙明堂又對許氏夫婦道：「這位是龍鱗衛指揮使司指揮同知凌大人，他身邊的這位……」他猶豫了，不知道該如何介紹自己的前妻、現在的乾妹妹。

趙大娘嘴唇輕嚅，也不知道該如何介紹。肖文卿很想和許大嫂詢問春麗的近況，可是如果自己表明身分，這就會暴露凌宇軒擅長易容的秘密。

「文卿，肖文卿。」凌宇軒看到許氏夫婦面露震驚，他坦然道：「文卿曾經是趙家媳婦，所以回來很不方便，我給她稍微易容了一下，讓她可以過來給趙大娘和趙大哥拜年。」

見他如此解釋自己的身分，肖文卿欣慰地望一眼他，然後給自己的兩位恩人行禮，請他們原諒自己的隱瞞。

許家夫婦非常驚訝肖文卿的到來，而且不知道趙家什麼時候和守衛皇宮與皇上的龍鱗衛高官搭上線，更不知道文卿為什麼和這位凌大人在一起，還是很高興肖文卿一切平安，而且看樣子過得很好。

「明堂，快請大家坐下說話吧。」趙大嫂端著一個大托盤進來，為客人們奉上京城平民過年招待客人的紅棗茶和白煮蛋。

「對，大家快些坐下好好說話。」趙大娘馬上吆喝道，叫晚輩們坐下。

大家都有很多話要說，便紛紛落坐，開始喝茶聊天。男人的談話女人不感興趣，女人們也有一些不適合讓男人聽的話題要聊，於是趙大娘把許大嫂和肖文卿，還有自己媳婦一起叫到她的東屋，拿出花生、瓜子開始家長裡短起來。

肖文卿是滿心歡喜地離開趙家的。等離開趙家很長一段距離，凌宇軒才帶著她躲進一條小巷，幫她卸去易容物品，用提前準備好的濕手帕幫她把臉上的妝容全部抹去，然後重新給她畫了一個適合她的淡雅妝容。

「宇軒，你非常善於化妝。」肖文卿淺淺笑道。

「學習易容時，這是最先要掌握的。」凌宇軒聞音知雅意，立刻道：「等將來，我經常給妳畫妝。」房中趣事，畫眉之樂。

肖文卿雙頰不知道是被他手重搽紅了肌膚還是害羞了，白嫩的雙頰泛起了兩團桃紅色。

「文卿，過幾日等我父親空閒些，我就把我們的事情告訴他老人家，先獲得他老人家的首肯。不過不管他老人家同不同意，我都會向皇上請長假，送妳回西陵尋親。」凌宇軒道。他恨不得能在今年上半年把他和肖文卿的親事訂下來，下半年就成親。

「一切聽你安排。」肖文卿柔順地說道，她現在所做的一切，都是為了能堂堂正正地嫁給凌宇軒。

「妳最近妝容行為都要正式一些，因為我父親肯定會派人調查妳。」凌宇軒叮囑道。父親再怎麼寵他，婚姻大事上一定會多考慮，觀察未來兒媳婦的容貌才華和品性。

「嗯。」肖文卿頷首道。從凌宇軒和劉夫人的態度上看，真正決定她和凌宇軒婚事成否的是凌丞相，丞相夫人無法過多干涉。

凌宇軒領著肖文卿從原路返回，來到劉府後院偏門，然後用力敲門。

「四舅老爺，肖姑娘，你們可回來了。」在裡面等待了很久的老僕人趕緊開門請他們進去。

「你家老爺和夫人可回來了？」凌宇軒問道，隨手從荷包裡取出一塊碎銀子賞給這個老僕人。

「我一直在這邊等待，沒有聽說什麼。」老僕人恭謹地回答著，很高興地接過四舅老爺的賞錢。

「嗯。」凌宇軒點點頭，帶著肖文卿快速去桂香院，然後堂而皇之地走入她的繡樓。

久久等不到肖文卿回來，水晶和瑪瑙都快著急死了，看見他們平安回來才放下心。

「水晶、瑪瑙，我外出這段時間有沒有人過來找過我？」肖文卿問道，有些擔憂這段時間有人找自己。

水晶躬身道：「夫人和二姑娘、三姑娘回來了，夫人派人過來問了一下您。我和瑪瑙……」她猶豫了一下，道：「擔心夫人叫您過去，所以我們兩人只好說四舅老爺把您帶出去玩了。」

「哦。」肖文卿道：「我這就過去夫人那邊。」這事情還是要和劉夫人報備一下比較好。

「我陪妳過去。」始作俑者凌宇軒笑吟吟道。這件事情也沒有什麼大不了的，他六姊才不會覺得他們兩個有違男女之防，對他們有意見呢。

於是兩人連坐下歇息都沒有，直奔劉夫人那邊。

劉夫人院中，劉夫人正在招待幾名客人，凌宇軒得到院中一名管事媳婦的提醒，只好依依不捨地離開，讓肖文卿一個人進院子。臨走前，他對她道：「文卿，一切有我，妳儘管放心。」

肖文卿知道他的能耐，對他充滿信心，很高興地目送他離開，端正姿態走入劉夫人的正屋裡。

由於凌宇軒的提醒，肖文卿在隨著劉夫人外出或者自己單獨拜訪其他世家小姐時，格外注意自己的妝容和談吐，於是別人覺得，她年後長了一歲，比以前更成熟穩重了。

肖文卿原本認為凌宇軒很快就能陪同自己返鄉尋親，但出現了她不知道的原因，凌宇軒一直叫她耐心等待。沒有凌宇軒，肖文卿一個年輕姑娘寸步難行，而且劉夫人也不會允許她孤身上路，所以肖文卿只能耐心等待。

元宵節賞燈……二月踏青，三月遊春……四月……肖文卿努力充實自己，而凌宇軒只要逮到機會就把肖文卿帶出去遊玩。劉府眾人睜一隻眼、閉一隻眼，劉家小姊妹羨慕極了，經常纏著四舅也帶她們出去玩玩。

凌宇軒感謝六姊的幫助，獲得六姊的同意後，有時候也帶這對小姊妹出去開開眼界。一向只在自家後宅走動的劉氏小姊妹看到外面的世界，心中充滿了好奇，產生了更多嚮往。

——未完，待續，請看文創風425《追夫心切》2

2016年7月出版

追夫心切

文創風 424～426

當初老道長曾為他們倆看過面相，
說他們雖然各自有缺，卻是天作之合，
他命貴能護她一生，讓她享盡榮華富貴，
而她只要能度過今年死劫，便能讓他兒孫滿堂……

情意繾綣・真心無價／江邊晨露

她肖文卿原為官家貴女，卻遭逢意外淪為陪嫁丫鬟，
在一回夢境之中，她預見自己被小姐送給姑爺為妾，
懷孕生子之後，兒子被小姐奪走，而她在產子當夜悲慘死去……
夢醒之後，她努力改變自己悲慘命運——
她在御史府花園攔截一個陌生的侍衛表白，勇敢地主動求親；
失敗之後，為了逃避被姑爺收房，還主動劃傷了臉，寧死不願為妾！
就在絕望之際，命運兜兜轉轉地，她竟然嫁給了當初她主動求親的男人，
他待她體貼有禮，照顧有加，一切都很好，只除了他不願跟她圓房。
他說，他對她動心，但卻不能在這時要了她，
他要她等著，等著時機成熟，兩人將能有情人終成眷屬。
她知道他身懷巨大的秘密，卻仍滿心願意信任他……

2016年6月出版

福氣臨門

文創風 418～423

管妳是福星還是災星，
愛情面前，百無禁忌！

溫馨時光甜甜蜜蜜 嘻笑怒罵活靈活現／翦曉

唉……世人都說她是災星，依她看，其實是「孤星」才對吧？
前世她是禮儀師，親人、前夫因此忌諱疏遠，最後孤獨以終，
不料穿越來到古代，她卻在母親死後才出生於棺中，
從此落得災星轉世的惡名，連祖母都嚷著要燒死她以絕後患，
幸有外婆帶著她避居山中，還為她在佛前求得名字「祈福」，小名九月，
哪怕眾人懼她、嫌棄她，她也是個有人祝福的孩子！
好不容易兩輩子加起來，終於有個外婆真心疼愛她，
偏偏當她及笄了，正要報答養育之恩時，外婆卻過世了，
如今又回到一個人生活，不管未來有多坎坷，她都記得外婆的叮嚀──
「要好好活給所有人看，告訴他們，妳不是災星！」

為流浪貓狗加油 和貓寶貝 狗寶貝

廝守終生(一定要終生喔！)的幸福機會

對人來說，貓寶貝狗寶貝只是生活的一部分，但妳(你)對牠們來說，卻是生活的全部，領養前請一定要考慮清楚——

▲ 擁有溫柔哥哥魂的 阿默

性　　別：男生
品　　種：米克斯
年　　紀：1歲半
個　　性：親貓，但對人的警戒心較高
健康狀況：已結紮、已完成第一針預防針，
　　　　　無愛滋白血
目前住所：新北市新店區

本期資料來源：責編的朋友

第269期推薦寵物情人

『阿默』的故事：

去年年初，在台大PTT的貓版看見需要中途的訊息，那時，阿默的媽媽帶著阿默以及弟弟們在外頭討生活，可是當地的鄰居非常不歡迎牠們，經常對愛心媽媽表達抗議，不得已之下只好將阿默一家誘捕並尋求中途家庭幫忙，看到這個訊息後，我決定將阿默以及牠的弟弟之一阿飛接到家中照顧。

阿默跟阿飛的感情相當地好，阿默非常照顧疼愛牠的弟弟，牠會幫阿飛蓋排泄物、會讓阿飛隨意踩踏，也會讓弟弟先吃美味的食物，甚至新的玩具也是先讓弟弟玩。但是阿默對人就不是那麼溫柔了，剛接到家中時，我還沒靠近阿默，牠就會躲開並且哈氣，甚至會出拳打人；阿飛則是對人沒那麼警戒，所以幾個月之後就送養成功了。

阿默因為個性不親人一直送養不出去，不過牠很親貓，遇到年紀比牠小的，阿默會很照顧人家；遇到年紀比牠大的，牠也跟對方相處得很好，阿默和我家的兩隻大貓就相處得不錯，牠們會一起玩逗貓棒，也會互相分享玩具。

中途到現在一年了，阿默雖然還是會怕人和哈氣，可是已經不會直接出拳打人了，不高興人家碰牠時牠也會先出聲警告；心情好的時候，阿默會翻肚討摸，現在比較會主動靠近人。如果你／妳正在找尋可以陪伴家中貓咪的小夥伴，相信阿默絕對是你／妳最佳的選擇！歡迎來信 pipi031717@gmail.com (陳喜喜)，主旨註明「我想認養阿默」。

認養資格：

1. 認養者須年滿20歲，有獨立經濟能力，並獲得家人、同住室友或房東的同意；
   若未滿20歲則須由家長出面。
2. 須同意簽認養寵物切結書(含定期健檢)。
3. 同意送養人日後之追蹤探訪，對待阿默不離不棄。
4. 希望認養者有養貓經驗，甚至家裡已有貓咪可陪伴阿默；若無經驗者，必須事前了解養貓注意事項。

來信請說明：

a. 個人基本資料：姓名、性別、年齡、家庭狀況、職業與經濟來源等。
b. 想認養阿默的理由。
c. 過去養寵物的經驗，及簡介一下您的飼養環境。
d. 若未來有當兵、結婚、懷孕、畢業、出國或搬家等計劃，將如何安置阿默？

文創風
424

追夫心切 1

國家圖書館出版品預行編目資料

追夫心切 / 江邊晨露著. --
初版. -- 臺北市 : 狗屋, 2016.07
冊 ; 公分. --（文創風）
ISBN 978-986-328-609-7（第1冊：平裝）. --

857.7 105008041

著作者	江邊晨露
編輯	王佳薇
校對	沈毓萍　周貝桂
發行所	狗屋出版社有限公司
地址	台北市104中山區龍江路71巷15號1樓
電話	02-2776-5889～0
發行字號	局版台業字845號
法律顧問	蕭雄淋律師
總經銷	知遠文化事業有限公司
電話	02-2664-8800
初版	2016年7月
國際書碼	ISBN-13　978-986-328-609-7
原著書名	**《侍卫大人，娶我好吗》**，由北京晉江原創網絡科技有限公司授權出版

定價250元

狗屋劃撥帳號：19001626

網址：love.doghouse.com.tw　E-mail：love@doghouse.com.tw